Celia Dale ist die Tochter eines Schauspielers und veröffentlichte ihren ersten Roman 1943. Sie hat seitdem zehn weitere geschrieben und für verschiedene Zeitungen gearbeitet.

Von Celia Dale ist außerdem erschienen:

»Ein ehrbares Ehepaar« (Band 3228)

Dieses Buch wurde auf chlor- und säurefreiem Papier gedruckt.

Deutsche Erstausgabe Juni 1992

Titel der Originalausgabe »Sheeps' Clothing«

Originalverlag Constable, London
Umschlaggestaltung Manfred Waller,
Umschlagillustration Photodesign Mall
Satz: MPM, Wasserburg
Druck und Bindung: Elsnerdruck, Berlin
Printed in Germany 5 4 3 2 1
ISBN 3-426-03226-0

Celia Dale

Wölfin im Schafspelz

Krimi

Aus dem Englischen von
Sonja Hauser

Knaur

ERSTER TEIL

1

Draußen standen zwei Frauen im Schatten des Vordachs, das auf den Fußweg hinausragte. Mrs. Davies wohnte im Erdgeschoß, in einer Sozialwohnung. Das hatte seine Licht- und Schattenseiten, denn einerseits bedeutete es, daß sie sich weder mit Treppen noch mit dem ständig kaputten Aufzug herumschlagen mußte, aber andererseits klingelten auch ständig Leute bei ihr, klapperten am Briefkasten herum oder klopften an ihre Fensterscheiben und rannten dann weg. Dazu kamen noch der Hundedreck und manchmal auch Schlimmeres. Bis jetzt hatte sie Glück gehabt, doch sie war klug genug, die Tür nur bei vorgelegter Kette zu öffnen.

Die ältere der beiden Frauen sagte: »Guten Tag, meine Liebe.«

»Ja, bitte?«

»Wir sind vom Sozialamt.«

»Ja?«

»Dürfen wir einen Augenblick hereinkommen?« Die Frau hatte eine angenehme Stimme, und man konnte sie schon fast nicht mehr mittleren Alters nennen. Außer ihrer Handtasche hatte sie noch einen amtlich anmutenden Aktenkoffer dabei, aus dem sie einen Fotoausweis in einer Plastikhülle zog, den sie Mrs. Davies zeigte. Diese konnte in dem trüben Licht und durch den engen Türspalt hindurch nicht viel mehr als eine entfernte Ähnlichkeit zwischen dem Bild und der Frau feststellen.

»Einen Augenblick, einen Augenblick.« Voller Aufregung schloß sie die Tür, um die Kette zurückzuschieben, und öffnete sie dann wieder. »Das Sozialamt? Was wollen Sie denn von mir?«

»Nichts Schlimmes, meine Liebe, im Gegenteil. Wir haben gute Nachrichten.«

»Gute Nachrichten? Geht's um meine Beihilfe?«

»So etwas Ähnliches.«

»Tja, dann kommen Sie mal rein.«

»Danke.« Die Frau trat mit einem Lächeln ein. Mrs. Davies ging langsam ins Wohnzimmer, wo hinten in der Ecke noch immer Radio 2 vor sich hin gackerte. Die beiden Frauen folgten ihr. Die zweite war viel jünger als die erste, ein blasses Mädchen mit langen braunen Haaren, die irgendwie an den verstorbenen John Lennon erinnerten; sie hatte eine Einkaufstasche mit Reißverschluß in der Hand.

Die ältere Frau sagte: »Das ist meine Kollegin Mary, und ich bin Mrs. Black vom DHSS, Gruppe OAP B22 – Sie haben sicher bisher noch nichts mit dieser Sondergruppe zu tun gehabt, und deshalb sind wir hier. Dürfen wir uns setzen?«

Mrs. Davies versank in ihrem eigenen Sessel, und die beiden Frauen setzten sich auf die Holzstühle beim Tisch. Der Ansager von Radio 2 verkündete, es sei drei Uhr.

Mrs. Black sah sich in dem Zimmer um. »Hübsch haben Sie es. So richtig gemütlich. Wohnen Sie schon lange hier?«

»Seit die Häuser stehen. Wissen Sie, er hat eine Kriegsverletzung gehabt. Wir waren so ziemlich die ersten hier.«

»Da müssen Sie ja viele Veränderungen miterlebt haben.«
»Veränderungen? Und ob. Wie ich und Mr. Davies eingezogen sind, hat's hier keinen Baum und keinen Strauch gegeben. Das war alles noch Bauschutt, und der Gips war grade erst trocken. Aber trotzdem waren wir froh über die Wohnung. Ich und mein Junge, wir sind ausgebombt worden, als mein Mann im Krieg gewesen ist. Der war im Nahen Osten, El-Alamein, Italien, überall. Ganz am Schluß hat er sich dann die Verletzung geholt. Wie er über den Rhein ist. War monatelang im Krankenhaus. Hat sich nie wieder so richtig erholt.«
»Ist das Ihr Mann?« Mrs. Black stand auf und nahm ein gerahmtes Foto vom Kaminsims. Ein Mann mit Terriergesicht, glänzenden Augen und einer Soldatenmütze, die gefährlich schief auf seinen großen Ohren balancierte, blickte ihr entgegen.
Mrs. Davies rutschte ein wenig auf ihrem Sessel nach vorn. »Ja. Und das ist mein Junge.« Dabei deutete sie auf einen weiteren Bilderrahmen, aus dem ein ganz ähnliches Terriergesicht herausschaute, nur ohne Mütze.
»Er ist ganz der Vater.« Mrs. Black stellte das Foto zurück.
»Das sagen alle. Mir ist das nie aufgefallen.«
»Wohnt er hier in der Gegend?«
»Nein. In Wolverhampton. Hat sich aufs Elektrische spezialisiert. Ist verheiratet und hat drei Kinder. Im Schlafzimmer hab ich Bilder von ihnen.«
»Die würde ich sehr gerne sehen. Mary, würden Sie ... das heißt, wenn es Ihnen nichts ausmacht, Mrs. ...?« Sie suchte mit entschuldigendem Blick in den Papieren in ihrem Aktenkoffer herum.
»Davies, meine Liebe, Mrs. Annie Davies.«
»Natürlich. Da ist es ja.« Sie holte ein offiziell aussehendes Formular aus einer Aktenmappe.

»Gehen Sie ruhig, und holen Sie sie, meine Liebe – sie sind im Schlafzimmer, gleich neben dem Bett.«
Mary stand auf und ging aus dem Zimmer.
»Also sind Sie jetzt ganz allein, nicht wahr?« Mrs. Black seufzte. »Das ist wahrscheinlich nicht leicht. Ich bin selbst Witwe, schon seit zwölf Jahren. Daran gewöhnt man sich nie. Aber vermutlich haben Sie viele Freunde, wenn Sie schon so lange hier wohnen.«
»Früher mal. Aber die meisten sind inzwischen gestorben. Jetzt wohnen komische Leute hier in der Gegend, anders als früher. Damals waren wir alle noch gute Nachbarn und haben einander ausgeholfen; heute hat man schon Glück, wenn einem jemand die Uhrzeit sagt. Hier gibt's alles mögliche Gesindel. Ich geh nicht mehr aus dem Haus, wenn's dunkel ist, besonders im Winter. Ich sperr die Tür immer zu.«
»Das ist klug, meine Liebe. Heutzutage bleibt einem doch gar nichts anderes mehr übrig.«
Mary kam nun wieder ins Wohnzimmer, die Fotos in der Hand. Mrs. Black betrachtete sie lächelnd. »Sehr hübsch, meine Liebe – was für eine nette Familie. Das Mädchen ist Ihnen wie aus dem Gesicht geschnitten, und dazu die schönen Haare. Sie sind sicher stolz auf sie. Sie kommen Sie doch besuchen, oder?«
Mrs. Davies' wäßrige Augen füllten sich mit Tränen, und die eine oder andere davon kullerte über die Falten herunter. »Das war Ostern vor zwei Jahren. Er hat jetzt kaum noch Zeit, und dann sind da noch die Benzinpreise ... Aber wenigstens schreibt er mir. Schreibt mir immer zum Geburtstag, da schickt er mir eine Karte. Ich hab sie alle aufgehoben; sie sind da drüben in der alten Toffeedose, wenn Sie sie sehen möchten.«
Mary stand wieder auf und holte die Dose. Dann be-

trachteten sie zusammen die Karten und die alten Schnappschüsse und den Strauß zerdrückter Kunstblumen von dem Hut, den Mrs. Davies bei der Hochzeit ihres Jungen getragen hatte, und die Gedenkanzeigen, die sie noch eine ganze Weile nach dem Tod von Mr. Davies jedes Jahr in die Lokalzeitung hatte setzen lassen, und die Brosche, die ihre Großmutter ihr hinterlassen hatte, und zwei alte Schuhschnallen; sie wußte zwar nicht mehr, woher sie sie hatte, aber sie waren hübsch mit ihren glitzernden Steinen, auch wenn heutzutage niemand mehr so etwas trug.

»Dafür könnten Sie noch ein bißchen was kriegen, meine Liebe«, sagte Mrs. Black und drehte sie hin und her, so daß sich das Licht in dem Straß fing.

»Das glaube ich auch. Aber ich würde sie ungern verkaufen, wenn ich bloß ein oder zwei Pfund dafür bekomme. Das wäre einfach nicht richtig.«

»Was mich wieder an den eigentlichen Grund unseres Besuchs erinnert.« Mrs. Black legte die Schnallen in die Toffeedose zurück und machte den Deckel mit einer entschlossenen Handbewegung zu. »Wir wollen Ihre Zeit nicht mehr langer in Anspruch nehmen, meine liebe Mrs. Davies. Wir müssen noch ein paar andere Besuche machen. Kommen wir also zur Sache.«

Mrs. Davies wirkte ängstlich.

»Ich habe Ihnen doch gesagt, daß ich gute Nachrichten für Sie habe, nicht wahr? Sie müssen mir nur noch ein paar Einzelheiten sagen. Schauen wir mal ...« Sie machte ihren Aktenkoffer auf und breitete die Papiere, die sich darin befanden, auf dem Tisch aus. »Sie erhalten die ganz normale Rente, stimmt's? Und zusätzlich bekommen Sie noch Sozialhilfe, richtig? Das macht zusammen – wieviel?« Mrs. Davies sagte es ihr. »Gut. Nun – Ihr Mann hatte ja eine Kriegsverletzung. Offenbar hat man von Anfang an die Zahlungen an Sie falsch berechnet.«

Mrs. Davies sah sie mit großen Augen an.

»Ja, meine Liebe. Kaum zu glauben, daß bei den Hunderten von Beamten, den ganzen Akten und Computern so ein Fehler passieren kann. Wann ist er gestorben?«

»Im Oktober 1976. Er war seit März im Krankenhaus.«

Mrs. Black warf einen Blick in ihre Unterlagen. »Richtig. Oktober. Also haben Sie seit April 1977 Anspruch auf Zahlungen. Das sind zehn Jahre, Mrs. Davies.«

»Nein, wirklich?«

Mrs. Black strahlte. »Ich habe es Ihnen doch gesagt, nicht wahr? Es ist sehr schön, wenn wir so gute Nachrichten bringen können. Die Leute denken immer, das arme alte Sozialamt will nur herumschnüffeln und ist herzlos. Aber, meine Liebe, ich sage Ihnen, wir machen uns schon unsere Gedanken, besonders Leute wie Mary und ich, die in der Gruppe OAP B22 arbeiten. Diese Abteilung ist besonders fürsorglich, hab ich recht, Mary?«

Mary sagte zum erstenmal etwas. »Sie haben recht.«

»Tja ...« Mrs. Black machte eine kurze Pause. »Tja, ich frage mich, ob wir mit einer Tasse Tee feiern könnten. Um Ihnen die Wahrheit zu sagen: Mir klebt schon die Zunge am Gaumen.«

Mrs. Davies wollte aufstehen, aber Mrs. Black legte ihr die Hand auf den Arm. »Nein, bleiben Sie ruhig sitzen, meine Liebe. Mary, Sie machen doch den Tee, oder, wenn Mrs. Davies Ihnen sagt, wo alles ist. Zur Küche geht's da durch?«

»Da ist ein ziemliches Durcheinander. Ich hatte nicht damit gerechnet ... Der Tee ist in der Büchse auf dem Regal, in der Büchse mit dem Bild von der Krönung ... der Zucker, die Milch ...«

»Sie findet schon alles. Bleiben Sie einfach sitzen, und lassen Sie sich verwöhnen.«

»Sie sind so nett zu mir ...«

»Keine Ursache«, sagte Mary und ging hinaus in die Küche.

Während Mary den Tee machte, ermutigte Mrs. Black Mrs. Davies, von ihrem Leben zu erzählen. Aus langjähriger Erfahrung wußte sie, daß das Hauptbedürfnis alter Leute, falls sie sich nicht in ihr Schneckenhaus zurückgezogen hatten, wie manche von ihnen es taten, darin bestand zu reden, die Vergangenheit von neuem erstehen zu lassen, in der noch alle gesund und munter waren, und während des Erzählens erneut jene Tage zu durchleben, als ihr Körper noch voller Kraft und Saft war und alles tat, was sie wollten, anders als jetzt, wo er nur noch eine ächzende Hülle war, die eine immer noch höchst lebhafte Erinnerung beherbergte. Als Mary mit dem Tablett zurückkam, war Mrs. Davies gerade richtig in Fahrt und erhob keinen Einspruch, als Mrs. Black ihr den Tee eingoß und die volle Tasse reichte.

»Ich habe ein bißchen Zucker hineingegeben, war das in Ordnung so, meine Liebe?«

Mrs. Davies nickte und machte eine kurze Pause, um an dem starken, süßen Tee zu nippen und dann mit der Beschreibung eines Ausflugs fortzufahren, den sie und ihr Mann kurz vor dem Krieg als Frischverheiratete gemacht hatten, lange bevor der Junge zur Welt gekommen war. Sie waren damals ins Hippodrom gegangen und hatten sich Grace Fields angesehen und danach am Bühnenausgang auf sie gewartet, um sich ein Autogramm von ihr geben zu lassen. Und das hatte sie immer noch, zusammen mit dem Programm. Das war das Krönungsjahr gewesen, die Teebüchse erinnerte sie daran, das Krönungsjahr von

König George VI. Sie und ihre Freundin May hatten zusammen die ganze Nacht draußen vor Whitehall gewartet, gleich beim Cenotaph, Tausende waren dagewesen, und alle hatten sie fröhlich vor sich hin gesungen. Ihr Mann hatte nicht mitkommen wollen, er hatte es nicht so mit dem Königshaus, auch wenn er ziemlich bald in die Armee ging, als der alte Adolf mit seinen Geschichten anfing, aber na ja, das war ja auch etwas anderes, nicht wahr. Sie und May hatten die Paraden ganz aus der Nähe gesehen, und der König mit seiner Krone auf dem Kopf hatte schrecklich blaß ausgeschaut, auch wenn seine Frau hübsch war wie immer und lächelte und winkte, genauso, wie sie es jetzt tat, auf der Dose, mit diesem hübschen Lächeln . . .

Als sie zwei Tassen Tee getrunken hatten und die Kanne ebenfalls leer war, schaltete sich Mrs. Black behutsam in die Erzählung ein und führte Mrs. Davies wieder zum eigentlichen Zweck ihres Besuches zurück. Sie erklärte ihr ausführlich das verwickelte System der Arbeitsbücher- und -marken (die es damals gegeben hatte) sowie Mrs. Davies' Ansprüche, die Kriegsverletzung ihres Mannes und die Beträge, die er hätte bekommen müssen, die die Familie Davies aber aufgrund eines Fehlers in einer anderen Arbeitsgruppe mit der Bezeichnung OAP B551A nie erhalten hatte. Obwohl Mrs. Davies Sozialhilfe bezogen hatte (sie tat das jedoch erst, seitdem die Lebenshaltungskosten so drastisch gestiegen waren und sich ihre eigenen Rentenansprüche, siehe Beiblatt NP32, als nicht ausreichend erwiesen hatten), hatte sie Anspruch auf die wöchentliche Zahlung der Invalidenrente rückwirkend von 1977 bis April 1979, von da an auf die Hälfte der Beträge bis einschließlich April 1987. Danach würde Mrs. Davies' Fall noch einmal von der Gruppe OAP B22 und der nachlässigen Gruppe OAP

B551A überprüft, was bedeutete, daß Mrs. Davies Anspruch auf eine hübsche Summe Geldes hatte.
Mrs. Davies war völlig benommen. Sie lehnte sich in ihrem Sessel zurück, die Wangen gerötet, der Atem schwer, und fragte mit belegter Stimme: »Wieviel ist es?«
Mrs. Black rechnete eine Weile vor sich hin. »Nun ja, meine Liebe, schnell überschlagen würde ich sagen, daß zwölf Monate à zwölf Pfund achtunddreißig von 1977 bis 1979 und danach ungefähr sechs Pfund siebzehn, das heißt von 1979 bis zum April 1987, ungefähr – tja, ich habe meinen Taschenrechner nicht dabei, aber ich würde sagen, das sind mit Sicherheit ein paar hundert Pfund zu Ihren Gunsten.«
»Ein paar hundert Pfund!« Mrs. Davies schnappte nach Luft. Fast klang sie, als habe sie etwas getrunken, und ihre Augenlider schlossen sich über Augen, deren Ausdruck sich allmählich von erstaunter Freude zu Schläfrigkeit wandelte.
»Ein paar hundert«, sagte Mrs. Black mit fester Stimme.
Mrs. Davies lächelte zaghaft und sank in sich zusammen. Nach einer Weile begann sie zu schnarchen.

Als sie aufwachte, war es dunkel. Es war auch kein Geräusch zu hören, abgesehen von den vereinzelten Autos, die jenseits des schäbigen Rasens der Wohnanlage dahinfuhren. Das einzige Licht, das von draußen hereindrang, kam von der drahtgeschützten Glühbirne hoch oben an der Decke der Überdachung vor ihrem Fenster. Jemand hatte die Vorhänge zugezogen, aber das Licht war trotzdem noch zu sehen.
Eine ganze Weile begriff Mrs. Davies nicht, was passiert war. Warum saß sie mitten in der Nacht im Dunkeln in ihrem Sessel? Sie mußte eingeschlafen sein. Als sie sich

aufrappeln wollte, erinnerte sie sich plötzlich an die beiden Damen vom Sozialamt. »Du liebe Güte!« seufzte sie. »Was werden die bloß von mir denken! Einfach so einzuschlafen! Du liebe Güte, wie dumm von mir! Nein, wirklich!«

Sie stand auf und geriet ein wenig ins Wanken, weil ihre alten Knochen durch die Zeit, die sie in dem Sessel verbracht hatte, steif geworden waren, und streckte die Hand nach dem Lichtschalter aus. Das Zimmer war wieder zu sehen, unverbindlich, ordentlich und hell. »Du liebe Güte, schon so spät! Fast elf Uhr! Mein Gott, wie dumm! Was werden die beiden Damen bloß von mir denken!«

Sie ging hinüber in die Küche. »Die haben doch glatt die Teesachen abgespült und weggeräumt! Alles blitzblank. Man stelle sich das einmal vor! Wie nett. Mein Gott, wie dumm von mir!«

Als sie dann noch ein wenig herumschlurfte, langsam alle Schichten ihrer Kleidung auszog und sich schließlich aufs Bett sinken ließ, zusammen mit einer Wärmflasche und Bettsocken, erinnerte sie sich wieder daran, warum die beiden Damen gekommen waren. Wegen der Invalidenrente! Und die stand ihr für die gesamten letzten Jahre zu! Ein paar hundert Pfund, hatte die Dame gesagt. Ein paar hundert Pfund! Sollte sie sich dafür einen neuen Teekessel kaufen? Oder einen Wintermantel mit einem hübschen Pelzkragen? Einen Fernseher? Nein, sie liebte ihr Radio. Vielleicht ein kleiner Urlaub? Ein paar hundert Pfund. Ein paar hundert Pfund! Ihr Mann hätte sich wie ein Schneekönig darüber gefreut. Man stelle sich das einmal vor!

Mrs. Davies schlief überglücklich ein.

Erst am nächsten Tag fiel ihr auf, daß das Radio fehlte. Und die kleine Milchkanne mit dem rosafarbenen Schimmer und den altmodischen Bildern darauf, die auf dem Teetablett gestanden und ihrer Urgroßmutter gehört hatte. Und die Teedose aus dem Krönungsjahr 1936 mit der dazu passenden Kanne. Und in den nächsten Tagen und Wochen bemerkte sie allmählich, daß all die kleinen Dinge fehlten, die irgendeinen Wert gehabt hatten: die Brosche, die Schuhschnallen, die schweren alten Armreifen und Ringe aus der Schublade in ihrem Schlafzimmer, das Bisamcape, das sie zu ihrer Hochzeit getragen hatte, die Kleiderbürste mit dem silbernen Rücken, die Tante Nell ihr hinterlassen hatte; ihre guten Schuhe, die sie nie anzog, weil sie drückten, der silberne Doppelrahmen mit Fotos von ihrem Vater und ihrer Mutter – mit steifem Stehkragen und riesigem, blumengeschmücktem Hut, die Fotos hatten sie ihr wenigstens gelassen. Und das Versteck mit ihren Ersparnissen, die sie so sicher geglaubt hatte unter dem Brotkasten, zweiundneunzig Pfund – alles weg.

Mrs. Davies erzählte niemandem davon. Sie hatte auch niemanden, dem sie es hätte erzählen können. Außerdem schämte sie sich, weil sie sich so hatte überrumpeln lassen ... Und sie hatte Angst, die Leute könnten glauben, sie sei nicht mehr in der Lage, allein für sich zu sorgen ...

2

Grace Bradby stand gerne früh auf. »Mit den Hühnern aufstehen«, sagte sie oft zu Janice (jedoch ohne damit viel zu bezwecken), auch wenn sie noch nie ein lebendiges Huhn gesehen hatte, weil sie immer nur in Städten gewohnt hatte. Sie liebte auch die Routine, die sich in einem bewegten Leben mit vielen Höhen und Tiefen eingespielt hatte. Sie erforderte Anpassungsvermögen und Improvisationsgeschick, und ohne diese Routine hätte sie, so glaubte sie wenigstens, ihr Dasein längst nicht so gut bewältigt, wie sie das getan hatte. Sie war ordentlich, und zwar, was das Äußere und das Innere anbelangte. Sie wußte gerne, woran sie war.

Sie streckte die Füße aus dem Bett und in die rosafarbenen Pantoffel auf dem Bettvorleger. Das Bett war groß und in der Mitte durchgelegen, aber sie hatten eine Nackenrolle in die Mitte gesteckt, so daß sie und Janice fast so getrennt voneinander schliefen wie in den Einzelbetten, die ihr ohnehin lieber gewesen wären. Aber man kann nicht alles haben, und wenigstens hatten sie ein schönes großes Doppelzimmer, das einmal durch Türen abgeteilt gewesen war. Und in der vorderen Hälfte verbarg sich hinter einem Wandschirm noch eine winzige, spärlich ausgestattete Küche. Grace zog ihren Morgenmantel an und ging hinüber, um ein bißchen Tee und Toast zu machen.

Der Raum war abgewohnt, hatte dunkle, speckige Tapeten und war mit einem Durcheinander der unterschiedlichsten Möbel vollgestellt, aber er war billig wegen einiger beängstigender Risse in den Wänden rund um das Erkerfenster, die noch an den Krieg erinnerten, und daran, daß die schlecht gebauten Reihenhäuser sich hin und wieder absenkten. Sie waren aus dem gelblichen Londoner Backstein, sechs Stufen führten hinauf zu der von Säulen flankierten Eingangstür. Auf der Vertäfelung lag bereits dick der Staub, und die Tür selbst war nie verschlossen. Die Gebäude waren in den siebziger Jahren des vergangenen Jahrhunderts gebaut worden, um den ehrgeizigen Wünschen von leitenden Angestellten mit großen Familien gerecht zu werden. Sie alle verkamen inzwischen und hatten nur noch eine kurze Zukunft vor sich, die sich nach

den Beschlüssen der Behörden über die Renovierung oder den Abriß richtete. Das Nachbarhaus stand bereits leer, und vor den Fenstern und Türen hing Wellblech. Der Garten war ein einziges Durcheinander aus Beton, Unkraut und Unrat, aber der Teil, auf den Grace gerade hinausschaute, sah nicht ganz so schlimm aus, er war völlig mit einer Asphaltdecke überzogen und von einer wuchernden Ligusterhecke umgeben, die schwarzen Müllsäcke befanden sich für gewöhnlich ordentlich in den Tonnen, und daneben stand aufgebockt das traurig anmutende Motorrad des jungen Mannes von oben, den man, genau wie all die anderen Bewohner, nur selten sah. Grace bemühte sich, ihnen aus dem Weg zu gehen, was auch nicht sonderlich schwierig war, weil einige nie dazusein schienen, während andere das Haus offenbar nie verließen. Nur die knarrenden Dielen und vom obersten Stockwerk das Dröhnen der Rockmusik ließen vermuten, daß hier Menschen wohnten. Selbst der Hausbesitzer war nicht persönlich bekannt, denn die Miete zahlte man jeden Freitag einer älteren Dame aus Zypern, die hinter dem Tresen des Zeitungsladens auf der anderen Straßenseite residierte, wo auch die Annonce für das Zimmer aufgehängt gewesen war. Außerdem gab es in der Gegend einen Waschsalon, einen pakistanischen Supermarkt, einen Gemüsehändler und nur zehn Gehminuten entfernt die U-Bahn-Station. Das war alles sehr praktisch.
Grace saß in dem Sonnenlicht, das durchs Fenster hereindrang, rauchte ihre erste Zigarette nach dem Frühstück und schmiedete Pläne für den Tag. Es war ein schöner Frühling, und das machte viel aus. Heute war Dienstag. Dienstags und mittwochs ging sie immer arbeiten, an diesen Tagen kundschaftete sie Gelegenheiten aus, am Donnerstag und Freitag trat sie in Aktion, mit ein biß-

chen Glück viermal am Tag. Am Samstag wurde dann alles ohne große Trödelei weiterverkauft, denn bei den Menschenmengen auf den Straßenmärkten fragte kaum jemand, wer was woher hatte.

Sie drückte ihre Zigarette aus (am Tag rauchte sie nur fünf, denn sie hatte gelernt, was die Abhängigkeit aus einem macht, wenn man an einem Ort ist, wo man keine Zigaretten bekommt), huschte den Flur zur Toilette hinunter, kehrte wieder zurück und wusch sich schnell in dem Waschbecken hinter dem Wandschirm. Dann zog sie Bluse und Rock an, schminkte ihr Gesicht dezent an dem Fenster im hinteren Teil des Zimmers, das auf einen größeren Garten hinausging, vernachlässigter als der vorn, ein einziges Gewirr aus Gräsern und Sträuchern, in dem sich nur Katzen herumtrieben. Sie gab sich nicht allzuviel Mühe, keinen Lärm zu machen, denn es wurde höchste Zeit, daß auch Janice endlich aufstand.

Sie spülte schnell ihre Tasse und Untertasse, schüttete die feuchten Teeblätter in den Abfalleimer, nahm den marineblauen Mantel vom Haken hinter der Tür, wand ein Tuch um ihr rotbraun getöntes Haar und rüttelte schließlich Janice an der Schulter.

»Es ist schon halb zehn durch. Wird Zeit, daß du aufstehst.«

Janice stöhnte ein bißchen und drehte sich zur Seite.

»Jetzt komm schon, du faules Stück. Ich geh gleich.«

»Wie spät ist es?« Sie rollte sich auf den Rücken und schlug die Augen auf.

»Wird Zeit, daß du aufstehst. Vergiß nicht, heute mußt du aufs Amt. Da solltest du nicht zu spät hinkommen, sonst mußt du den halben Tag anstehen. Außerdem müssen wir einkaufen – Zucker und ein halbes Pfund Margarine, und frischen Instantkaffee könnten wir auch brauchen.«

»Okay.« Sie kuschelte sich in die Kissen.
»Schlaf nicht wieder ein, Mädchen. Steh auf und mach dich auf die Socken. Draußen scheint die Sonne. Ich glaube, ich fahre heute raus nach Putney, am Fluß entlang ist es sicher schön.« Sie schaute nach, ob sie ihr Notizbuch und den Stadtplan in der Handtasche hatte, ließ die Schnalle zuschnappen und ging zur Tür. »Hol auch noch eine Packung Bronco, wenn du sowieso unterwegs bist. Bis später.«
Sie verließ das Haus und ging forschen Schrittes zur U-Bahn-Station Kentish Town. Einer der Vorteile, sechzig zu sein, bestand darin, eine Seniorenkarte zu haben, denn zu normalen Preisen hätte sie sich die Fahrten mit den öffentlichen Verkehrsmitteln nicht leisten können. An der Station Embankment wechselte sie zur District Line und wartete, bis der richtige Zug kam, so daß sie am Earl's Court nicht erneut umsteigen mußte. Sie war gut in der Zeit; es hatte keinen Zweck, viel früher als elf Uhr dazusein, denn davor kamen sie kaum je heraus, sie brauchten einfach zu lange für jeden Handgriff. An einem schönen Tag wie diesem konnte sie sich Zeit lassen.
Obwohl East Putney eigentlich ein ergiebigeres Arbeitsgebiet gewesen wäre, stieg sie an der Putney Bridge aus, um den Fluß zu betrachten. Er glitzerte im Licht der Sonne, und auch die Wohnblocks und die Bäume an seinem Ufer schienen zu glänzen, genau wie die Busse, die über die Brücke dahinrollten und die Muskowitenflecken im Pflaster und die goldenen Zeiger und Figuren an den Kirchen zu beiden Seiten; alles glitzerte und flatterte in der steifen Aprilbrise. An solchen Tagen machte die Arbeit Freude.
Sie überquerte die Brücke und ging die High Street hinauf, sah in die Schaufenster und freute sich über die Unterschiede

zwischen diesen hier und denen bei ihr im Viertel. Hier gab es mehr Kleidergeschäfte und Friseure, mehr Leckerbissen vom Kontinent, die in hohen Glaskästen ausgestellt wurden; im großen und ganzen hatte die Gegend mehr Klasse, doch dahinter lagen noch immer die kleinen, heruntergekommenen möblierten Zimmer und schäbigen Wohnungen, die von den Städteplanern und der privaten Sanierung bisher gleichermaßen ignoriert worden waren. Für ihre Arbeit war das hier genau die richtige Gegend.

Forschen Schrittes ging sie zur Leihbücherei.

Im Lesesaal war es warm, denn die Sonne schien durch die Fenster, und in der abgestandenen Luft hingen Staubkörnchen und, wie es schien, der Atem der Anwesenden. Nichts war zu hören, außer dem Rascheln der umgeblätterten Seiten und dem pfeifenden Atem der alten Leute, die mit aufgeschlagenen Magazinen an dem großen Tisch in der Mitte saßen. Grace holte sich eine Ausgabe der TIMES und zog sich in eine leere Ecke zurück.

Es waren auch jüngere Leute in dem Raum, aber die interessierten Grace nicht. Sie hatten fast alle einen Grund, hier zu sitzen, lasen die Stellenanzeigen, die Sportreportagen oder vielleicht sogar die Seite »Gestern im Parlament«. Sie blieben nur selten lange und störten auch kaum die drei älteren Männer und die eine Frau an dem Tisch, die jede Seite der Zeitung eingehend studierte. Einer der Männer saß dösend da, der Kopf war ihm auf die Brust gesunken. Grace beachtete die Männer nicht. Über die Seite mit den Leserbriefen hinweg beobachtete sie die Frau.

Schäbig. Ein turbanartiger Hut, der wohl einmal taubenblau gewesen war. Ein Gesicht, das nie gepflegt worden war. Knotige Hände mit einem Ehering, der sich unter dem Knöchel tief in ihren Finger geschnitten hatte. Kassengestell.

Uninteressant.
Der alte Mann wachte auf, rappelte sich nach einer Weile hoch und schlurfte hinaus. Die alte Frau tat es ihm schließlich gleich, und dabei kamen völlig abgetragene Schuhe zum Vorschein – sie war mit Sicherheit uninteressant. Grace las das Feuilleton und einen Artikel über die wachsende Tendenz von Frauen aus der Mittelschicht, immer später Kinder zu bekommen. Ein Rastafari und zwei Teenagermädchen schauten kurz herein. Dann kam eine andere alte Frau und schlug die DAILY MAIL auf.
Abgearbeitet, aber ordentlich. Ein schwarzer Filzhut und Wangen mit Rouge. Eine Brosche am Kostümrevers, nichts Wertvolles, aber immerhin ... Ein Ehering und ein Siegelring. Und eine Handtasche, die einmal nicht billig gewesen war.
Als die Frau die Leihbücherei schließlich verließ, folgte Grace ihr zur High Street, in einen Supermarkt (dort kaufte sie eine Tafel Schokolade), in eine Drogerie (eine Seife), in eine Seitenstraße und in eine weitere, an Gärten vorbei zu einer großen viktorianischen Villa mit dem Schild: MARGARET-POCOCK-STIFTUNG.
Uninteressant.

Grace kehrte in die High Street zurück, suchte sich ein Café und bestellte ein Schinkenomelette, ein Stück Plundergebäck und eine Tasse Tee. Kurz nach zwei schlenderte sie so lange umher, bis sie ein Wettbüro entdeckte, und trat ein. Die Leute dort wirkten ziemlich rauh, unter ihnen befanden sich auch mehrere Frauen, die die Wettscheine studierten, so, wie Grace es zu tun vorgab. Sie setzte tatsächlich fünfzig Pence auf das Halbdreiuhr-Rennen in Sandown und lehnte sich gegen den Tresen aus Plastik und Metall, auf dem überall Papier, mit einem

Stück Schnur festgemachte Bleistiftstummel und angesengte Blechaschenbecher voller Kippen herumlagen und -standen, bis das Ergebnis durchgegeben wurde. Die Lautsprecherstimme, die die Quoten durchgab, überschlug sich fast, doch in dem Büro herrschte stoische Ruhe, denn die Angestellten hinter der Theke wirkten blasiert, und die Kunden waren alle alte Wetthasen.
Eine ältere Frau stand neben Grace und paffte eine Zigarette. Sie war unförmig und schlampig gekleidet, aber sie strahlte noch immer Energie aus, und ihre verquollenen Augen glänzten. Als das Zeichen aufleuchtete, daß keine Wetten mehr angenommen wurden, und es mäuschenstill wurde in dem Raum, während die Stimme des Reporters allmählich zu dem altbekannten Kreischen anschwoll, starrte die alte Frau voller Leidenschaft hinauf zum Bildschirm, die Hände um den Verschluß ihrer Handtasche gekrampft. Das Geschnattere wurde lauter, fast unerträglich laut, und dann wieder leiser. Highland Prince hatte gewonnen.
Die Frau trat ihre Zigarette auf dem Boden aus, hastete zur Kasse hinüber und streckte dem Mann dahinter ihren Wettschein hin. Grace schob sich etwas näher heran und sah nach einer Weile, daß die Frau auf den Gewinner gesetzt hatte. Die Alte stopfte gerade mit zitternden Händen und geröteten Wangen ein nettes Bündel Fünfer in ihre Handtasche. Dann verließ sie das Wettbüro.
Grace, deren Pferd sich nicht unter den ersten dreien befunden hatte, folgte ihr.
Die Frau hastete den Gehsteig entlang und trat dann in ein Lokal. Grace wartete an der Bushaltestelle ein Stück weiter die Straße hinunter, bis die Frau wieder herauskam, zwei Flaschen in ihrer Einkaufstasche, und dann eine Seitenstraße hinunterging. Sie kamen zu ein paar Reihen-

häusern aus Backstein, die zwar noch ganz ansehnlich, aber doch schon ein wenig heruntergekommen wirkten, und die alte Frau trat durch ein kaputtes Tor in einer Ligusterhecke. Grace ging daran vorbei und sah gerade noch, wie die Haustür sich schloß. Die Vorhänge vor den Fenstern waren alle unterschiedlich, und sie entdeckte fünf vergilbte Kärtchen über der einzelnen Glocke.
Sie ging weiter bis zur Ecke der Straße, blieb stehen und schrieb die Adresse in ihr Notizbuch. Dann warf sie einen Blick auf ihren Stadtplan und kehrte wieder zur High Street zurück. Es war ein schöner Tag, wenn auch kein sonderlich erfolgreicher: Sie war bereits lange auf den Beinen und hatte noch nicht allzuviel vorzuweisen. Also beschloß sie, es fürs erste gut sein zu lassen, nahm den Bus Nummer vierzehn zur Warren Street und von dort aus die U-Bahn nach Hause. Janice war nicht da, also machte Grace sich eine Tasse Tee und hörte sich die Sendung »PM« im Radio an.

3

Grace und Janice hatten sich im Gefängnis von Holloway kennengelernt. Grace saß gerade sechs Monate wegen Diebstahls und Janice drei Monate wegen eines ungeschickten Ladendiebstahls, des letzten einer ganzen Reihe solcher Vergehen.
Grace wurde zuerst wieder entlassen und fand ein ziemlich scheußliches Zimmer in King's Cross, wo sich eine Woche später auch Janice einfand. Irgend etwas an Janice gefiel Grace, die etwa dreißig Jahre älter war; das Mädchen war so völlig unbedarft. »Du hast nicht mehr Hirn als ein neugeborenes Kind«, meinte sie, als Janice bereits zehn

Tage nach ihrer Entlassung eine Bluse und zwei Paar Strumpfhosen aus der Oxford Street mit nach Hause brachte. »Solche Sachen brauchst du nicht machen, solange du hier bei mir bist. Merk dir das, und mach's nie wieder. Das meine ich ernst.«
Grace brauchte jemanden wie Janice, um ihren Plan durchzuführen, den sie sich während der letzten Wochen im Gefängnis zurechtgelegt hatte und in dem sie sich ihre Erfahrungen aus den unterschiedlichsten, ganz legalen Beschäftigungen zunutze machte, die sie seit dem Krieg ausgeübt hatte. Am längsten hatte sie in einem Altenheim gearbeitet, über zwei Jahre, doch schließlich war sie entlassen worden, weil die neue Leiterin sich als schlauer erwies, als Grace gedacht hatte. Es wurde keine Anklage erhoben – zu blamabel für ein privat geführtes Heim. Danach hatte sie ähnliche Stellen gehabt (sie schrieb sich selbst immer ausgezeichnete Zeugnisse), aber im letzten Jahr, nach einer längeren Phase als Haushaltshilfe, hatte sie das verflixte Sozialamt nach Holloway gebracht. Das Sozialamt hatte ein scharfes Auge auf die Haushaltshilfen; obwohl niemand bestreiten konnte, daß sie ihre Arbeit hervorragend verrichtete – schnell und ordentlich und freundlich, ausgesprochen beliebt bei den alten Leuten –, bekam sie doch sechs Monate, weil man die Uhr und das Transistorradio und noch ein paar andere Dinge in ihrem Zimmer fand. Weil sie sich aber noch nie hatte unterkriegen lassen, hatte sie die Zeit genutzt, um Pläne zu schmieden.
Grace wurde als ältestes von fünf Geschwistern in einem häßlichen Reihenhaus am Rand von Chelmsford geboren. Ihr Vater arbeitete bei der Bahn, und in seiner Freizeit werkelte er in einem zu großen Schrebergarten herum, dessen schwerer Erde er fleckiges, von den Schnecken an-

gefressenes, kaum zum Verzehr geeignetes Gemüse abrang. Seine Kinder mußten ihm dabei helfen. Sie schleppten Gießkannen und zerrten Schubkarren voll von erdverkrusteten Unkräutern, mühten sich ab, die großen, durchgeweichten Erdklumpen mit Werkzeugen umzugraben, die viel zu groß für sie waren, die Füße klamm in den Gummistiefeln, die immer bereits jemandem gehört hatten – vor Grace ihrem Vater. Ihre Mutter kam nie in den Garten, sondern blieb im Haus und rauchte Zigaretten oder las die Frauenzeitschriften, die ihr eine Nachbarin – sie ging bei einem Arzt putzen – gab. Wenn Graces Mutter sie bekam, fielen sie schon fast auseinander. Nur wenige Serien hatten einen Anfang oder ein Ende, und Rezepte für das Weihnachtsessen tauchten plötzlich im August auf. Meist wurde eines der Kinder, normalerweise Grace, zum Einkaufen geschickt; und fast jeden Abend gingen Vater und Mutter in die nahegelegene Kneipe; wenn Papa Nachtschicht hatte, ging Mama auch allein.

Als Grace vierzehn war, zogen Mamas Eltern zu ihnen. Oma hatte einen Schlaganfall erlitten, und Opa kam nicht allein mit ihr zurecht. Sie bekamen das vordere Zimmer, das schon bald von dem Geruch von Immergrün, Tabak und ungewaschenen Körpern erfüllt war. Oma erlitt einen weiteren Schlaganfall und starb an den Folgen; zurück blieb Opa. Er war ein widerlicher alter Mann, schon in seiner Jugend war er so gewesen, hinterhältig, herrschsüchtig und neidisch auf alle, die es weitergebracht hatten im Leben als er selbst. Da Grace die Älteste war, mußte sie die meisten Dinge für ihn erledigen, und sie lernte, leidenschaftslos mit schwieligen Zehennägeln, ungeputzten Gebissen und seiner wehleidigen Lüsternheit umzugehen, die er noch aus seiner Jugend herübergerettet hatte.

Sobald sie mit der Schule fertig war, suchte sie sich Arbeit, zuerst in einer Bäckerei, dann hinter der Marmortheke der Butter- und Käseabteilung einer Ladenkette von Lebensmittelgeschäften, die im ganzen Land Filialen hatte. Die kühle Sterilität und das forsche Klatschen, mit dem die hölzernen Spachteln die Butter zu Blöcken formten, sowie das Geräusch, mit dem der Draht an dem Holzgriff durch den Käse schnitt, behagten ihr. Sie wirkte adrett mit ihrer Schürze und den Haaren, die mit butterfarbenem Musselin hochgebunden waren, wie eine Operationsschwester; sie war tüchtig und konnte sich gut ausdrücken – schon früh hatte sie erkannt, daß eine deutliche Aussprache und ein guter Wortschatz ihr weiterhelfen würden. Sobald sie sich ihrer Stelle sicher sein konnte, zog sie zu Hause aus und suchte sich ein möbliertes Zimmer – es war dunkel, und es gab nur einen Gaskocher dort, aber dafür keinen Schmutz, keine Gummistiefel, keine Geschwister und keinen Opa mehr. Sie kehrte nie mehr nach Hause zurück, nicht einmal an Weihnachten.

Sie freundete sich mit ein paar Kollegen an; außerdem waren da noch das Kino und der Tanzsaal, und sie besuchte einen Kurs für Buchführung, denn schon bald hatte sie es auf die Stelle der Kassiererin abgesehen. Doch dann kam der Krieg.

Am Anfang änderte sich kaum etwas. Sie ließ sich nicht leicht aus der Ruhe bringen und machte so weiter, wie sie es sich vorstellte, während sie nachdachte und zu dem Schluß kam, daß ihre Aussichten auf eine bessere Stelle jetzt, wo die Männer zum Militär mußten, stiegen. Die kleine Stadt, ja ganz East Anglia, war voll von Militärangehörigen, die eine völlig neue Atmosphäre in den Straßen und Tanzsälen erzeugten. Manche Mädchen wurden ziemlich leichtsinnig; Grace konnte so etwas nicht passieren, sie wählte sich ihre Begleiter sorgfältig aus und ließ

es nicht zu, daß sie sich irgendwelche Freiheiten herausnahmen – sich von irgendeinem Mann betatschen zu lassen, wie Opa es versucht hatte – nein danke!
Dann hatte sie eines Tages plötzlich genug – genug von den Verdunkelungen und den geilen Soldaten und den Kunden, die über die Rationierung jammerten, und von der älteren Kassiererin, deren Stelle sie wollte, auch wenn sie wußte, daß sie sie, jetzt, wo die Männer alle eingezogen wurden und die Frau fest auf ihrem Posten saß, nicht bekommen würde. Nun erhielten die Älteren die Stellen, und die Jungen wurden in die Armee geschickt. Also kündigte sie, meldete sich freiwillig bei der NAAFI und verbrachte die nächsten vier Jahre in Kantinen und Quartieren im ganzen Land, als Teil jener riesigen, dröhnenden, dampfenden Maschinerie, von der sie, bevor sie ihr selbst angehörte, gedacht hatte, sie habe etwas mit Butter und Käse gemein.
Nun, in gewisser Hinsicht stimmte das auch. Besser als der Drill in einer ausgebeulten Uniform war das allemal, wo man die Haare immer ordentlich über dem Kragen hochstecken mußte. Besser als sich von den doofen Kühen herumkommandieren zu lassen, die unbedingt Offiziere sein wollten und dann möglicherweise irgendwo an der Front landeten, wo es die ganze Zeit regnete. Sie lernte, sich noch mehr von ihren Mitmenschen zu distanzieren, ihre Albernheit zu verachten und ihre eigene Leidenschaftslosigkeit noch höher zu schätzen als bisher. Sie lernte eine ganze Menge; so schlimm war es gar nicht. Der einzige Fehler, den sie beging, war Harold, und die Sache dauerte nicht allzulange. Er war Koch bei der Armee gewesen, und sie hatten geheiratet, kurz nachdem sie beide aus dem Kriegsdienst entlassen worden waren. Sie war wohl nicht ganz bei Sinnen gewesen damals.

Nun ja, das war inzwischen alles Schnee von gestern. Sie hatte sich die darauffolgenden Jahre irgendwie durchgeschlagen und dabei immer nach dem großen Coup Ausschau gehalten. Ein paarmal hätte man sie um ein Haar erwischt, aber sie bewahrte immer kühlen Kopf; sie hatte die Zeiten der regelmäßigen Anstellung sogar genossen, die ihr einen Anspruch auf Rente und eine ermäßigte Fahrkarte und obendrein noch einen auf Sozialhilfe verschafften, falls sie jemals den Entschluß fassen sollte, sie zu beantragen – was sie nie tun würde, weil sie Formulare jeglicher Art ausgesprochen ungern unterzeichnete. Sobald sie die Daten einmal hatten ... Und so war ihr auch dieser Plan in den Sinn gekommen – sie blieb für sich allein hier in Holloway, nachdem die blöde Aufseherin vom Sozialamt sie hierhergebracht hatte, und langweilte sich zu Tode. Sie hatte sich die Sache ausgedacht und merkte, daß sie eine Partnerin brauchen würde, denn zwei Frauen, die an der Haustür klingeln, verunsichern die Leute weniger als eine. Doch es war ihr Plan, und sie würde die Sache in die Hand nehmen, und Janice, die von kaum etwas Ahnung hatte, war genau die Richtige.
Der Plan war gut, bombensicher und erstaunlich einträglich. Grace hatte sich genau überlegt, wo man die richtigen Leute finden konnte; abgesehen von den Wettbüros und den öffentlichen Bibliotheken waren Bingohallen, Supermärkte, Flohmärkte, Postämter am Rentenzahltag und bei schönem Wetter die Parkbänke aussichtsreich. Ihr Blick war geschult, und sie täuschte sich selten, wenn es darum ging, ihre möglichen Opfer einzuschätzen. Es war schon erstaunlich, was die lieben Alten da alles bei sich zu Hause versteckten, Dinge, deren Wert sie nicht kannten, hauptsächlich kleine Sachen, aber auch Kleinvieh macht Mist. Und fast immer gab es da noch ein bißchen

Bargeld an Stellen, die Grace mit Geschick aufzuspüren wußte, manchmal sogar eine ganz beträchtliche Summe – einmal hatte sie unter einer Matratze, auf die sich nicht einmal ein Hund zum Schlafen hingelegt hätte, 827 Pfund herausgezogen. Die größten Probleme machten die Orte, an denen sie wohnten; Armenhäuser taugten nichts, auch Sozialwohnungen konnten riskant sein, wenn Nachbarn oder Kinder da waren. Ideal waren möblierte Zimmer in aufgeteilten Reihenhäusern, und Grace hatte ziemlich oft Glück. Sie hatte einen Instinkt für solche Dinge.

Wenn die Alten die Tür erst einmal aufmachten, war es nicht mehr schwierig; inzwischen, mit einer Erfahrung von beinahe drei Monaten, hätte sie die Sache im Schlaf erledigen können. Ein Paßfoto auf einem Kärtchen mit umfangreichem Text (es war übrigens egal, was daraufstand, denn die lieben Alten schauten sich den Text ohnehin nicht genauer an – obwohl er sich tatsächlich ziemlich amtlich las, denn Grace machte das, was sie tat, immer gründlich), ein Aktenkoffer voll mit vor Zahlen strotzenden Papieren, ihr bestimmtes Auftreten und ihre angenehme Art, mit Leuten umzugehen – all das garantierte ihnen praktisch den Zutritt zur Wohnung. Dort ging es nur noch darum, Zeit zu schinden, die lieben Alten mit möglichst vielen bürokratischen Details zu überschütten und ihnen eine rosige Zukunft in Aussicht zu stellen; sie selbst lieferten ihnen die Einzelheiten, an denen Grace sich so geschickt entlanghangelte wie eine Spinne an ihrem Netz. Die lieben Alten waren höchst erfreut über das, was sie ihnen zu sagen hatte, und plapperten eifrig drauflos; in der Zwischenzeit schaute Janice sich still und heimlich um, fand heraus, wo sich der Schmuck befand, die Transistorradios und der kleine Nippes; dann brachte sie das Tablett mit den Teesachen und den zerstoßenen Schlaftabletten, die bereits in der Tasse waren. Die lieben Alten schliefen meist schon nach fünfzehn oder zwanzig Minuten ein, und dann konnte nichts mehr schiefgehen. In den Wohnungen lagen immer genügend Plastiktüten herum, in denen sie die Sachen wegtragen konnten, und dazu hatten sie noch ihre eigenen Umhängetaschen. Niemand achtete auf Frauen mit Umhängetaschen.

Natürlich hatten sie auch manchmal Pech. Hin und wieder hatten sie es mit einer schwierigen, mißtrauischen Alten zu tun, die sie nicht hereinließ, weil sie sie nicht kannte. Nun ja, man kann nicht immer Glück haben. Bisweilen fanden sie nichts, was der Mühe wert gewesen wäre, es mitzunehmen, also gingen sie wieder, während die Alten zufrieden vor sich hin schnarchten, ohne Schaden an Leib oder Seele zu nehmen. Freilich waren die beiden dann ein wenig enttäuscht, wenn sich auch in den nächsten Tagen nichts tat. Männer kamen grundsätzlich nicht in Frage. Grace hatte es ganz am Anfang, in der Versuchsphase sozusagen, ein- oder zweimal mit Männern versucht, aber das war Zeitverschwendung. Nur selten besaßen sie etwas Wertvolles, ihre Zimmer waren oft völlig kahl oder abstoßend, und einer von diesen alten Widerlingen hatte doch glatt versucht, ihr die Hand unter den Rock zu schieben, als sie den Tee eingoß. Außerdem konnten sie unangenehm werden; selbst ein älterer Mann konnte noch erstaunliche Kräfte besitzen. Nein, Männer kamen nicht in Frage.

Ihre Arbeit erforderte Geschick, Nerven und Verständnis sowie die Gabe, die menschliche Natur und das Risiko richtig einzuschätzen. Dieses Risiko ließ Graces kühles Herz ein wenig schneller schlagen; tief in ihrem Innersten, hinter ihrer ausdruckslosen Fassade, lauerte die Erregung des Anpirschens, der Jagd und des Reißens. Es ging um die absolute Macht, die vom absoluten Geschick abhing. Und wenn alles gutging, brachte das Geschäft so um die fünftausend im Jahr ein, steuerfrei.

Am schwierigsten war es, die Sachen wieder loszuwerden, doch Grace hatte jahrelange Erfahrung auf diesem Gebiet, und sie hatte sich eine Reihe von Kontakten aufgebaut. Da gab es die kleinen, verstaubten Schmuckgeschäfte, die sich in die Ritzen der älteren, verkommenen Viertel von London drückten; einige der Händler waren richtige Hehler, andere gaben vor, keine zu sein; außerdem waren da noch die Pfandleiher, auch wenn es sich kaum lohnte, mit ihnen Geschäfte zu machen, und natürlich die Straßenmärkte. Inmitten des beständigen Stroms der unterschiedlichsten Menschen ließen sich dort alle Dinge ohne Schwierigkeiten kaufen und verkaufen. Nur selten wurde man hier nach dem Namen gefragt, und wenn, dann erwartete keiner, den richtigen zu hören. Die Flut der Waren auf den Tischen verschlang so manchen Gegenstand und spülte ihn an anderer Stelle wieder an; für alles gab es einen Markt, für ein Kaninchenfell genauso wie für eine Talmibrosche. Einige der Händler kamen und verschwanden wie ihre Waren, anonyme junge Leute, die Erinnerungsstücke aus dem Zweiten Weltkrieg oder orientalische Röcke oder selbstgetöpferte Tonwaren losschlugen, oder schnellzüngige Jugendliche mit Kartons voller T-Shirts, Schirme oder Tonbänder, die genauso eilig wieder verschwanden wie die Lastwagen, von denen ihre Waren heruntergekippt wurden. Doch viele von ihnen betrieben dieses Geschäft auch professionell und verdienten sich damit gutes Geld. Manche von ihnen hatte Grace im Lauf der Jahre kennengelernt. Sie stellten keine Fragen, und sie erzählte ihnen keine Lügen; sie machten ihr einen fai-

ren Preis, denn sie bot ihnen nie etwas an, für das sich nicht früher oder später ein Käufer finden würde.
Von Zeit zu Zeit schaute sich die Polizei auf der Suche nach Diebesgut auf den Märkten um; doch die Dinge, mit denen Grace handelte, waren zu unbedeutend, um Aufmerksamkeit zu erregen, und vermutlich hatte sie auch niemals jemand als gestohlen gemeldet.
Genau das war das angenehme an Graces Plan. Die Chancen standen gut, daß die lieben Alten den Diebstahl erst einige Zeit später bemerkten, und dann dachten sie wahrscheinlich, sie hätten den betreffenden Gegenstand einfach verlegt. Selbst wenn ihnen klargeworden war, was sich da tatsächlich abgespielt hatte, waren sie doch meist verwirrt und schämten sich zu sehr, um irgend jemandem davon zu erzählen. Denn wenn eine alte Frau völlig aufgelöst und höchstwahrscheinlich stocktaub ein Polizeirevier betritt und sagt, sie kann die Uhr ihres Mannes und die dazugehörige Kette nicht finden, die sie immer ganz hinten im Schrank in einer Schuhschachtel aufbewahrt, aber weiß Gott wie lange schon nicht mehr hervorgeholt hat, was ist das dann für eine Geschichte? Zwei Damen vom Sozialamt waren wegen ihrer Behinderung da, oder ging's um die Beihilfe fürs Heizöl oder um ihre orthopädischen Einlagen? Jedenfalls hatte sie nie wieder etwas von ihnen gehört, und ihre eigentliche Sozialarbeiterin wußte nichts von der Sache. Sie hatte die beiden nur das eine Mal gesehen, und sie war sich sicher, daß sie die Uhr ihres Mannes in die Schuhschachtel getan hatte, und außerdem fehlte auch ihre Rente. Aber hatte sie das Geld nicht vielleicht doch ausgegeben? Vielleicht, doch eigentlich glaubte sie das nicht, denn es war erst Donnerstag. Aber sie war sich nicht sicher. Nun ja, das war nun schon ein paar Tage her, eine Woche oder so, sie hatte jetzt erst

gemerkt, daß die Uhr und das Geld, das sie immer bis zum Freitag, ihrem Einkaufstag, versteckt hielt, weg waren. Normalerweise waren die Polizisten nett und geduldig und väterlich zu der alten Dame, die doppelt so alt war wie sie selbst; sie nahmen den Vorfall zu Protokoll, und der Bericht verschwand irgendwo in den Ritzen des Systems; insgeheim dachten sie möglicherweise, es könnte schon was dran sein und man müßte die Sache weiterverfolgen, aber da ließ sich wohl nicht viel machen. Die alte Dame ging wieder nach Hause. Irgendwie war sie sich nicht sicher, ob die Geschichte nicht doch ihre eigene Schuld war. Der Vorfall stand in den Akten, und damit hatte sich die Sache.

Es war eine schöne Methode, sich seinen Lebensunterhalt zu verdienen.

Janice ließ sich mittreiben. Sie ließ sich schon seit jeher mittreiben, wie eine Qualle im warmen Wasser. Sie war in Nottingham aufgewachsen, wo ihre Mutter, eine rundliche Frau, ganz froh gewesen war, als ihr Mann sie endlich verließ, denn die einzige Möglichkeit, nicht jedes Jahr ein Kind oder einen Abgang zu haben, bestand ihrer Meinung nach darin, ohne Mann zu sein. Janice hatte sechs Geschwister. Sie war das mittlere Mädchen, und von ihrem zehnten bis zu ihrem fünfzehnten Lebensjahr, als sie schließlich von zu Hause wegrannte, wurde sie von ihrem Onkel Charley, dem Bruder ihrer Mutter, mißbraucht, der sich, als ihr Vater die Familie im Stich ließ, sozusagen zum Oberhaupt derselben ernannte. Janice konnte ihren Onkel Charley ganz gut leiden und nahm das, was er da mit ihr machte, hin. Erst einige Wochen, nachdem sie von zu Hause ausgerissen war und auf einem Rastplatz an der Autobahn in einem Lieferwagen einer Heizungsfirma in Naturalien für die Fahrt in Richtung London bezahlte, merkte sie, daß daran

noch viel mehr war, als Onkel Charley je gewagt hatte. Die ganze Sache ließ sie kalt; die nächsten Jahre, die sie abwechselnd in der Obhut verschiedener Ämter verbrachte, bekam sie auch keine nennenswerte Gelegenheit, ihre Meinung zu ändern. Sie verkaufte ihren Körper, wenn es sein mußte, doch auf recht amateurhafte Weise; die meiste Zeit trieb sie von einer Aushilfstätigkeit zur nächsten und verdiente sich durch Ladendiebstähle und kleinere Diebereien ein Zubrot; währenddessen wohnte sie in besetzten Häusern oder möblierten Zimmern. Sie wurde mehrmals festgenommen, bekam jedoch jedesmal Bewährung – bis auf das letztemal, als sie das Faß zum Überlaufen brachte. Nun fand sie sich also in Holloway wieder, sechsundzwanzig Jahre alt, ohne festen Wohnsitz und ohne Familienbande, ein großes, verträumtes Mädchen, das weder sonderlich gut aussah, noch besondere Vorlieben hatte, eine junge Frau, die sich im großen und ganzen im Gefängnis ganz wohl fühlte, weil man ihr dort zumindest die Last der Entscheidungen abnahm, welche das Leben in Freiheit mit sich brachte. Doch manche der Insassinnen machten ihr angst. Wenn sie neben Grace Bradby in der Wäscherei arbeitete, war sie dankbar für deren Schutz; und daß sie sich später das Zimmer teilten, das Grace für sie gesucht hatte, ersparte ihr viel Mühe. Sie fühlte sich sicher bei Grace. Grace war so, wie eine Mutter sein sollte, bestimmt, fähig und freundlich. Und geschlechtslos. Die Nackenrolle in der Mitte ihres Doppelbetts hätte gut und gerne aus Beton sein können.
Sie hatte noch nie mit älteren Leuten zu tun gehabt. Ihre Großeltern waren bereits tot oder verschwunden, als sie ein Kind gewesen war, auch Onkel Charley war erst mittleren Alters. Als Grace ihr ihren Plan erklärte, fragte Janice: »Aber werden die das denn nicht merken?«
»Die doch nicht! Du würdest gar nicht glauben, mit wie

vielen Leuten die lieben Alten ständig reden müssen. Die meiste Zeit wissen sie gar nicht, was das für Menschen sind, und außerdem sind sie sowieso überglücklich, wenn sie jemanden haben, mit dem sie sich unterhalten können. Mach dir mal keine Sorgen, Jan. Ich weiß schon, was ich tue.«

»Ja, gut, aber ... ich meine, schließlich sehen sie uns doch und so. Was ist, wenn sie die Bullen holen?«

»Das machen sie nicht, während wir da sind, weil sie erst eine ganze Zeit später merken, daß etwas nicht in Ordnung ist. Sie denken zunächst, daß sie schön tief geschlafen haben. Tage später, wenn überhaupt, merken sie dann, daß einige Dinge verschwunden sind. Selbst wenn sie es merken und zur Polizei gehen, hört ihnen doch dort heutzutage kaum jemand zu. Schließlich haben sie ja nicht die Kronjuwelen verloren.«

Janice gab nach, wie sie es immer tat. Grace hatte so großes Selbstvertrauen und so große Erfahrung von den Heimen, daß sie wohl wußte, was sie tat.

»Du wirst schon sehen, Jan. Das wird alles ganz einfach. Halt nur den Mund, und überlaß die Sache mir.«

Und tatsächlich, es war wirklich alles ganz einfach gewesen in den letzten Monaten. Graces Planung, ihre Vorarbeiten, ihr Auskundschaften passender Opfer und schließlich noch die tatsächliche Durchführung, ihr adrettes und freundliches Äußeres, das alles hatte ihnen fast überall zum Erfolg verholfen. Sie arbeiteten nie in ihrer eigenen Wohngegend und auch nie mehr als ein paar Wochen am selben Ort, sondern sie schauten sich um, schlugen zu und zogen wieder weiter: Wenn dann Beschwerden laut wurden, hatten sie schon längst das Weite gesucht.

Natürlich gab es gelegentlich auch Rückschläge. Sie standen auf dem terrakottagefliesten Pfad zu einem Reihenhaus aus der Zeit Edwards, wohin Grace ihrem Opfer vor zwei Tagen gefolgt war, und drückten die unterste Klingel – man konnte davon ausgehen, daß ein älterer Mensch nicht im Obergeschoß wohnte. Auf dem Schild stand in verblichener Tinte der Name Andrews, und als endlich die Tür aufging, lächelte Grace und fragte: »Miss Andrews?«

»Ja.«

»Wir sind vom Sozialamt.«

»Ja?«

»Dürfen wir einen Augenblick hereinkommen?«

»Warum?«

Miss Andrews war klein und gedrungen, und sie hatte ein kantiges, ledriges Gesicht und einen Schopf weißer Haare, die wie bei einem Mann geschnitten waren. Grace merkte sofort, daß sie keineswegs schwächlich war, auch wenn sie sich die Strecke vom Postamt bis zu diesem Haus, die Grace ihr gefolgt war, auf einen Stock gestützt hatte.

Sie senkte die Stimme. »Es geht um Ihre Behinderung.«

»Behinderung?«

»Ihr ...« Sie deutete mit einer diskreten Geste auf den Stock.

»Das ist keine Behinderung. Das ist Arthritis. Ich bin nicht behindert.« Sie schickte sich an, die Tür zu schließen.

Grace sagte schnell: »Nicht im Sinne des Behindertengesetzes, aber Sie haben Anspruch auf Beihilfe.«

Die Tür schloß sich nicht weiter. »Beihilfe?«

»Ja. Dürfen wir hereinkommen? Hier an der Tür ist das doch ein wenig öffentlich.«

»Na schön.« Miss Andrews drehte sich um und stapfte den Flur zum hinteren Zimmer zurück, einem kombinierten Wohn- und Schlafzimmer, das so ordentlich und spartanisch eingerichtet war wie eine Schiffskabine. Hinter einem Wandschirm in einer Ecke verbargen sich ein Gaskocher und ein Waschbecken. Auf dem Sims des Kamins, wo das Gas leise vor sich hin zischte, standen ein Paar ganz ansehnlicher Messingkerzenständer und auf einem Hocker neben dem Bett ein ebenfalls ordentliches Radio.

»Was haben Sie gesagt, wer Sie sind?«

»Ich bin Mrs. Black vom Sozialamt, und das ist meine Kollegin Mary. Wir sind von der Gruppe OAP B22, von der Sie vermutlich noch nie etwas gehört haben, denn sie ist erst kürzlich gegründet worden, wissen Sie, um denen zu helfen, die keinen Anspruch auf die üblichen Unterstützungen haben.«

»Wo ist Ihr Ausweis?« fragte Miss Andrews und stützte sich dabei auf ihren Stock.

»Hier, meine Liebe.« Grace nahm die Karte aus ihrer Handtasche und reichte sie ihr. Janice trat voller Nervosität einen Schritt zurück zur Tür, während Miss Andrews sich die Karte anschaute, doch Grace blieb ruhig.

»Windiges Ding. Sieht aus wie eine Fälschung.«

Grace lächelte und streckte die Hand nach der Karte aus. »Ich fürchte, Sie haben recht. Das hängt mit den ständigen Kürzungen der Regierungsausgaben zusammen, wissen Sie, da versucht die Abteilung, ihre eigenen Ausweise zu drucken, damit wir nicht eigens Broschüren und Karten von der Regierung anfordern müssen. Vermutlich hilft das Mr. Lawson, ein wenig Ordnung in sein Budget zu bringen, doch wir Sozialarbeiter kommen dadurch manchmal in peinliche Situationen, wie Sie selbst sehen. Wir müssen gute Miene zum bösen Spiel machen und hoffen, daß die Leute gesunden Menschenverstand beweisen ...«

»Wahrscheinlich haben Sie recht.«

Sie setzten sich. Grace öffnete ihren Aktenkoffer, breitete ihre Dokumente aus und begann mit ihrer Geschichte.
Als sie zu den Worten »Behindertenbeihilfe« kam, fiel Miss Andrews ihr ins Wort. »Ich bin nicht behindert.«
»Nein, natürlich nicht. Wie gesagt, nicht im Sinne des ursprünglichen Gesetzes, aber, wissen Sie, da gibt es eine neue Verordnung, einen Paragraphen des National Health Act von 1981, der gerade erst in Kraft getreten ist – na ja, eigentlich stimmt das nicht, weil er natürlich bereits 1981 in Kraft getreten ist, aber das Sozialamt hat jetzt erst Gelegenheit, ihn auf Grenzfälle wie den Ihren anzuwenden, denn im Moment sind wir wegen der Kürzungen im Regierungshaushalt so knapp an Leuten, daß wir, fürchte ich, viel zu lange brauchen, um all diejenigen zu erreichen, die eigentlich Ansprüche hätten.«
»Ich brauche keine Almosen«, sagte Miss Andrews. Sie öffnete eine Schachtel Zigaretten, zündete sich eine an und brachte das Streichholz mit einer aggressiven Geste zum Verlöschen.
»Es geht hier nicht um Almosen, meine Liebe, sondern um Ansprüche. Es handelt sich um eine Beihilfe, die all denjenigen, die das Rentenalter überschritten haben, vom Gesetz her zusteht. Wenn Sie es jedoch wünschen, können wir die finanzielle Beihilfe streichen und dafür in Naturalien gewähren.«
»Natürlich, in Naturalien.«
»Natürlich in Naturalien? Ich sehe schon, Sie haben Sinn für Humor, Miss Andrews, finden Sie nicht auch, Mary? Oft denke ich mir, daß Sinn für Humor zu den wertvollsten Geschenken gehört, die Gott uns mitgegeben hat. Nun denn ...« Sie ordnete ihre Papiere. »Natürlich, in Naturalien ...« Sie kicherte leise vor sich hin. »Die Naturalien hängen von der Höhe des Anspruchs ab und von

den besonderen Bedürfnissen des Empfängers. In Ihrem Falle ...« Sie schwieg eine Weile. »Miss Andrews, dürfte ich Sie wohl fragen, ob Mary uns allen eine Tasse Tee machen kann? Wir sind heute schon wer weiß wie lange auf den Beinen, und wir müssen noch zu einem weiteren Berechtigten. Da wäre eine Tasse Tee für uns ein Gottesgeschenk. Mary ...«

Janice erhob sich, um zu dem Wandschirm zu gehen, doch Miss Andrews sagte mit lauter, fester Stimme: »Nein, das machen Sie nicht!«

»Verzeihung?«

»Sie geht mir nicht in meine Küche.«

»Sie will nur den Teekessel aufsetzen, meine Liebe.«

»Nicht in meiner Küche.«

»Vielleicht würden Sie es lieber selbst machen, wir wollten Ihnen ja nur die Mühe abnehmen.«

»Ja, genau«, sagte Janice mit schwacher Stimme.

»In meiner Küche hat niemand etwas verloren«, sagte Miss Andrews mit fester Stimme. »Außerdem: Wenn Sie mich fragen, ist das alles Stuß. Von wegen Berechtigte und Ansprüche und Abteilung hier und Paragraphen da. Alles Stuß!«

»So ist nun mal das Gesetz in unserem Land, meine Liebe.«

»Stuß! Ich brauche nichts, was ich mir nicht selber besorgen könnte. Genau das ist es doch, was faul ist in diesem Land. Jeder macht bloß die Hand auf und wartet darauf, daß der Staat ihm was gibt. Das sind doch alles Halunken und Schmarotzer. Mir hat man beigebracht, daß man hart arbeiten, sich gutes Geld verdienen und fürs Alter was zurücklegen muß, und genau das habe ich auch gemacht. Ich brauche keine Almosen vom Staat, keine Beihilfe für dies und das. Ich habe meine Rente, und die habe ich mir weiß Gott verdient; die bekomme ich jetzt und dazu noch ein bißchen von dem, was ich gespart habe, mehr brauche ich nicht. Wenn die Regierung diesen ganzen Firlefanz von wegen Beihilfen und so streichen würde und die Leute für ihr Leben selber verantwortlich wären, ließe es sich hier in diesem Land besser leben, wie damals im Krieg, und Leute wie Sie würden auch was Ordentliches arbeiten.«

Grace griff mit zusammengepreßten Lippen nach ihren Papieren und steckte sie wieder in ihren Aktenkoffer. »Tja, wenn Sie dieser Meinung sind, meine Liebe ...«

»Sagen Sie nicht meine Liebe zu mir. Ich bin nicht Ihre Liebe. Ich heiße Elizabeth Andrews, und ich wünsche Ihnen einen guten Tag.«

»Es tut mir leid, daß Sie die Sache so sehen, Miss Andrews«, sagte Grace. Sie erhob sich mit Würde, zog den Reißverschluß ihrer Aktentasche zu und ging zur Tür, die Janice bereits geöffnet hatte. »Ich fürchte, Sie stehen sich in dieser Angelegenheit selbst im Wege. Jeder Bürger hat das Recht, das zu bekommen, was der Staat ihm verspricht, aber wenn Sie anders darüber denken, werde ich keine Worte mehr darüber verlieren. Kommen Sie, Mary. Wiedersehen, Miss Andrews. Schade, daß Sie sich nicht helfen lassen.«

Sie schlossen die Tür hinter sich, gingen den Flur an der Treppe und an der Garderobe vorbei, an der staubige Mäntel hingen, bis zur verschlossenen Haustür mit den leeren Limonadenflaschen und traten hinaus auf die Straße.

»Was für eine alte Kuh«, sagte Grace, während sie forschen Schrittes weggingen.

»Ich hab kein gutes Gefühl dabei gehabt, wie sie sich deinen Ausweis angeschaut hat«, sagte Janice.

»Die blöde alte Ziege! Die meisten sehen doch sowieso

nichts, wenn sie ihre Brille nicht aufhaben. Trotzdem sollten wir uns lieber verdrücken hier, vielleicht wird sie ungemütlich.«
Sie bogen in die Hauptstraße ein in Richtung U-Bahn; Grace arbeitete ungern in einem Gebiet weiter, wo sie einen Reinfall erlebt hatten.
Sie redeten nicht viel auf der Fahrt quer durch London und auf dem Weg nach Hause. In den Straßen herrschte nachmittägliche Ruhe, und in ihrem sonnigen Zimmer mit den schäbigen, kunterbunt zusammengewürfelten Möbeln fühlten sie sich sicher. Janice ging den Flur zur Toilette hinaus, während Grace sich eine Zigarette anzündete und den Kessel – einen elektrischen Kessel, den sie erst vor einem Monat erworben hatten – auf den Herd stellte.
Als Janice wieder zurückkam, sagte Grace: »Nicht mal eine Tasse Tee hat sie uns gemacht.«
»Aber ich hab wenigstens das da.« Aus der Tasche ihrer Jeans zog Janice ein Medaillon aus ziseliertem Gold mit einem Gänseblümchen aus Staubperlen um einen winzigen Türkis. Eine der Perlen fehlte.
»Was hast du da?«
»Das da.«
»Du bist wohl von allen guten Geistern verlassen!« Sie riß Janice das Medaillon aus der Hand und sah es sich genauer an. »Wieso hast du das gemacht, wo sie sich sowieso schon so aufgeführt hat?«
»Das Ding ist einfach so dagelegen, auf der Kommode neben der Tür, zwischen Haarklammern und Tabletten und anderem Zeug. Sie vermißt das Medaillon sicher nicht.«
»Woher willst du das wissen? Sie ist genau die Sorte Frau, der so was fehlt, hat sicher ihrer Mutter gehört oder so.

Wirklich, Jan, du solltest dir ein bißchen mehr Gedanken machen.«

Janice schaute finster drein. »Es ist doch nicht mal eine Kette dran, sie hat's nie getragen. Es ist einfach so rumgelegen.«

»Hör mir zu, Mädchen. Ich hab's dir schon mal gesagt, und ich sage es dir jetzt zum letztenmal: Wenn irgendwas schiefgeht, lassen wir die Finger von der Sache, verstanden? Kein Hin und Her, keine Versuche, doch noch was rauszuholen, wir lecken unsere Wunden und verschwinden. Verschwinden, und zwar schnell. Kapiert?«

»Ja, aber ...«

»Nein, kein Aber. Wir verschwinden. Ich habe mehr Verstand in meinem kleinen Finger als du in deinem Kopf, und wenn ich dir etwas sage, machst du das gefälligst auch, sonst kannst du sehen, wo du bleibst, verstanden?«

»Ich habe gedacht ...«

»Denk lieber nicht. Überlaß das mir, dann klappt die Sache. Wenn du auf dich allein gestellt bist, kommst du doch überhaupt nicht zurecht. Du hast kaum so viel Verstand wie ein neugeborenes Kätzchen.«

Tränen traten Janice in die Augen.

Grace hielt ihr das Medaillon hin. »Da, nimm das wieder. Ich will nichts damit zu tun haben. Du hast es mitgehen lassen, du wirst es auch wieder los, ich will das Zeug nicht mehr sehen.« Janice nahm das Medaillon und steckte es in ihre Tasche. »Verkauf das morgen irgendwo auf dem Markt. Ich will nicht, daß es hier rumliegt. Ich kümmere mich nicht um die Sache, nicht, nachdem sie sich so aufgeführt hat. Eigentlich solltest du mehr Verstand haben.«

»Es ist einfach so rumgelegen.«

»Mein Gott, Mädchen, mach den Tee und halt die Klappe!« Grace ging in das hintere Zimmer und zog die Schuhe aus. »Morgen, ja? Während ich die anderen Sachen verkaufe, versuchst du, das Medaillon loszuwerden, verstanden?«

Janice machte schweigend den Tee, den sie auch schweigend tranken, dann verschwand sie schmollend im Schlafzimmer, legte sich hin und schlief ein; sie konnte überall und immer schlafen. Grace hingegen saß noch länger am Fenster, durch dessen schmutzige Scheiben die Sonne angenehm warm hereinschien, rauchte und schaute hinaus auf die Straße. Wie ein Kind war Janice manchmal. Sie hatte nicht mehr Verstand ... Doch vermutlich war wirklich nichts Schlimmes passiert. Wie Jan ganz richtig vermutete, würde die alte Kuh das Ding wahrscheinlich nie vermissen, weil sonst nichts fehlte. Alles in allem ein vertaner Nachmittag, doch der Morgen war gut verlaufen – zwei Besuche: ein paar nützliche Kleinigkeiten und ein nettes Sümmchen in bar. Auch der Tag davor war zufriedenstellend gewesen, jeder Versuch ein Erfolg. Im großen und ganzen eine gute Woche.

Die Wochenendmärkte versprachen immer ein gutes Geschäft. Viele Leute, viel Betrieb, und die Menschenmassen waren zu dicht und träge, als daß man sich noch an einzelne Personen erinnert hätte, der Lärm war zu groß, als daß man einzelne Verkaufsgespräche hätte verstehen können. Die Geschäfte wurden immer schnell abgewickelt; weder der Käufer noch Grace wollten zu lange verweilen, diejenigen, die genau wußten, worauf sie sich einließen, am allerwenigsten. Grace kannte ihren Markt – welche Händler Transistorradios suchten, welche Silber, welche viktorianische Antiquitäten oder altmodische Pelze. Oft beobachtete Grace, daß die Waren, die sie auf dem Weg die Budenstraße hinunter verkauft hatte, schon nicht mehr da waren, wenn sie wieder zurückkam. Schmuck und kleinere Gegenstände legte sie für die winzigen Läden mit den Schaufenstern voll staubiger Uhren und den schmalen Gittern vor den Türen zurück, wo es dämmrig war, abgesehen von der einen hellen Lampe auf der Bank hinter der Theke, auf der die Innereien von Uhren aller Art herumlagen.

In diese Läden ging sie allein, doch Janice begleitete sie auf die Märkte, schlenderte an den Buden entlang und ließ hin und wieder eine Kleinigkeit mitgehen, während Grace mit den Händlern feilschte. Doch davon sagte sie Grace nichts, nicht mehr, seit Grace ihr deswegen einmal eine kräftige Ohrfeige verpaßt hatte. Grace war in dieser Hinsicht strikt, sie wollte nichts davon wissen, das eigene Nest zu beschmutzen.

Doch mit Miss Andrews' kleinem Anhänger schickte sie sie allein hinaus und verbat ihr, ihn auf dem Markt zu verkaufen. »Das Risiko gehe ich nicht ein, Jan. Du hast ihn mitgehen lassen, du siehst auch zu, daß du ihn wieder los wirst.«

»Du hast doch einen Knall«, hatte Janice plötzlich gesagt und eine Locke ihres Haares immer wieder um den Finger gewickelt, wie sie es jedesmal tat, wenn sie nervös war. »Du leidest unter Verfolgungswahn.«

»Da hast du völlig recht. Ich leide unter Verfolgungswahn. Und genau deswegen ist dir und mir bis jetzt auch noch nichts passiert, oder?« Sie hatte auf der Lehne eines Stuhls gesessen und Janice mit nachsichtigem Blick betrachtet, denn inzwischen war ihr Zorn verraucht, und außerdem wußte sie, daß Janice ihr ganz und gar ausgeliefert war. Dieses Wissen ließ so etwas wie Zuneigung in ihr aufkommen, ein Gefühl, wie sie es auch einer Katze oder einem Wellensittich hätte entgegenbringen können.

»Du bist schon ein komisches Ding, Jan. Du willst also wieder zurück in den Knast, was, zu den ganzen Verrückten und Lesben und abgefuckten Nutten? Willst du das? Wenn das so ist, Mädchen, mußt du allein sehen, wo du bleibst. Dann kannst du jederzeit gehen.« Janice drehte schweigend ihre Haarlocke um den Finger. »Also, los jetzt, verkauf dieses Ding – und daß du's ja nicht hier in der Gegend versuchst, klar? Gut.«
Doch Janice fuhr nicht so weit weg, nur ein paar Bushaltestellen. Sie war beleidigt, weil Grace so mit ihr gesprochen hatte; sie tat gerade so, als hielte sie sie für einen Vollidioten. Natürlich war es praktisch, daß Grace alles in die Hand nahm; Janice war es immer schon zuviel Mühe gewesen, sich selbst um ihr Leben zu kümmern, deshalb war sie auch in Holloway gelandet. Grace war raffiniert, und sie kümmerte sich um alles. Aber obwohl Janice sich gerne Graces Führung unterwarf, genoß sie es gleichzeitig, sich darüber zu ärgern. Was glaubte sie eigentlich, wer sie war?
Das wußten Grace und Janice beide sehr gut – sie war der Kopf, diejenige, die für die Grundlagen ihres angenehmen Lebens sorgte. Aber trotzdem hatte sie kein Recht, so mit Janice zu reden, als wäre sie ein Vollidiot oder so etwas Ähnliches.
Also tauchte Janice schmollend mitten in das Gewühl eines kleinen Straßenmarktes hinein, nur wenig mehr als einen Kilometer von ihrer Wohnung entfernt. Manchmal kauften sie dort ein; hauptsächlich wurden hier Obst und Gemüse angeboten, daneben gab es auch Stände mit billiger Kleidung und einen mit dem üblichen wertlosen Krimskrams, über den ein dicker junger Mann mit lebhaften Augen wachte. Er beobachtete sie, während sie herumbummelte.

»Na, was darf's denn sein, meine Liebe?«
»Ich weiß es noch nicht.«
»Vielleicht ein paar hübsche Armreifen?«
»Nein, so was trage ich nicht. Eigentlich möchte ich was verkaufen.«
Sein Tonfall wurde merklich reservierter. »Und was wäre das?«
Sie holte das Medaillon heraus und wickelte es aus. »Hat meiner Oma gehört.«
Er sah sich das Schmuckstück in ihrer offenen Hand mit kühlem Blick an, ohne es zu berühren. »Kein Interesse, meine Liebe.«
»Ist aber aus Gold.«
»Das sehe ich. Das würden mir die Leute hier doch innerhalb von fünf Minuten klauen. Tut mir leid.«
Sie wickelte es mit einem Achselzucken wieder ein. »Na schön«, sagte sie und ließ sich von der Menge wegtreiben. Der kann mich mal. Grace kann mich mal. Obwohl ...
Ein schmaler Eingang, ein verstaubtes Schaufenster mit Weckern und einfachen Ringen. Sie trat ein. Aus einem Kämmerchen kam ein älterer Mann.
»Kaufen Sie auch Sachen?«
»Das kommt drauf an, meine Liebe. Was haben Sie denn Schönes?«
Sie wickelte das Medaillon aus. Er nahm es mit seiner knotigen Hand und hielt es sich dicht vor die Augen. »Da fehlt ein Stein.«
»Hat meiner Oma gehört.«
»Trotzdem fehlt ein Stein. Leicht wiederzuerkennen. Kein Interesse, meine Liebe.«
»Ist alt.«
»Glaube ich Ihnen. Das bin ich auch. Aber bei mir fehlen noch keine Steine.« Er lächelte sie ausgesprochen männ-

lich an und umfaßte ihre Finger mit beiden Händen, während er ihr den Anhänger zurückgab. Dabei zog er sie ein wenig über den Tresen zu sich herüber. »Kommen Sie doch nach Geschäftsschluß noch mal vorbei, dann zeige ich es Ihnen. Bei mir fehlen keine Steine.«

Sie wich zurück. »Lassen Sie die Finger von mir!«

»Kommen Sie zurück, vielleicht kaufe ich doch.«

Sie sah ihn voller Verachtung an und verließ in der Hoffnung, das Glas möge zerbrechen, türenschlagend das Geschäft. Dreckiges Schwein!

Das war's also. Sie hatte eigentlich keine Lust mehr, sich noch weiter abzumühen. Zum Teufel mit Grace. Grace würde nichts von der Sache erfahren. Zum Teufel mit ihr.

Gegen acht Uhr am selben Abend saß sie auf einem Barhocker im King's Crown, und vor ihr stand ein halbvolles Glas Cola mit Schuß. Die Musik im Hintergrund, das Brummen von Stimmen, die warme, schwere Luft und die trübe Beleuchtung bildeten einen angenehmen Puffer zwischen ihr und dem Rest der Welt, doch trotzdem spürte sie, wie die Depression sie allmählich beschlich. Niemand hatte mit ihr gesprochen, niemand hatte ihr mehr als einen Blick geschenkt; sie hatte kein Ziel und keine Verabredung, denn normalerweise kehrte sie nicht hier ein – die Kneipe war zu weit von zu Hause weg für eine Stammkneipe, doch gleichzeitig zu nah, um ihr völlig fremd zu sein. Aus genau diesem Grund war sie hierhergekommen; sie hatte darauf gehofft, ein paar bekannte Gesichter zu sehen und wollte Grace eins auswischen. Grace würde einen Anfall bekommen, wenn sie erführe, daß Janice so nahe bei ihrer Wohnung versucht hatte, Ware loszuschlagen, denn sie selbst würde nie das eigene Nest beschmutzen, wie sie immer sagte. Grace wäre noch wütender, wenn sie wüßte, daß der Anhänger sich nach wie vor in Janices Jeanstasche befand. Janice hatte keine Lust, nach Hause zu gehen und den Rest des Abends mit Grace vor dem Fernseher zu verbringen. Grace hatte ihr wirklich die Laune verdorben, als sie sie so fertigmachte. Zum Teufel mit Grace.

Sie kaufte eine Tüte Chips und sah sich nach möglicher Gesellschaft um. Die Kneipe war nur halb voll – lärmende Grüppchen und Paare, die nicht gestört werden wollten. Doch dann entdeckte sie einen Mann allein an einem Tisch, von dem gerade ein paar Leute aufstanden, also nahm sie ihre Chips und ihren Drink, rutschte von ihrem Hocker und schlenderte hinüber.

»Ist hier noch frei?«

Der Mann nickte, sagte aber nichts, und lehnte sich mit vornübergeneigtem Kopf zurück gegen die Wand. Dabei sah er seinen Fingern zu, wie sie immer wieder das halbleere Glas mit Lagerbier auf dem Tisch vor ihm hin und her drehten.

Sie setzte sich auf den noch immer warmen Stuhl, nippte an ihrem Drink und musterte ihn verstohlen. Er war gar kein übler Typ, so um die Dreißig, hatte dunkles kurzes Haar, war ordentlich rasiert und trug Hemd und Krawatte und dazu ein langweiliges Tweedsakko und eine braune Hose. Er nahm keine Notiz von ihr, bewegte nicht einmal die unter dem Tisch ausgestreckten Beine, so sehr war er in seine Gedanken versunken.

Sie nahm ein paar Chips aus der Packung und hielt diese dann ihm hin. »Wollen Sie auch welche?«

»Was? Ach so – danke.« Er griff in die Packung. Sie knabberten beide schweigend vor sich hin. Dann hatte er das Gefühl, etwas sagen zu müssen. »Netter Abend.«

»Ja.«

Sie nippten beide an ihren Drinks; der von Janice war fast leer, und sie hätte noch einen weiteren vertragen, aber er merkte das nicht. Er lohnte die Mühe nicht, interessierte sich einfach nicht für sie, und wieder spürte sie die Depression in sich aufsteigen. Plötzlich war sie verzweifelt.
»Sie schauen aus, als hätten Sie die Nase voll von allem.«
»Was?«
»Ich habe gesagt, Sie schauen aus, als hätten Sie gründlich die Nase voll von allem. Als wäre jemand gestorben oder so.«
»Tja, da haben Sie gar nicht mal so weit danebengeraten. Fast wäre jemand gestorben.«
Jetzt war es an ihr, erstaunt zu sein. »Was?«
»Fast wäre jemand gestorben. Ein Freund von mir. Ich bin gerade im Krankenhaus gewesen, habe ihn besucht.«
»Ach, das tut mir aber leid. Geht's ihm schlecht?«
»Nein, es ist nicht mehr so schlimm. Gebrochener Arm und Gehirnerschütterung. Die Ärzte haben gedacht, er hätte innere Verletzungen, aber das hat sich, Gott sei Dank, als Irrtum erwiesen.«
»Hat einen Unfall gehabt, was?«
»Ja. Ist mitgeschleift worden. Üble Sache.«
»O je.«
»Tja.«
Sie nippten beide an ihrem Drink.
»Sie sind Arbeitskollegen, oder?«
»Tja – bin im Staatsdienst sozusagen.«
»So was wie ein dienstbarer Geist, was?« Sie kicherte ein wenig verzweifelt.
»Tja, schrecklich dienstbar.« Er sah sie zum erstenmal an und bemühte sich, fröhlich zu wirken. »Trinken Sie aus, dann hole ich Ihnen einen neuen Drink.«
Sie trank rasch aus, sah ihm nach, wie er zur Theke ging

und erfolgreich die Aufmerksamkeit des Mannes dahinter auf sich lenkte, was nicht allzu viele Männer gut konnten. Er war zwar nicht sonderlich groß, aber er hatte ordentliche Schultern. Auch seine Haare waren schön. Und es war nett, daß er sich Sorgen machte um seinen Kollegen.

Er kam mit den Drinks zurück.

»Und was machen Sie beruflich?«

»Tja, sagen wir mal, ich bin im Nachrichtenwesen.«

»Was, Telekom und so?«

»So was Ähnliches. Und was ist mit Ihnen? Fotomodell, Showgirl, Fernsehen?«

»Sie nehmen mich nicht ernst.«

»Nein, wirklich.« Aber er neckte sie trotzdem ein wenig. Sie trank einen Schluck, nicht sonderlich erfreut. »Ich hab wirklich schon mal als Fotomodell gearbeitet.« Sie hatte sich oft gesagt, daß sie mindestens so gute Beine hatte wie diejenigen, die sie, über zwei Meter hoch, tagtäglich auf den Plakaten in der U-Bahn sah. »Für Illustrierte und so.«

»Tatsächlich?«

»Ja.«

Seine Gedanken schweiften wieder ab, vielleicht zu seinem kranken Freund. Er hatte freundliche Augen, mit denen er sie nicht so intensiv ansah, wie sie es sich gewünscht hätte. Legerer gekleidet, hätte er sicher toll ausgesehen. Sie versuchte es noch einmal. »Eigentlich bin ich Sekretärin. Oder eher Assistentin. Beim Film.« Sie war einmal spontan in eine Arbeitsvermittlungsstelle gegangen, weil draußen auf dem Schwarzen Brett ein solcher Job angeboten wurde – achttausend Pfund im Jahr verdiente man da. Aber die Leute hatten nicht einmal ihren Namen notiert. »Ist höchst interessant. Ich treffe da die ganzen Stars.«

»Machen Sie Witze!«

Sie hatte das Gefühl, daß er sie nicht ernst nahm. Sie leerte ihr Glas. »Ich bin gerade krank geschrieben. Ist wegen meinem Rücken. Ich hab's mit der Bandscheibe, die Wirbel springen immer raus.«
»Wo springen sie denn hin?«
»Wie bitte?«
»Tut mir leid – war nur ein Scherz.«
»Ach so.« Inzwischen war es voll geworden in der Kneipe, und alle schienen sich gut zu amüsieren, bereit zu sein für eine lange Nacht voller Spaß. Sie hatte Hunger und hätte Lust gehabt auf fritierte Scampi oder vielleicht etwas Chinesisches und danach auf einen Besuch in der Disco – er sah aus, als könne er sich das leisten. Und wenn er hinterher wollte, hätte sie nichts dagegen, er hatte so schöne saubere Fingernägel ...
Er schaute auf seine Digitaluhr. »Tut mir leid, Schätzchen, ich muß Sie jetzt allein lassen.« Er rückte mit dem Stuhl zurück und stand auf. »Mein Dienst beginnt um acht – Nachtschicht, Gleitzeit, wie Sie's auch immer nennen wollen.« Er grinste sie von oben herab an, denn ihre Bestürzung war ihrem Gesicht so deutlich abzulesen wie dem eines Kindes. »Vielleicht sehen wir uns mal wieder.«
»Ja, vielleicht.« Sie hatte das Gefühl, auf eine Stufe getreten zu sein, die gar nicht da war. »Vielleicht morgen?«
»Könnte schon sein, wenn mein Freund immer noch im Krankenhaus ist.«
»Ja.«
»Tja, tschüs dann.« Er verschwand mit selbstsicheren wippenden Schritten in der Menge der sich drängenden Gäste, Janice sah ihm mit überraschend großem Bedauern nach. Ihr war der Abend verdorben, und abgesehen davon hatte er ihr wirklich gefallen.

Am nächsten Abend saß sie wieder im King's Crown, zusammen mit den üblichen Sonntagsgästen, die ruhig, aber beständig vor sich hin tranken, um sich für die kommende Woche zu stärken. Janice trug ihre beste Jeans, einen Pullover mit Lurexfäden und große, baumelnde Ohrringe unter ihrem langen Haar, das sie ein wenig hochtoupiert hatte, um wie Julia Somerville in den Neunuhrnachrichten auszusehen. Sie war ein bißchen früher gekommen, als die Besuchszeiten in den Krankenhäusern ihrer Ansicht nach zu Ende gingen, hatte ihren Drink zu einer gepolsterten Bank in einer Ecke getragen und beobachtete nun die Tür. Ein paar Männer versuchten, sie anzumachen, aber sie ließ sie abblitzen.
Er kam nicht.
Es wurde immer voller in der Kneipe. Allmählich bekam sie das Gefühl, von allen angestarrt zu werden. Sie trank ihren Drink so langsam wie möglich und wich den Blikken der anderen, den Andeutungen darin und den Leuten, die schon auf ihren Sitzplatz lauerten, aus.
Und dann kam er doch.
Sie freute sich so sehr, daß sie sich erhob, ihm winkte und »Hallo!« rief.
Er grinste zu ihr herüber und begrüßte sie mit einem Winken, dann ging er direkt zur Theke und kam mit den Gläsern zu ihrem Tisch, wo sie jetzt triumphierend wie ein kleines Kind saß.
»Hallo.« Er zwängte sich auf den Platz neben ihr. Heute abend war er legerer gekleidet – er trug einen Pullover und Jeans. Sie fand, daß er einfach toll aussah. »Na, wie geht's?«
»Ganz gut. Wie geht's Ihrem Freund?«
»Besser. Er kommt schon wieder auf die Beine.«
»Ist er verheiratet?«

»Nein. Warum?«
»Wäre doch schlimm für seine Frau, wenn er schwer verletzt wäre oder so.«
»Ja. Ja, das stimmt.«
In dem rauchigen Licht rund um sie herum plauderten die anderen Gäste vergnügt, doch er schwieg eine ganze Weile, und ihr fiel nichts ein, was sie hätte sagen können. Zwar hatte sie sich Hoffnungen gemacht, aber eigentlich hatte sie nicht damit gerechnet, daß er tatsächlich auftauchen würde; ihrer Erfahrung nach taten Männer selten das, was sie sagten, insbesondere wenn es sich um angenehme Dinge handelte. Sie war an Enttäuschungen gewöhnt, nahm sie als ganz natürlich hin. Aber da saß er nun neben ihr – und ihr fiel einfach nichts ein, um ihn zu unterhalten.
Schließlich sagte er dann: »Was gibt's Neues?«
»Nicht viel. Haben Sie einen schönen Tag gehabt?«
»Hab gearbeitet.«
»Was, am Sonntag?«
»Ich habe Ihnen doch gesagt, daß ich ungewöhnliche Arbeitszeiten habe. Und wie ist das bei Ihnen, Sie arbeiten von neun bis fünf?«
»Ich habe Ihnen doch schon gesagt, daß ich krank geschrieben bin wegen meinem Rücken. Um ehrlich zu sein, ich will den Job sowieso hinschmeißen.«
»Was, so einen tollen Job?«
»So toll ist er auch wieder nicht. Die nützen mich da bloß aus.«
»Tja, so ist das nun mal.« Wieder wandten sie sich schweigend ihren Drinks zu.
Sie fragte: »Wohnen Sie hier in der Gegend?«
»Nein. Ich habe nur hier hereingeschaut, weil die Kneipe gleich in der Nähe vom Krankenhaus ist. Und Sie?«
»Nein, eigentlich nicht. Eher in Richtung Camden

Town.« Grace hatte ihr wiederholt eingeschärft, wichtige Informationen wie diese eher vage zu halten. »Ich wohne bei meiner Tante. Ich bin Waise.«
»Ganz schön hart.«
»Ach, eigentlich erinnere ich mich nicht mehr so richtig an meine Eltern. Ich war ja noch ein Kind damals. Ist bei einem Autounfall passiert.«
»Auf den Straßen sterben mehr Menschen als an Lungenkrebs.«
»Rauchen Sie?«
»Nein. Ich möchte meine Jugend und Schönheit nicht verlieren.«
»Sie schauen auch ganz schön fit aus. Joggen Sie?«
»Manchmal.«
»Überall joggen die Leute. Man kann heute nirgends mehr hingehen, ohne daß einem ein verschwitzter, muskelbepackter Mann über den Weg joggt.«
»Und das macht Sie nicht an?«
»Nicht, wenn die Männer klatschnaß und verschwitzt in kurzen Hosen rumlaufen, die ausschauen wie Slips.«
»Ich trage einen eleganten Trainingsanzug dabei. Da bleibt der Schweiß innen.«
»Trotzdem danke. Ich könnte auch ohne leben!«
Das Gespräch hatte sie beide ein wenig aufgetaut; inzwischen betrachtete er sie mit interessierterem Blick. »Was halten Sie davon, wenn wir noch woandershin gehen und ein Curry essen? Es sei denn, natürlich, Ihre Tante hält Ihnen noch was warm.«
Die Blässe schwand aus ihrem Gesicht; sie errötete. »Prima Idee. Arbeiten Sie heute nicht?«
»Nicht heute abend. Diese Woche habe ich die Schicht am Tag. Es sei denn, es gibt wieder irgendwelche Katastrophen. Wollen wir gehen?«

»Gut.« Sie rutschte die Bank entlang über die warme Stelle, wo er soeben noch gesessen hatte; das Gefühl behagte ihr.

Er fuhr einen häßlichen blauen Volkswagen, was sie ziemlich enttäuschte; sie hatte etwas Auffälligeres erwartet. Sie aßen in einem schummrigen indischen Restaurant, wo die Kellner ihn kannten und mit strahlendem Lächeln begrüßten. Er schwärmte vom Essen und verdrückte eine ansehnliche Auswahl der unterschiedlichsten Gerichte, von denen ihr die meisten zu scharf waren; sie war froh, daß es danach noch ein Eis gab. Sie erzählte ihm ein paar Geschichten über sich, die ihn zu amüsieren schienen; sie hatte das Gefühl, daß er sie auslachte, wenn auch nicht auf gemeine Weise, nur so, als glaube er nicht einmal die Hälfte dessen, was sie ihm da erzählte – womit er natürlich recht hatte. Sie stellte ihm die eine oder andere Frage, doch abgesehen von seinem Vornamen – Dave – und der Tatsache, daß er Schichtdienst hatte, bekam sie nicht viel heraus. Sie drängte ihn nicht, zum Teil deshalb, weil sie wußte, daß Männer persönliche Fragen nicht ausstehen konnten und ohnehin nur selten die Wahrheit sagten, hauptsächlich jedoch, weil sie ihn nicht vor den Kopf stoßen wollte. Er war einfach süß. Er war sauber und gepflegt, und er schien sich letztlich nicht sonderlich für sie zu interessieren; er war nur mit halbem Herzen bei der Sache, als habe er das Gefühl, es sei unhöflich, sie einfach abblitzen zu lassen. Eine solche Behandlung war sie nicht gewöhnt; Männer machten einen entweder an und sahen dann zu, daß auch etwas für sie dabei heraussprang, oder sie machten sich gar nicht erst die Mühe. Dave war anders, faszinierend. Und er lächelte süß.

»Sie haben ein nettes Lächeln«, sagte sie und errötete dann, weil sie sich albern vorkam.

Doch er lachte nur und zahlte. »Kommen Sie«, sagte er, »ich bringe Sie heim.«
Ihr fielen die Ermahnungen von Grace ein, sie solle nie jemandem etwas über sich selbst erzählen, aber sie wollte auch nicht zu Fuß nach Hause gehen, also sagte sie ihm, er solle in Richtung Kentish Town fahren. Sie hatte gehofft, er würde noch einen Besuch in der Disco oder etwas Ähnliches vorschlagen, hätte sich jedoch auch damit abgefunden, wenn er ohne große Umschweife zur Sache gekommen wäre. Doch er fuhr zur U-Bahn-Station Kentish Town, bremste und fragte: »Und wohin jetzt?«
Sie wußte nicht, was sie sagen sollte. »Das ist schon gut so.«
»Seien Sie doch nicht blöde – wo wohnen Sie?«
»Gleich hier um die Ecke.«
Er fuhr um die Ecke. »Hier wohnen Sie nicht, Schätzchen.« Weit und breit waren nur geschlossene Geschäfte und ein Gebrauchtwagenhändler zu sehen.
»Das ist schon gut so. Wirklich.«
Er fuhr an die Bordsteinkante heran. »Was ist denn los? Haben Sie Angst, daß jemand Sie zusammen mit mir sieht?« Er wirkte immer noch amüsiert.
»Das ist es nicht. Es ist bloß wegen meiner Tante – sie ist, na ja, wissen Sie ...«
»Schon gut, schon gut.« Er beugte sich über sie hinweg, um die Beifahrertür zu öffnen. Keine Grabscherei, kein Hin und Her ... Ihr blieb nichts anderes übrig, als auszusteigen. Er grinste sie an.
»Bis dann.«
»Ich bin fast jeden Abend dort.«
»Okay.«
»Wenn Sie Ihren Freund besuchen ...«
»Könnte schon sein.«

»Tja – also dann danke fürs Essen.«
»Kein Problem. Passen Sie auf sich auf.«
Sie konnte nur noch die Tür zuschlagen und die Straße entlanggehen. Er ließ den Motor aufheulen und fuhr hupend an ihr vorbei. Sie winkte ihm nach. Was für ein Reinfall! Es war noch nicht mal elf Uhr! Eigentlich hätte sie beleidigt sein müssen, aber das war sie nicht. Er war ihr ein Rätsel, ein Mann voller Rätsel. Er war wirklich nett. Und sie hatte sich tatsächlich in ihn verknallt.

Janice war nicht mehr so wie früher, das merkte Grace erst nach zwei oder drei Wochen. Obwohl sie auf so engem Raum zusammenlebten, waren sie doch nicht befreundet. Sie waren so sehr mit sich selbst beschäftigt, daß sie nicht die geringste Neugier für irgend jemanden sonst aufbrachten; bei ihrem Zusammenschluß handelte es sich um eine Verbindung, die sich jeden Tag aufs neue bewähren mußte, um ein praktisches Arrangement, in dem Grace die Führung hatte und Janice ihr folgte. Was Janice mit ihrer eigenen Zeit anfing, interessierte Grace nicht, es sei denn, sie brachte damit Graces Pläne in Gefahr. Wenn Janice hin und wieder sehr spät nach Hause kam, manchmal erst am nächsten Morgen, wenn sie nicht mehr klar denken konnte, nach Alkohol und Männern roch, biß Grace lediglich die Zähne zusammen und sagte nichts. Sie hatte sich selbst nie etwas aus Sex gemacht, wußte aber, daß weichliche Mädchen wie Janice den Männern oft nichts anderes zu bieten hatten.
Doch in letzter Zeit hatte Janice sich verändert, war verträumt und gleichzeitig nervös, putzte sich an manchen Abenden heraus und eilte mit glänzenden Augen aus dem Haus, nur um niedergeschlagen und lange vor der Sperrstunde wieder zurückzukehren.

»Du bist früh dran«, sagte Grace dann. »War nicht viel los, was?«
»Ja. War niemand da, den ich kenne«, antwortete Janice und verzog sich ins Bett. Janice konnte sich überall und immer in den Schlaf flüchten.
Selbst, so schien es, im Stehen. Grace mußte sie manchmal richtig anherrschen. »Du mußt dich besser konzentrieren, Mädchen«, sagte sie zu ihr, als sie einen Häuserblock mit Sozialwohnungen nach einem lohnenden Arbeitstag verließen. »Fast hättest du die Sache verpatzt.«
»Tut mir leid.«
»Weißt du, du nützt mir wenig, wenn du fast schläfst. Wenn wir draußen sind zum Arbeiten, konzentrierst du dich gefälligst, ist das klar?«
Doch als Janice an einem freien Nachmittag mit blonden Strähnchen im Pony ihrer braunen Haare nach Hause kam, verlor Grace die Geduld. »Mein Gott, Jan, was hast du denn da wieder gemacht?«
Janices gute Laune schwand. »Ich hab mir Strähnchen machen lassen.«
»Das sehe ich selbst. Und warum?«
»Das ist cool. Weißt du, damit schaue ich irgendwie elegant aus ...«
»Elegant! Du siehst aus wie eine getigerte Katze, die in einen Sturm geraten ist. Als nächstes färbst du sie dir wahrscheinlich noch pinkfarben wie die ganzen Punks. Für solche Sperenzchen bist du zu alt, Mädchen.«
Janice schmollte: »Aber mir gefällt's. Das macht mich fröhlicher. Ich hab dieses langweilige Braun satt.«
»Und was meint dein Freund dazu?«
»Wer?«
»Hör schon auf damit, Jan. Ich bin doch nicht auf den

Kopf gefallen. Du würdest dich wohl nicht so herrichten, wenn's nicht um einen Mann ginge.«
Janice wandte sich ab. »Er hat's noch gar nicht gesehen.«
»Ich würde wetten, er kriegt einen Anfall. Wie heißt er denn?«
»Dave.«
»Dave. Und wie noch?«
»Weiß nicht.«
»Haben die Leute denn heutzutage keine Familiennamen mehr? Was macht er?«
»Er ist bei der Post.«
»Als was?«
»Weiß nicht.«
»Du weißt überhaupt nicht sehr viel, was? Gehst du mit ihm?«
»Könnte man so sagen. Manchmal kommt er nicht.«
Grace stand auf und holte sich Zigaretten aus ihrer Handtasche auf dem Tisch. Sie zündete sich eine an und stieß den Rauch langsam aus.
»Hör mir zu, Jan. Was du in deiner Freizeit machst, ist deine Sache. Aber wenn's um unser Geschäft geht, ist das was anderes. Ich will nicht, daß du fest mit jemandem gehst. Und die Strähnchen in deinen Haaren will ich auch nicht.«
»Aber ...«
Grace hob die Hand. »Wenn man fest mit jemandem geht, kommt er einem auf die Schliche, stimmt's? Man erzählt einfach unwillkürlich das eine oder andere, wo man arbeitet oder woher man kommt. Das Tolle an unserem Team ist, daß wir beide allein sind. Keine Familie, keine Bindungen. Wir sind anonym. Und deswegen müssen diese Strähnchen verschwinden. Jemand könnte sich daran erinnern. Die lieben Alten erinnern sich nicht mehr

an viel, aber daß eine von den Damen blonde Strähnchen gehabt hat, das wissen sie noch. Ich will, daß du sie dir wieder rausfärben läßt, Jan, und zwar noch vor nächster Woche.«

»Ich verstehe nicht ...«

»O doch, meine Liebe. So dumm bist du nun auch wieder nicht. Und falls du es doch sein solltest, wird's Zeit, daß wir uns trennen.« Sie ging zu der Küchennische und füllte den Teekessel mit Wasser. Während das Wasser einlief, sagte sie: »Wenn du das möchtest, mußt du es nur sagen. Natürlich weiß ich nicht, wohin du dann gehen würdest. Vielleicht nimmt dich ja dieser Dave bei sich auf.« Sie stellte zwei große Teetassen aufs Tablett und dazu Teebeutel, Zucker und Milch. Janice saß schmollend beim Fenster und drehte eine gesträhnte Locke um ihren Finger.

Das Wasser kochte. Grace machte den Tee und brachte ihn zum Tisch. »Es liegt bei dir, Jan.«

Er versetzte sie an jenem Abend wieder, aber am darauffolgenden war er da. »Tut mir leid. Die Pflicht hat gerufen.«

Ihr war richtig schlecht, so freute sie sich, ihn wiederzusehen. Weiß Gott, warum, schließlich war er auch nur ein ganz gewöhnlicher Kerl. Aber er war so sauber. Die meisten Typen waren schlampig und hatten schmutzige alte Turnschuhe und Anoraks an, die aussahen wie frisch von Oxfam. Sie rasierten sich nicht, rochen nach Bier und Schweiß. Aber Dave war anders. Er duftete nach Old Spice, und die Haare hatten genau die richtige Länge. Auch seine Zähne waren regelmäßig, und seine Hände – Hände, die einen nicht beschmutzten, wenn sie in einen eindrangen.

Bloß schien er sich nicht für sie zu interessieren. Sie konnte sich nie sicher sein, ob er eine Verabredung mit ihr hielt oder nicht. Wenn er tatsächlich auftauchte, spendierte er ihr einen Drink, lud sie zum Essen ein, neckte sie, umarmte sie kurz und gab ihr einen Klaps, bevor er sie an der üblichen Straßenecke aussteigen ließ. Er sagte noch schnell: »Bis dann!« und fuhr weiter. Das Spiel machte sie verrückt. Was war bloß mit ihr? Was war bloß los mit ihm?

Wie alle passiven Menschen war auch sie ausgesprochen hartnäckig, und die Tatsache, daß sein Interesse für sie geringer war als das ihre für ihn, ließ sie nur noch beharrlicher werden. Als sie an jenem Abend wieder bei ihrer Straßenecke anlangten, stieg sie nicht aus, sondern drehte sich um, umarmte ihn und drang so mit der Zunge in seinen Mund ein, wie sie es gelernt hatte, aber nie selbst hatte tun wollen.

Nach kurzem Zögern reagierte er. Sie rutschten den Sitz etwas herunter, die Gangschaltung als unangenehmes Hindernis zwischen ihnen. Sie legte die Hand auf seinen Hosenschlitz, was sie dort fühlte, ließ nichts zu wünschen übrig.

Sie flüsterte: »Können wir nicht zu dir?«

»Keine Chance, Schätzchen.«

»Wie wär's mit dem Rücksitz?«

»Nicht hier.« Sie lösten sich voneinander.

Plötzlich kam ihr ein schrecklicher Gedanke. »Du bist doch nicht schwul, oder?«

Er zog ihre Hand wieder zu seinem Hosenschlitz hinüber. »Glaubst du das wirklich?«

Ohne ein Wort zu reden, fuhren sie zu dem Parkplatz am unteren Ende von Hampstead Heath. Der Rücksitz des Volkswagens war zwar nicht sonderlich bequem, reichte aber aus.

»Du bist schon ein komisches Mädchen«, sagte er hinterher und ließ den Motor an.
»Du machst mich einfach heiß«, sagte sie.
Er lachte, wenn auch ein bißchen unsicher. »Paß lieber auf. Manche Kerle würden ihren linken Arm dafür geben, wenn du ihnen so was sagst.«
»Ja.«
Er hielt den Wagen an der Ecke der Straße an. »Seh ich dich wieder, Dave?«
»Schätze schon.«
»Wirklich?«
»Wirklich. Es sei denn, es kommt was dazwischen.«
Er nahm sie in den Arm und küßte sie sanft, strich ihr die Haare aus dem blassen Gesicht und küßte sie noch einmal. »Du bist ein richtiger Spatz, wirklich.«
Sie stieg aus und schloß die Wagentür. Er hupte und fuhr weg, während sie mit verträumtem Gesichtsausdruck nach Hause ging.

4

Grace bemerkte, daß die blonden Strähnchen aus Janices Haar verschwunden waren, und ging deshalb nicht mehr weiter auf das Thema »Freund« ein – er würde auch wieder verschwinden, wie sie es alle taten, und wenn nicht, würde Janice selbst sich schon bald aus dem Staub machen. Grace war sich ihrer Macht über Janice vollkommen sicher, und im Augenblick war es ihr gerade recht, daß Janice am Sonntag abend nicht hinter Grace hertrottete, wie sie es am Anfang ihrer Bekanntschaft immer getan hatte.
In den ersten Wochen in dem bedrückenden Zimmer am

King's Cross hatten sie es sich angewöhnt, die Sonntagabende in einer netten Kneipe in der Nähe der Tottenham Court Road zu verbringen, die mit der U-Bahn nur wenige Haltestellen entfernt war. Die Kneipe war in unterschiedliche Bereiche aufgeteilt. Während Grace sich lieber in der schummrigen Behaglichkeit des einen Teils mit den rotgepolsterten Sitzbänken und den achteckigen Tischen aufhielt, konnte Janice sich in einen anderen Bereich absetzen, wo Lichtblitze von einem Prisma zurückgeworfen wurden, wo es Space-Invader-Spiele und einarmige Banditen und den stampfenden Rhythmus lauter Musik gab.
Grace mit ihrem marineblauen zweiteiligen Kostüm und ihrem Regenmantel, die ingwerfarbenen, gewellten Haare unter einem Chiffontuch hervorlugend, das Make-up ausgesprochen dezent, saß bis zehn Uhr mit einem einzigen Drink auf der gepolsterten Bank. Die Wärme, das gedämpfte Licht, das Stimmengemurmel und leise Lachen, der großgemusterte Teppich unter ihren bequemen Schuhen, die Musik, die sanft von der Decke herunterklang, all das verband sich zu einem schmackhaften Eintopf, zu einer Atmosphäre, in der sie sich zu Hause fühlte – wie damals in der Militärkantine.
Es gab nicht viele Stammgäste, denn die Kneipe befand sich im Londoner West End, doch mit denen, die regelmäßig das Lokal besuchten, hatte sie nach etwa einer Woche bereits ein kühles Nicken und einen kurzen Gruß ausgetauscht – nicht mehr, schließlich kam sie nicht hierher, um Kontakte zu knüpfen, sondern ausschließlich, um sich ein wenig zu entspannen, um auch einmal einen Abend aus dem Haus zu kommen. Zu den Stammgästen gehörten ein oder zwei Pärchen, eine stark geschminkte Frau mittleren Alters, die sich meist zu den

Männern an der Theke gesellte, und ein einzelner älterer Mann, der immer allein in derselben Ecke saß und jeden Gruß höflich erwiderte, aber ansonsten für sich blieb. Er war groß und kräftig, sagte nie etwas und hatte eine beginnende Glatze. Er trug einen teuren blauen Anzug mit passendem Hemd und Krawatte. Der Mann war immer bereits da, wenn Grace und Janice eintrafen, und verließ die Kneipe jeden Abend, bevor sie es taten, genau um halb zehn. In der Zeit dazwischen leerte er normalerweise eine Flasche Burgunder der mittleren Preislage. Diese Gewohnheit hatte Graces Aufmerksamkeit erregt, denn in einer Kneipe wie dieser bestellten die meisten Leute Bier oder Höherprozentiges. Er trank mit nachdenklicher Miene und saß dabei auf der mit Lederimitat gepolsterten Sitzbank, abseits von dem heiteren Getümmel rund um ihn herum, jedoch keineswegs feindselig. Auch Grace wählte immer eine Sitzbank, wenn genügend Platz war, denn sie hatte gern eine Rückendeckung und legte Wert darauf, einen guten Überblick über jeden Raum zu haben, in dem sie sich aufhielt. Janice hatte ihn kaum wahrgenommen, aber Grace waren der ordentliche Anzug, das glattrasierte Kinn und der Siegelring an seiner großen Hand aufgefallen.

Grace fuhr an jenem Sonntag abend allein durch die zugigen Tunnels der Northern Line, erreichte das Stadtzentrum und betrat die Kneipe. Sie holte sich einen Drink und trug ihn an den Tisch neben dem seinen. Sie nickten einander zu, nicht mehr. Es war ein milder Abend im Mai, und die Kneipe war nicht voll; auf der Sitzbank zwischen ihnen saß niemand. Sie nippte an ihrem Dry Martini und schien ganz in Gedanken versunken.

Nach einer Weile sagte er: »Netter Abend.«

Sie schreckte aus ihren Träumen hoch. »Oh – ja, da haben Sie recht. Bald kommt der Sommer.«
»Wenn er überhaupt kommt.«
»Wir haben einen schrecklichen Sommer gehabt letztes Jahr, finden Sie nicht auch? Den Garten hat es richtig weggewaschen.«
»Zum Glück habe ich keinen Garten.«
»Ach.« Sie tranken, sie mit kleinen Schlucken, er mit großen. »Sie wohnen in London, nicht wahr?«
»Notting Hill.«
»Das liegt an der Central Line.«
»Stimmt. Und Sie?«
»Belsize Park. Die Northern Line.«
»Ja.«
Wieder Schweigen und rund um sie herum Musik und Lachen.
Um halb zehn erhob er sich und nickte ihr zu. »Tja, dann gute Nacht.«
Sie lächelte ihm kühl zu. »Gute Nacht.«
Er ging.
Am nächsten Sonntag begleitete Janice Grace und blies Trübsal, weil ihr Dave arbeiten mußte. Zu Graces Verärgerung ging sie nicht einmal an die Theke hinüber, sondern saß mit einem Gesicht wie sieben Tage Regenwetter neben ihr. Grace und der ältere Herr begrüßten einander, doch sie unterhielten sich nicht; Janices Miene hätte selbst den mutigsten abgeschreckt. Er leerte die Flasche und verabschiedete sich um halb zehn.
Doch am folgenden Sonntag war Grace wieder allein und hielt es für an der Zeit, einen vorsichtigen Schritt zu wagen. Nach dem Nicken und der Begrüßung und einem ersten Nippen an ihrem Drink sagte sie: »Schrecklich, das Wetter.«

Er taute ein wenig auf. »Ja. Zu schrecklich, um lange anzuhalten, denke ich mir.«
»Als ich gesehen habe, daß es so gießt, wollte ich eigentlich gar nicht aus dem Haus.«
»Ach.«
»Dann habe ich mir gedacht, nein, von dem bißchen Regen lasse ich mich nicht abhalten. Es tut mir gut, wenn ich unter die Leute komme.«
»Ja.«
Eine Pause und wieder Nippen.
»Meine Nichte – mit der Sie mich letztesmal gesehen haben –, sie ist heute mit ihrem Freund unterwegs. Der hat natürlich ein Auto.«
»Das Auto ist schon eine Erleichterung.«
»Aber in London macht es mehr Mühe, eines zu haben, als darauf zu verzichten, finden Sie nicht auch? Denken Sie nur an die Parkplatznot und an die ständig steigenden Benzinpreise. Ich fahre lieber mit den öffentlichen Verkehrsmitteln.«
»Das System ist gut. Die Leute murren zwar, aber das System ist trotzdem gut.«
»Die Leute murren heutzutage über alles, stimmt's? Wenn Sie mich fragen, wir sind eine Nation von Nörglern.«
»Da haben Sie allerdings recht.« Er füllte sein Glas nach; dann sagte er mit einem etwas unsicher fröhlichen Gesicht: »Darf ich Ihnen noch einen Drink bringen?«
»Tja – das wäre wirklich nett von Ihnen. Normalerweise nehme ich nicht mehr als einen.«
»Ich weiß.«
Sie sah ihn mit scharfem Blick an und entdeckte zu ihrer Überraschung ein lebhaftes Glitzern in seinen fahlgrauen Augen. Sie gönnte ihm ein Lächeln und sagte: »Einen Dry Martini, danke.«

Obwohl die Unterhaltung danach nicht gerade besonders amüsant war, geriet sie doch wenigstens nicht ins Stocken. Die Themen waren allgemein; sie fand nichts über ihn heraus und war viel zu gewitzt, um nachzubohren. Sie erzählte ihm ihrerseits nichts über sich selbst, und das wenige, was sie ihm sagte, stimmte natürlich ohnehin nicht. Sie teilte ihm nichts Genaueres über ihre Lebensumstände mit, denn sie wußte, daß nichts eine bestimmte Sorte Mann mehr erschreckt als eine Witwe; auch er sagte ihr nichts Näheres, obwohl sie aus seinen wenigen Äußerungen schloß, daß er in einem großen Unternehmen arbeitete und schon bald in den Ruhestand treten würde. Da er immer allein war, war er vermutlich nicht verheiratet; er hatte wohl Anspruch auf eine gute Rente, da er lange bei der Firma gewesen zu sein schien – außerdem waren seine Kleidung und der Burgunder nicht gerade billig. Sie hielt ihn für einen Witwer, der seine Frau schon vor langer Zeit verloren hatte, eigenbrötlerisch und selbstsüchtig, mit einer Wohnung in einer Siedlung aus den dreißiger Jahren, dazu eine Frau, die für ihn einkaufte und dreimal die Woche putzte; vermutlich kochte er selbst, ohne dabei Unordnung zu machen, und sammelte in seiner Freizeit Briefmarken oder Münzen.
Um halb zehn verließ sie das Old George zusammen mit ihm. Sie eilten gemeinsam unter seinem riesigen Herrenschirm durch den Regen zur Haltestelle Tottenham Court Road, gaben einander am Fuße der Rolltreppe förmlich die Hand und gingen getrennt zur Northern und Central Line. Grace war zufrieden mit dem Abend und mit dem neuen Plan, der in ihrem Kopf Gestalt annahm.
Denn Grace war nie müßig. Man mußte an die Zukunft denken, flexibel sein, besonders wenn man nicht mehr hinter schwedische Gardinen wollte. Ihr wurde immer

klarer, daß Janice, obwohl sie in Sachen Strähnchen auf sie gehört hatte, wohl nach wie vor mit diesem Dave zusammen war, denn ihr Verhalten wurde immer seltsamer. Sie war seit jeher ziemlich verträumt gewesen, aber in letzter Zeit hatte sie ihre Sinne fast nicht mehr beisammen. Zum Beispiel letzten Mittwoch ...

Sie waren in West Hampstead unterwegs, in einem Gebiet mit grauen Reihenhäusern, die nach Kilburn hin abfallen. Farbe kam in dieses Viertel nur durch die gemischte Bevölkerung und die Graffiti an den bisweilen ziemlich baufälligen Mauern. Drei Stufen hinunter zum erhöhten Kellergeschoß, ein Blumenkasten voll mit wuchernder Minze und Schnittlauch, eine aufgeworfene Visitenkarte, mit Reißzwecken über einer Klingel angebracht – äußerst nützlich, um den Namen herauszufinden.

Die Tür öffnete sich vorsichtig. Grace lächelte. »Miss Greenham?«

Die Tür öffnete sich ganz, und eine erfreute, aber doch ängstliche Miss Greenham packte sie am Arm und zog sie herein. »Sie sind also doch gekommen!« rief sie aus und beäugte dann Janice. »Gleich zu zweit?«

»Das ist Mary, meine Assistentin.«

»Miss Pennyquick, stimmt's? Kommen Sie rein, meine Liebe, schnell, bevor sie uns sehen.«

Janice trat in den Flur, der jetzt im Dunkeln lag, nachdem Miss Greenham die Haustür geschlossen und verriegelt hatte. »Wenn ich allein bin, bin ich nicht so vorsichtig, weil sie mich nicht kennen, aber jetzt, wo Sie hier sind, müssen wir auf der Hut sein.« Sie drückte sich an ihnen vorbei den Flur hinunter. »Wir gehen am besten nach hinten, da kann man uns nicht sehen. Und der Fernseher ist im vorderen Zimmer.«

Grace war durch nichts aus der Fassung zu bringen. Sie

folgten der alten Dame in die Küche, die eng und vollgestellt wirkte, weil die Vorhänge zugezogen waren, und nach etwas roch, das Janice anfangs für Marihuana hielt, das sich dann jedoch als Kräutertee entpuppte.
»Setzen Sie sich, setzen Sie sich«, sagte Miss Greenham mit aufgeregter Stimme. »Wie schön, daß sie Sie so schnell geschickt haben!«
Sie war groß und beleibt; normalerweise waren Grace kleinere Frauen lieber, nur für den Fall, daß etwas schiefging, doch auf dem Postamt (wo sie vorgegeben hatte, einen Antrag auf Verlängerung ihrer Autopapiere auszufüllen, während sie eigentlich die Reihe mit den alten Leutchen beobachtete, die gerade ihre Rente abholten) waren ihr die dicke Brille auf dem breiten Gesicht, der Stock und das bandagierte Bein aufgefallen. Außerdem hatte sie gesehen, daß die alte Dame nicht die Rente für eine, sondern für vier Wochen holte, weswegen sie ihr voller Optimismus nach Hause gefolgt war.
Jetzt setzte sie sich an den Tisch, auf dem ein paar Broschüren und alte Ausgaben des GUARDIAN neben einer Schüssel mit Sojabohnenkeimen und einem halbleeren Glas mit Chutney herumlagen, und öffnete ihre Aktentasche. »Ich bin Mrs. Black vom Sozialamt ...«
»Nicht nötig, nicht nötig«, erwiderte Miss Greenham, »nicht nötig, daß Sie sich verstellen! Wir sind hier ganz sicher. Im vorderen Zimmer wäre das was anderes, obwohl ich den Fernseher mit einer Decke zuhänge – das sind die Videos von den Nachbarn, wissen Sie. Die sehen alles, sogar wenn sie nicht angeschaltet sind, deswegen habe ich Sie auch hier reingebracht.« Sie ließ sich in den einen Sessel sinken, an dem ein Gehstock lehnte.
»Sie haben es sehr gemütlich hier«, sagte Grace.
»Und es ist *sicher*«, antwortete Miss Greenham, »das ist

die Hauptsache. Ich habe dem Innenminister geschrieben, daß mein hinteres Zimmer ganz sicher ist, er braucht sich keine Sorgen machen, daß seine Leute hier irgendwie in Gefahr sind.«

»Nein?« fragte Grace. Janice, die sich auf einen Stuhl gleich neben dem Gasherd gesetzt hatte, starrte sie völlig verständnislos an.

»Nein«, antwortete Miss Greenham, »ich würde für nichts auf der Welt das Leben von einem Agenten Ihrer Majestät riskieren, geschweige denn das von zweien.« Sie strahlte Janice an, der ihrerseits ein Lächeln gelang. »Es ist so schön, daß er Sie so schnell geschickt hat. Die Sache ist dringend. Sie ahnen nicht, daß ich sie belausche, wissen Sie, besonders nicht in der Nacht. Die sind hinter den armen Schwarzen her, die und die IRA – ich meine, die und die IRA sind hinter den Schwarzen her und schrecken vor nichts zurück, wirklich vor nichts. Dabei sind die Schwarzen so fleißig und gut, ihre Geschäfte sind immer geöffnet, sogar am Sonntag, und wenn es sie nicht gäbe, könnten die Verkehrsbetriebe doch zumachen. Aber natürlich wissen Sie das alles selbst.«

Grace nickte. Auf dem Kaminsims standen zwei ausgesprochen hübsche Kerzenleuchter aus Silber, die von zwei ebenso hübschen Porzellanfiguren flankiert wurden. Und neben dem Gehstock von Miss Greenham lag ihre prall gefüllte Handtasche.

»Aber Sie und der Innenminister wissen nicht«, fuhr Miss Greenham mit gesenkter Stimme fort, »daß es eine Verschwörung gibt, um sie alle nach Hause zu schicken. Was glauben Sie wohl, warum Freddie Laker pleite gemacht hat? Weil er sich geweigert hat, sie zu fliegen. Und Mr. De Lorean – so ein gutaussehender Mann –, sie wollten seine Fahrzeuge verwenden. Und der gute Mr. Heseltine, von ihm die Hubschrauber.«

»Nein, wirklich«, sagte Grace.
»O doch.« Die alte Frau lehnte sich zurück. »Hab ich mir's doch gedacht, daß Sie das erstaunen würde. Und das ist noch nicht alles ...« Miss Greenhams breites Gesicht mit der dicken Brille und dem dünnen, kleingelockten weißen Haar wurde rot vor Erregung, während Grace ihr die nächsten zehn Minuten schweigend zuhörte (und dabei ihre Aktentasche wieder zumachte, weil sie die Dokumente hier nicht benötigte) und Janice, wie Grace bemerkte, in eine tiefe Trance versank.
Als Miss Greenham dann schließlich eine Pause machte, sagte Grace: »Diese Informationen sind von höchstem Wert für uns. Ich sorge dafür, daß sie sofort an die entsprechenden Stellen weitergeleitet werden. Dort wird man Ihnen sehr dankbar sein.«
»Ich mache das alles nur für das Commonwealth«, sagte Miss Greenham.
»Da haben Sie völlig recht, meine Liebe. Ich wünschte, mehr Leute hätten dieselbe Einstellung wie Sie.« Sie lächelte. »Soll Mary uns jetzt eine Tasse Tee machen? Sie müssen ja schon einen ganz trockenen Mund haben vom vielen Reden.«
»Natürlich, natürlich ...« Miss Greenham wollte aus den Tiefen ihres Sessels auftauchen, doch Grace winkte ab.
»Nein, nein, Mary macht das schon, nicht wahr, Mary? Erzählen Sie mir ruhig weiter, meine Liebe.«
»Ich habe Kamille und Eisenkraut. Auf dem Regal ...«
»Ja, ja, Mary kommt schon zurecht.« Sie warf Janice einen Blick zu, die sich erhoben hatte und gerade den Kessel mit Wasser füllte. »Erzählen Sie ruhig weiter ...«
Janice wartete neben dem Kessel darauf, daß das Wasser zu kochen anfinge, und schaute durch einen Spalt im Vorhang hinaus auf den unkrautüberwucherten Garten. Sie

dachte an Dave. Sie dachte an seine Haare, an seinen Geruch. Sie dachte daran, wie sie es sich auf dem kleinen Rücksitz seines Wagens bequem machten und sie ihr Bestes gab, um es ihm recht zu machen, daran, wie er sagte, es sei schon richtig so, obwohl sie sich nicht sicher war, auch wenn sie sich dann doch wieder sicher war, weil Männer in dieser Hinsicht sich nicht verstellen konnten wie Mädchen. Sie dachte an seine Stimme und an die Art, wie er sie neckte, ganz sanft, als habe er sie wirklich gern. Er sagte »Schätzchen« zu ihr, als meine er das auch, und wenn er sie küßte, küßte er *sie* und sabberte nicht nur an einem Stück Fleisch herum, wie viele von den Kerlen es machten. Doch selbst auf dem Rücksitz seines Wagens hatte sie das Gefühl, daß er nur halb bei der Sache war. Er sagte ihr nie etwas – nicht, wo er wohnte, wo er arbeitete. Er neckte sie und war zärtlich, hörte ihren Lügen zu, die sie ihm über sich selbst erzählte, als amüsierten sie ihn. Er stellte keine Fragen und verriet ihr auch nichts, wenn sie es ihm nicht satzweise abrang. Ein Kerl wie er mußte verrückt sein, wenn er das, was ihm da geboten wurde, nicht annahm, verrückt oder schwul, und Dave war keines von beiden. Er war einfach nur – unnahbar, auch wenn sie miteinander bumsten.

Das Wasser kochte, und noch immer wie in Trance legte sie die Beutelchen mit der Aufschrift »Eisenkraut« (»Kamille« war doch sicher ein Shampoo?) in die Tassen und drückte sie mit einem Löffel aus; dann stellte sie sich davor, wie Grace es ihr beigebracht hatte, griff in die Tasche ihrer Jeans, um das Sweetex-Röhrchen herauszuholen, in dem sie immer die zerstoßenen Schlaftabletten transportierte ... Dave nahm nie Zucker und neckte sie, daß er dick mache, trank nur Helles, und sein Körper (ihren eigenen durchzuckte es an der verborgensten Stelle beim Gedanken an ihn) war hart und federnd und hatte diesen ganz besonderen sexy Geruch ... Plötzlich löste sich der Deckel des Röhrchens, und sie verschüttete den Inhalt auf das Trockenbrett ...

Grace hatte gemerkt, was passiert war, war aufgestanden und hatte ihr das Tablett aus der Hand genommen, das verschüttete Pulver in eine Tasse gefüllt und das Tablett auf dem Tisch abgestellt. Völlig beherrscht hatte sie Janice gesagt, sie solle sich hinsetzen und Tee trinken, während sie ganz ruhig und mit eisigem Blick aufwischte und die weiße Spur des Pulvers, das einzige Mittel, mit dem sie ihr Geld verdienen konnten, von dem schimmeligen Trockenbrett und der Spüle wegputzte. »Trinken Sie ganz aus, Mary«, sagte sie und rührte ihre eigene Tasse nicht an, während Miss Greenham das widerliche Gebräu leerte und dabei die Ziele der Nationalen Front und ihre eigenen Botschaften an den Innenminister und die Führung von MI5 erklärte.

»Du verdammte blöde Kuh!« zischte Grace, als sie die Straße hinauf zur U-Bahn gingen. »Fast hättest du alles vermasselt. Für wen hältst du dich eigentlich, für Schneewittchen?«

»Ich hab nichts dafür gekonnt, ich bin abgerutscht.«

»Abgerutscht! Die Hälfte von dem Zeug ist den Abfluß runter, du dumme Kuh, es war kaum noch genug übrig für die Alte! Wir haben verdammtes Glück gehabt, daß sie trotzdem eingeschlafen ist.«

Trotzdem waren ihre Taschen gut gefüllt, die Porzellanfiguren waren in eine hübsche Seidenbluse eingewickelt und die Kerzenleuchter in einem Pelzumhang, der stark nach Mottenkugeln roch.

»Geh mir aus den Augen, Jan. Verpiß dich. Ich will dich nicht mehr sehen, bis ich mich beruhigt habe.«

Sie trennten sich. Grace fluchte nur selten, doch wenn sie es tatsächlich einmal tat, provozierte Janice sie lieber nicht noch weiter durch ihre Anwesenheit.
Ja, Grace hatte allmählich genug von Janice. Was gleichzeitig das Ende dieser Art des Broterwerbs bedeutete, denn zwar konnte sie auch allein weitermachen, aber das brachte ein größeres Risiko mit sich. Abgesehen davon, daß zwei Frauen vor der Tür vertrauenserweckender wirkten als eine allein, mußte man auch den rein technischen Vorgang bedenken: Es wäre schwierig, das Pulver in die Tasse zu schütten, ohne daß selbst die verschlafenste Alte etwas davon merkte, wenn nicht ein Partner sich mit ihr unterhielt und ihre Aufmerksamkeit ablenkte. Und einer allein konnte auch kaum die größeren Dinge wegschleppen, wie Uhren oder Radios oder ein gutes Paar Schuhe. Dazu brauchte man zwei.
Außerdem besorgte Janice die Schlaftabletten, die ihr ein zwielichtiges Ärzteteam gleich nach ihrer Entlassung aus dem Gefängnis zum erstenmal verschrieben hatte und seitdem auf Anfrage immer wieder von neuem verschaffte. Grace hätte sich zweifellos ihre eigenen Vorräte anlegen können, doch durch Janice war es sicherer und praktischer.
Nein, wenn sie sich von Janice trennte, mußte sie auch ihre gegenwärtige Arbeitsweise aufgeben. Sie hatte sich als sehr effektiv erwiesen – drei Monate lang nette kleine Diebstähle und keine Spur von den Bullen. Wie sollten sie auch Wind davon bekommen, es sei denn, sie stolperten durch Zufall über etwas, was sie verkauft hatte, und verfolgten die Spur zu ihr zurück, doch das war sehr unwahrscheinlich. Bei Diebereien oder Ladendiebstählen oder irgendwelchen Sachen, bei denen man Formulare ausfüllen mußte, hatte man es mit Leuten zu tun, die genauso clever waren wie man

selbst; doch bei alten Leuten konnte man sich sicher fühlen. Sie waren vertrauensselig wie die Kinder, sahen schlecht, konnten nicht mehr so gut gehen und hören und hatten vor allen Dingen gehörigen Respekt vor allem Amtlichen.
Grace hatte all das in den Altenheimen gelernt. Sie hatte dort als Hausangestellte angefangen, war jedoch wegen ihrer gepflegten Ausdrucksweise und Selbstbeherrschung schon bald zur Pflegerin befördert worden – natürlich hatte sie nichts mit der medizinischen Versorgung der alten Leute zu tun, denn sie konnte ja keine Qualifikationen vorweisen, doch hin und wieder teilte sie die Arzneimittel aus; so erfuhr sie etwas über Verwendung und Dosierung der einen oder anderen Tablette. Und ließ auch immer mal wieder eine verschwinden, die vielleicht später noch von Nutzen sein konnte ...
Sie hatte Janice vieles durchgehen lassen. Die absolute Unbedarftheit des Mädchens hatte ihr irgendwie gefallen. Weiß Gott, was mit ihr passiert wäre nach dem Gefängnis, wenn Grace sich nicht um sie gekümmert hätte, sie selbst hatte nicht mehr Verstand als ein Kleinkind, obgleich sie schon fast dreißig Jahre alt war. Doch (hier klangen ihr noch die Predigten des Gefängnispfarrers in den Ohren) alles hat seine Zeit, und Janices Zeit war so gut wie abgelaufen. Sie hatte die Sache mit Miss Greenham fast verpatzt, die sie hätte hinhängen können, dicke Brille hin oder her, wenn sie nicht völlig verrückt gewesen wäre und wenn Grace nicht so schnell reagiert hätte. Und dann noch diese Strähnchen und dieser Dave – wer wußte schon, was dieses dumme Mädchen ihm erzählte, sie schien ihre Sinne jedenfalls nicht mehr beisammenzuhaben. Sie mußte sich von Janice trennen.
Aber noch nicht gleich – nicht, bevor Grace nicht bereit war. Der neue Plan, den Grace im Kopf wälzte, war ehr-

geiziger als alle vorherigen. Er würde höchstes Fingerspitzengefühl erfordern und ließ sich nicht forcieren. Janice hatte darin keinen Platz. Der Plan war nur etwas für Könner.

»Warum machst du denn das?« fragte Janice und hielt eine Weile beim Lackieren ihrer Fußnägel inne. Die Haare, inzwischen ein wenig heller, aber ohne Strähnchen, hingen ihr ins Gesicht, das im Dämmerlicht dieses Sonntags im Mai viel jünger wirkte als es eigentlich war; seit sie Dave kannte, sah sie verletzlich aus, eher verwirrt als träge, so daß sie fast schon kindliche Züge hatte, wenn Licht und Make-up stimmten.

»Das geht dich nichts an«, antwortete Grace. Ihre Zeit in den Altenheimen hatten ihr Geschick im Umgang mit Verbänden erhöht, so daß sie die rosafarbene elastische Binde nun fachgerecht um ihren Knöchel wand und mit einem Kreuzknoten befestigte.

»Du bindest dir ja die Blutzirkulation ab«, sagte Janice und wandte sich wieder ihren Fußnägeln zu.

»So dumm bin ich nicht.« Sie streckte das Bein aus und begutachtete den bandagierten Knöchel. Zufrieden rollte sie den Strumpf darüber und machte sich zum Aufbruch bereit.

»Gehst du aus?«

»Ja.«

»Dann vergiß nicht zuzusperren.« Janice war manchmal so geistesabwesend, daß sie hin und wieder vergaß, die Tür zu ihrem Zimmer zuzusperren, und in einem Haus voll von namenlosen und zweifelsohne nicht sehr seßhaften Bewohnern konnte man nie wissen, welche Diebe sich darin herumschlichen.

Obwohl es nicht regnete, holte Grace einen Schirm aus

der verstaubten Sammlung auf dem Gemeinschaftsflur, von der nie jemand Notiz nahm, und ging damit forschen Schrittes zur U-Bahn.
An der Tür zum Old George blieb sie stehen. Die Kneipe war halb leer, denn es war ein schöner Abend, und der sanfte Klang der Musik war über das Gemurmel der wenigen Leute an der Theke hinweg zu hören. Mr. Robinson (inzwischen hatten sie einander ihre Namen gesagt) saß bereits auf seinem angestammten Platz, die Sitzbank neben ihm war frei, die Flasche Burgunder schon fast halb leer. Sie glaubte (und hoffte), daß er nach ihr Ausschau hielt, doch, schwer auf ihren Schirm gestützt, humpelte sie mit konzentrierter Miene weiter, als mache ihr das Gehen so viel Mühe, daß sie nicht auch noch auf die Leute achten konnte.
Als sie sich langsam der Sitzbank näherte, erhob er sich halb und verschüttete dabei fast den Wein in seinem Glas; die Sorge war ihm vom Gesicht abzulesen.
»Was ist denn, sind Sie in eine Schlacht geraten?«
Sie lächelte ihn tapfer an, während sie sich mit schmerzverzerrtem Gesicht auf dem Platz neben ihm niederließ, schöpfte Atem und legte den Schirm neben sich.
»Meine Güte!« Sie legte eine Hand auf die Brust. »Ich hätte nicht gedacht, daß ich das noch schaffe.«
»Was haben Sie denn angestellt?«
»Ich bin vom Stuhl gefallen, als ich den Schrank oben abgestaubt habe. Stellen Sie sich das mal vor! Ich bin mit dem Fuß abgerutscht und heruntergefallen.«
»Aber es ist nichts gebrochen, oder?«
»Nein, nur verstaucht. Ich kann meine Zehen noch ganz gut bewegen.«
»Sie hätten nicht aus dem Haus gehen sollen. Ruhen Sie sich aus, legen Sie das Bein hoch.«

»Tja, ich genieße die Sonntagabende hier, die Musik und die Atmosphäre. Das ist wenigstens ein bißchen Abwechslung.«
»Gestatten Sie, daß ich Ihnen einen Drink hole.«
»Das ist wirklich nett von Ihnen. Ich bin mir nicht sicher, ob ich es bis zur Theke schaffen würde.« Diesmal lachte sie und brachte auch ihn ein wenig zum Lächeln. Er war schon ein rechter Klotz!
Bereits nach kurzer Zeit kehrte er mit ihrem Dry Martini zurück, einem Doppelten. »Ach, das hätten Sie aber nicht tun sollen. So viel Alkohol steigt mir doch zu Kopf!«
»Unsinn. Alkohol ist gut bei Verstauchungen.«
»Äußerlich angewandt, Mr. Robinson, nicht innerlich! Ich bin lange genug Krankenschwester gewesen, um das zu wissen! Aber trotzdem: Prost!«
»Votre santé«, antwortete er schwerfällig.
Sie tranken.
Der Abend lief sehr gut. Ihre Schwäche machte ihn ein wenig lockerer. Sie erfuhr nun, daß er nicht so wohnte, wie sie es sich vorgestellt hatte, sondern in einer Wohnung in einem altmodischen Haus, und daß er selbst kochte. Es gelang ihr nicht herauszufinden, ob er allein wohnte oder nicht, auch wenn sie noch so vorsichtig nachhakte – aber egal, vielleicht das nächstemal. Er arbeitete in gehobener Position bei einer Bausparkasse und kannte sich aus mit Aktien. Im nächsten Februar ging er in Rente. Jedes Jahr im September fuhr er ins Ausland, um Urlaub zu machen.
Von ihr erfuhr er ein wenig mehr: Daß sie Witwe war (ihr Mann war nach langer, schwerer Krankheit verschieden, trotz hingebungsvollster Pflege) und eine ausreichende Rente bekam; daß sie vor ihrer Heirat Krankenschwester gewesen war; daß ihre Nichte (die wie eine Tochter für sie

war) als Zahnarzthelferin in einer Praxis in Hampstead arbeitete und vermutlich schon bald heiraten würde; danach würde Grace sich selbst nach einer kleinen Wohnung umsehen, weil ihre gegenwärtige Bleibe nur vorübergehend war. Sie hatte im Lauf der Jahre gelernt, daß man anderen am leichtesten Informationen entlockte, wenn man selbst Einzelheiten über das eigene Leben preisgab; sie fühlten sich dann überlegen, weil man sich ihnen offenbarte.
Doch diese Strategie funktionierte nicht allzugut bei Mr. Robinson.
Als es halb zehn war, leerte er sein Glas, knöpfte seine Jacke zu und sah sie ein wenig unsicher von der Seite an. »Tja, ist Zeit, daß ich mich auf die Socken mache.« Das sagte er immer.
»Ja, ich muß auch los. So ein Sturz bringt einen ganz schön durcheinander.« Ihr eigenes Glas war schon seit geraumer Zeit leer.
»Das ist der Schock.«
»Stimmt. Mr. Robinson, könnten Sie mir wohl einen Gefallen tun und mir ein Taxi rufen? Ich bin auch schon mit dem Taxi hierhergekommen, die U-Bahn war mir einfach zu anstrengend. Die Fahrer halten immer eher, wenn ein Mann sie heranwinkt als eine Frau.«
»Aber sicher, aber sicher. Gestatten Sie ...« Er erhob sich und rückte den Tisch beiseite, so daß sie mit Hilfe des Schirmes in der Lage war, selbst aufzustehen. Sie zuckte ein wenig zusammen, als sie den bandagierten Knöchel belastete. »Haken Sie sich unter.«
Sie nahm sein Angebot dankbar an. Der Arm war starr wie ein Scheit Holz.
Auf der Straße waren genügend Taxis unterwegs, und eines davon hielt sofort, als Mr. Robinson seine große Hand hob. »Belsize Park«, sagte sie dem Fahrer, und an Mr. Robin-

son gewandt: »Herzlichen Dank, Sie sind sehr nett gewesen.«
»Kommen Sie zurecht?«
»Machen Sie sich um mich mal keine Sorgen.«
»Passen Sie trotzdem auf sich auf.«
»Das werde ich.« Sie stieg ins Taxi, und er schloß die Tür. Sie lächelte und winkte ihm zu, als das Taxi wegfuhr. Als sie außer Sichtweite war, beugte sie sich vor und öffnete die Glasscheibe, die sie vom Fahrer trennte. »Bringen Sie mich zur U-Bahn-Haltestelle Goodge Street«, sagte sie und lehnte sich zufrieden zurück.

Am folgenden Sonntag humpelte sie noch immer ein bißchen und stützte sich auf den Schirm, trug jedoch keinen Verband mehr.
»War das denn klug?« fragte er, als sie sich neben ihn setzte, das Bein anmutig unter dem Tisch ausgestreckt.
»Ich mache mir das Leben nicht so leicht. Man muß den Dingen ins Auge blicken, sage ich immer. Es schmerzt nur noch ein bißchen, wenn ich das Bein belaste.«
»Nehmen Sie wieder das Übliche?«
Sie zierte sich ein wenig, doch er war schon unterwegs zur Theke.
Janice, die wieder einmal Trübsal blies, weil Dave am Sonntag arbeiten mußte, wollte Grace begleiten, doch Grace lehnte ab. »Nein danke, du bist nicht erwünscht.«
»Was?«
»Kümmere du dich um deine Angelegenheiten. Schließlich sind wir nicht miteinander verheiratet.«
Janice war beleidigt, aber Grace hatte recht gehabt. Er war heute abend fast schon gesprächig, also wagte sie sich noch ein Stückchen weiter vor.
»Was ich Sie fragen wollte«, sagte sie vorsichtig nach einem

Gespräch über die Aussichten für Wimbledon, »würden Sie gerne, solange das Wetter noch schön ist, einmal am Sonntag bei mir und meiner Nichte Tee trinken?« Er wurde blaß, doch sie fuhr fort: »Wir können den Garten benutzen, und es ist schön, draußen zu sitzen bei warmem Wetter. Wir würden uns freuen, Sie zu sehen.«
Er schnaufte ein wenig, bevor er sagte, es sei sehr nett von ihr, aber er glaube nicht, daß er ... Er fahre am Sonntag nicht gerne in der Gegend herum ... Er sei ein Gewohnheitstier, müsse gewisse Sachen in der Wohnung erledigen, seine Papiere ordnen, einkaufen gehen und so weiter ...
Sie half ihm aus der Verlegenheit. »Das kann ich verstehen«, sagte sie. Und das tat sie auch. Sie hatte mit genau dieser Reaktion gerechnet, ja fast aufs Wort genau vorhergesehen, was er sagen würde. Wenn sie sich getäuscht und er ihre Einladung angenommen hätte, wäre es ein leichtes gewesen, die Sache im letzten Augenblick wegen Krankheit abzublasen oder weil Janice nicht da war oder weil sie selbst zu einer kranken Freundin gerufen worden war. »Das kann ich gut verstehen«, wiederholte sie. »Ich bin da genauso.«
Sie nahm es gelassen hin, daß er sich ein wenig früher als gewöhnlich verabschiedete, denn sie wußte, daß sie ihn aus der Fassung gebracht hatte. Und am folgenden Sonntag ging sie nicht ins Old George. Sollte er ruhig ein bißchen Zeit haben, sich wieder zu beruhigen, ihre Treffen ein bißchen zu vermissen.
Grace täuschte sich selten in solchen Dingen, und als sie zwei Wochen später wieder auftauchte, war er sichtlich erfreut, sie zu sehen. Und eine Woche später schlug er vor, zusammen einen Happen essen zu gehen, statt in der Kneipe zu bleiben. Er lud sie in ein Steakhaus ein, dessen gedämpfte Beleuchtung und blutrote Einrichtung die

Sauce und das rote Fleisch auf den Tellern vor ihnen nachahmte. Er trank den größten Teil einer Flasche Beaujolais, ohne daß sich irgendeine Wirkung gezeigt hätte.
Doch so sehr sie sich auch anstrengte und sich auf höchst weibliche Weise bemühte, ihm durch die Enthüllung kleiner Häppchen aus ihrer Vergangenheit (vieles davon traurig, nichts wahr) etwas zu entlocken, erfuhr sie doch nichts. Er war seit seinem Militärdienst bei der Bausparkasse. Daß er häuslich war, war unschwer zu sehen, denn er kannte sich aus mit dem Essen und seiner Zubereitung und ließ ein Steak zurückgehen, weil es nicht genau so war, wie er es wollte. »Ich erwarte, daß ich das bekomme, wofür ich bezahle«, sagte er mit der Andeutung eines Lächelns. Er lächelte nur selten und lachte nie, sondern gab sich immer nachdenklich gelassen, was gut zu seinem massigen Körper und seiner altmodischen Galanterie paßte – er trug Schirme und hielt Türen auf, half der Dame in den Mantel, erhob sich halb, wenn sie kam oder zur Toilette ging. Er wußte, wie man sich Frauen gegenüber benahm, aber nichts wies darauf hin, daß er jemals verheiratet gewesen war.
Natürlich konnte er schwul sein – das konnte man heutzutage nie so genau wissen, doch Graces Instinkt sagte ihr, daß er es nicht war. Vielleicht war er schon seit langem verwitwet, und die Wunden waren noch immer nicht verheilt. Er war alles andere als sexy; Grace hätte sich nicht um ihn bemüht, wenn er es gewesen wäre, denn solche Männer machten zuviel Ärger. So wie die Dinge standen, zierte sie sich genausosehr wie er; sie gab sich weiblich, aber nicht damenhaft, um ihn in keiner Weise zu erschrecken.
Es war das erstemal, daß sie sich auf eine solche Sache einließ, aber sie war sich ihrer Fähigkeiten sicher; schließlich saß sie hier nach nur sechs Wochen mit einer Zu-

fallsbekanntschaft, einem ansehnlichen Mann mit gutem Anzug und guter Armbanduhr, der nicht das billigste Getränk wählte und auch beim Trinkgeld nicht knauserte. Alles entwickelte sich prächtig.
Am nächsten Sonntag wiederholte er seine Einladung. Und als sie beim Kaffee waren und er dem Kellner winkte, um zu zahlen, sagte er ganz beiläufig: »Würden Sie wohl gerne nächsten Sonntag bei mir Tee trinken? Meine Mutter würde sich freuen, Sie kennenzulernen.«
Innerlich geriet Grace in Aufruhr. Eine Mutter! Doch sie behielt ihr übliches freundliches Lächeln bei. »Das ist aber nett. Lebt Sie gleich bei Ihnen in der Nähe?«
»Wir leben zusammen.«
Mit Mühe preßte sie ein »Oh« hervor.

Als Janice merkte, daß Grace sich am Sonntag nachmittag zum Ausgehen fertig machte, hob sie den Blick von der Frauenzeitschrift auf ihrem Schoß und sagte: »Du gehst schon weg?«
Grace legte einfache Ohrstecker an und antwortete: »Genau.«
»Wo willst du hin?« fragte sie erstaunt, denn es war etwas ganz und gar Ungewöhnliches, daß Grace vor ihrer Spritztour ins Old George am Abend wegging. Der Sonntag war ein Tag zum Faulenzen, man lümmelte im Morgenmantel herum, trank Kaffee, schaltete das Radio an, hörte aber eigentlich nicht hin. Mittags kochte Grace ein Pfannengericht und plante dann mit Hilfe des Stadtplanes die nächste Woche. Janice döste vor sich hin, lackierte sich die Finger- und Zehennägel, probierte neue Frisuren aus, die sie dann doch nie trug, wartete ungeduldig darauf, daß die Zeit verginge, damit sie sich für Dave schick machen, schminken, ein wenig Parfüm hinters Ohr sprü-

hen und aus dem Haus eilen konnte (obwohl sie immer zu früh dran war), um schließlich an ihrem üblichen Treffpunkt auf ihn zu warten. Manchmal kam er nicht; manchmal versetzte er sie einfach, um sie zu ärgern, zu ärgern und traurig zu machen. Jedem anderen hätte sie gesagt, er sollte sich zum Teufel scheren, und hätte sich nach einem Neuen umgesehen. Aber sie wollte keinen anderen – keinen übergewichtigen, verschwitzten Kerl mit Alkoholfahne, der »Liebling« zu ihr sagte und sie zu betatschen versuchte. Solche Kerle hatten sie noch nie interessiert, sie hatte sie lediglich als Mittel zum Zweck hingenommen, um zu überleben. Jetzt machte allein schon der Gedanke an solche Männer sie krank.

Sie wäre zu einer Telefonzelle gegangen und hätte ihn angerufen, aber er hatte ihr seine Nummer noch nicht gegeben. »Ich melde mich schon«, hatte er ganz am Anfang gescherzt, doch er hatte nie angerufen – auf dem Flur in ihrem Haus gab es ein öffentliches Telefon, und immer, wenn sie sich treffen wollten, lauschte sie aufmerksam, ob es klingelte und er sich meldete. Doch das tat er nie.

Sie war die ganze Zeit unruhig und fragte sich, wo er war und mit wem. Hatte er noch eine andere? Doch wenn er mit ihr zusammen war, auch wenn er sie das letztemal versetzt hatte, war er immer zärtlich. »Tut mir leid, Schätzchen«, sagte er dann und küßte sie, »war wieder mal ein Notfall. Hab's einfach nicht mehr geschafft.« Und von neuem schmolz sie dahin.

Also quälte sie sich durch die Sonntage, ließ sich aber Grace gegenüber nichts anmerken, denn nachdem diese ihr gesagt hatte, sie solle sich nie an jemanden binden, damit man nie die Spur zu ihnen zurückverfolgen könne, hatte sie Angst vor ihr.

Jetzt antwortete Grace wie immer: »Stell keine Fragen,

dann bekommst du auch keine Lügen zu hören.« Sie glättete ihre Augenbrauen mit dem feuchten Finger, drehte den Kopf bewundernd vor dem Spiegel und trug einen dezent rosafarbenen Lippenstift auf.
Janice kicherte. »Dann machst du heute also einen drauf?«
Grace sah sie mit kühlem Blick an. »Ich hab's dir schon mal gesagt, und ich sag's dir noch einmal: Kümmere dich um deine eigenen Angelegenheiten.« Sie schlang ein Chiffontuch um den Hals und nahm ihre Handtasche. »Wahrscheinlich bist du nicht da, wenn ich zurückkomme. Weck mich nicht, wenn es spät wird.«
So was! Janice war nun eine Weile von ihren Gedanken an Dave abgelenkt, denn sie wußte genau, daß Grace sich ungefähr so sehr für Sex interessierte wie ein Kabeljau im Kühlschrank. Sie mußte etwas vorhaben. Hatte ihr Plan auch etwas mit Janice zu tun? Wenn nicht, was sollte dann aus ihr werden? Sie wäre wieder auf sich allein gestellt, es sei denn, Dave ...
Später, in einer baumbestandenen Sackgasse nahe Hampstead Heath, als sie sich danach auf dem engen Rücksitz des Wagens wieder ein bißchen zurechtmachten, fing sie zu weinen an. Sie weinte und weinte, das Mascara lief ihr das Gesicht herunter, und sie sah aus wie ein verheulter Teenager. Er wischte ihr sanft mit dem Handrücken die Tränen von den Wangen. »Na, na, was ist denn los?«
»Ich weiß, daß ich zu nichts nütze bin.«
»Was willst du denn damit sagen?«
»Du findest mich nicht sexy.«
»Und was glaubst du, was wir gerade gemacht haben?«
»Ich bin einfach zu nichts nütze.«
Er strich ihr die feuchten Haare aus dem Gesicht. »Du bist nicht gekommen, oder?«
»Wohin?«

»Wohin, fragt sie! Dorthin, wo man bei solchen Gelegenheiten normalerweise kommen sollte.« Er küßte sie auf die Wange. »Du beleidigst meine Männlichkeit, ja, das tust du.«
Ihr Schluchzen hatte ein wenig nachgelassen, sie weinte jetzt nicht mehr so verkrampft, putzte sich die Nase und suchte nach ihrer Handtasche. »Es tut mir leid, ich weiß, daß ich zu nichts nütze bin.«
»Warum hast du eigentlich eine so schlechte Meinung von dir selbst?«
»Ich greife immer nur in die Scheiße.«
»Klar.« Er lachte und drückte sie an sich. »Und weißt du auch, warum? Weil du genau das erwartest. Reiß dich am Riemen, Schätzchen, denk positiv.«
»Ach, Dave ...«
»Warum suchst du dir keine Arbeit? Jobs gibt's immer, wenn man nur will. Wenn du den Tag nur wie eine Qualle herumhängst, bringst du's zu nichts.«
»Ich ...«
»Ja, ja, ich weiß schon. Fotomodell, Empfangsdame, lauter so Glimmerzeug. Ich meine einen richtigen Job, von neun bis fünf, in einem Laden oder in einem Büro oder so. Die gute alte puritanische Arbeitsethik.«
Als sie ihn verständnislos anstarrte, lachte er nur und küßte sie noch einmal. »Du bist schon ein Spatz, wirklich. Komm, laß uns weiterfahren.«
Er setzte sie an der üblichen Ecke ab, und sie fragte ihn voller Angst: »Sehe ich dich wieder?«
»Klar – aber erst am Freitag, okay? Ich habe Nachtschicht.«
»Dann war es also doch in Ordnung?«
»Hör mal, Jan«, dabei nahm er ihre Hand, »hör auf damit, Sex ist für Jungs einfacher als für Mädchen, ich kann mich

nicht beschweren. Aber deine Bildung könnte man ein bißchen aufpolieren.«
»Was?«
Er lachte und öffnete die Wagentür. »Komm schon, geh heim. Bis Freitag dann.«
Sie stieg aus. Er schlug die Tür zu und fuhr mit einem Winken weg. Sie sah ihm nach, bis er um die Ecke bog, und ging dann langsam nach Hause, so verwirrt wie immer, jedoch im Innersten von einer schüchternen Freude erfüllt. Sie wußte zwar nicht, was er dachte, aber er schien sich etwas aus ihr zu machen, wenigstens ein bißchen. Also war sie doch kein völliger Versager.

In der Gegend um Notting Hill Gate kannte Grace sich nicht sonderlich gut aus. Die Arbeiterhütten hinter dem Coronet-Kino waren schon vor langer Zeit zu schicken kleinen Stadthäusern mit Kutscherlampen und Blumenkästen und hochglanzpolierten Haustüren umgebaut worden, während die Häuser auf der anderen Seite, nach Kensington und im Norden nach Westbourne Grove hin, schon immer groß und stattlich gewesen waren; dort lebten keine Menschen, wie Grace sie suchte. Noch ein Stück weiter, um die Harrow Road, wo früher endlose heruntergekommene Reihen von Häusern gewesen waren, befanden sich nun zum größten Teil riesige Blöcke mit Sozialwohnungen. Abgesehen von den Erdgeschossen, wo oft alte Leute wohnten, machte Grace sich nichts aus diesen Blocks – zu viele scharfäugige Fenster, zu viele Treppen und enge Durchgänge, in denen man sich verlaufen konnte. Sie arbeitete viel lieber entlang der Northern Line und ihren zahlreichen Umsteigehaltestellen, das war bedeutend bequemer.
Deshalb war sie froh, daß Mr. Robinson ihr angeboten hatte, sie an der U-Bahn-Haltestelle Notting Hill abzu-

holen; das bewies, daß er ein Gentleman war und ihr die Mühe ersparen wollte, sich selbst zurechtfinden zu müssen. Er stand neben dem Mann, der die Fahrkarten einsammelte, fest wie ein Felsen in seinem üblichen dunklen Anzug, und er schüttelte ihr förmlich die Hand, als sie durch die Sperre gekommen war.

»Haben Sie ohne Probleme hierhergefunden?«

»Ja, ohne Probleme. Aber ich habe ziemlich lange auf einen Zug warten müssen.«

»Am Sonntag kommt das schon mal vor.«

»An den Wochentagen ist es auch nicht viel besser. Obwohl ich überhaupt nicht viel mit der U-Bahn fahre.«

»Hier entlang.«

Sie gingen auf einen großen, altmodischen Wohnblock zu, ganz anders als die Bienenwaben, die sie erwartet hatte. Doch sie behielt die Beherrschung, genau wie sie es getan hatte, als er ihr erklärte, er lebe mit seiner Mutter zusammen. Anfangs war sie ziemlich verblüfft gewesen, doch schon bald hatte sie tiefe Befriedigung verspürt, denn es war nur von Vorteil, daß die Mutter die Freundin ihres Sohnes kennenlernen wollte, und Grace hatte, weiß Gott, Erfahrung mit alten Leuten. Es gab keine Geheimnisse, die sie nicht kannte, und sie wußte auch genau, wie sie die lieben Alten bei Laune halten konnte. Sie bestritt nicht, daß diese Neuigkeit ihr erst einmal einen Schock versetzt hatte; schließlich war sie sich ihrer Vermutungen über ihn ganz sicher gewesen, und eine Mutter war nun wirklich völlig unerwartet. Doch die Tatsache konnte sich als Vorteil erweisen, denn eine einfühlsame, reife Frau, die den Problemen einer einsamen alten Dame lauschte, war unter Umständen genau das richtige. Sobald Grace sie erst einmal für sich gewonnen hätte, wäre auch die Sache mit Mr. Robinson selbst um vieles einfacher.

Im Innern des Wohnblocks wanden sich graue Steinkorridore und Treppen dahin, ganz ähnlich denen in den Peabody Buildings, wo Grace vor langer Zeit einmal vorübergehend gewohnt hatte. Sie stiegen nicht an, sondern führten einen Flur im Erdgeschoß entlang zu einer Tür am anderen Ende, die Mr. Robinson mit einem Yale- und einem Zapfenschlüssel öffnete, nachdem er dreimal geklingelt und am Briefkasten geklappert hatte.

Sie betraten einen langen dunklen Flur mit mehreren verschlossenen Türen und Fotos und Bildern an allen Wänden. Am Ende dieses Flurs stand eine Tür halb offen, aus der heißer, pfefferminzgeschwängerter Geruch drang.

Mr. Robinson trat ein. »Wir sind's, Mutter.«

»Ah. Hereinspaziert.«

Die Stimme gehörte nicht einer kleinen alten Dame mit grauem Star und schwachem Herzen, sondern einer ansehnlichen Matrone, die fast so massig war wie ihr Sohn und in einem Ohrensessel saß. Sie war eher füllig als dick, und das Fleisch preßte sich zu einem alles beherrschenden Busen zusammen, auf dem eine ganze Anzahl von Ketten wie Opfergaben auf einem Altar lagen; massige Arme quollen aus einem fast ärmellosen königsblauen Kleid hervor. Daß sie groß war, war leicht festzustellen, denn ihr Kopf überragte den Rücken des thronähnlichen Sessels. Obwohl es in dem Zimmer dunkel war (die Verandatür, die auf einen kleinen, von hohen Mauern umgebenen Hof führte, ließ nicht viel Licht herein, weil sie mit Musselin und Brokat verhängt war), konnte Grace sehen, daß das unnatürliche Schwarz von Mrs. Robinsons Haaren schon fast grün wirkte, und die Frisur war der von Mrs. Thatcher nachempfunden. Sie umrahmte ein Gesicht, das genauso fleischig, wenn auch bunter als das ihres Sohnes war, denn sie trug Lippenstift und türkisblauen Lidschatten. In den

Ohrläppchen hingen große Perlenstecker, an den massigen Händen, die wie die eines Monarchen auf den Armlehnen des Stuhles ruhten, steckten ein oder zwei schwere Ringe.

»Hereinspaziert«, wiederholte sie mit voller Stimme, »Mrs. – äh ...«

»Black«, sagte Grace. Sie hatte vorgehabt, in dieser Phase der Begrüßung zu der – wie sie erwartet hatte – lieben Alten zu sagen: »Aber sagen Sie ruhig Grace zu mir.« Doch das paßte jetzt nicht.

»Conroy, hol einen Stuhl.«

Er tat, was sie ihm sagte, und Grace setzte sich, die Handtasche auf dem Schoß. In dem Zimmer herrschte tropische Hitze, denn in einem grüngefliesten Kamin keuchte ein altmodisches Gasfeuer. Der Raum war voll von Möbeln, die ebensogut gepolstert waren wie die Bewohnerin des Raumes, und, genauso wie im Flur, hingen auch hier überall Bilder und Rahmen mit, wie Grace zu erkennen glaubte, Urkunden.

Mrs. Robinson musterte sie einen Augenblick, von den bequemen Pumps zu dem dezenten Make-up und den ordentlich getönten Haaren. »Wie nett von Ihnen, zu kommen«, sagte sie schließlich. »Conroy macht immer ein großes Geheimnis um alles, er hat mir fast nichts über Sie erzählt.«

Hinter Graces lächelnder Fassade machte es klick-klick-klick, während sie sich an diese völlig unerwarteten Gegebenheiten anpaßte. In bescheidenem Tonfall sagte sie: »So viel gibt es da auch nicht zu erzählen.«

»Es gibt immer etwas zu erzählen! Jeder Mensch ist eine Fundgrube von Gedanken und Gefühlen. Soweit ich weiß, sind Sie Witwe?«

»Ja.«

»Ich auch – aber natürlich wissen Sie das bereits. Ich habe Glück, einen so guten Sohn zu haben, er ist mir ein ergebener Gefährte. Sie haben keine Kinder?«

»Nein. Ich habe das immer bedauert. Es war Krieg, und mein Mann war im Ausland, und kurz danach hat man ihn aus dem Kriegsdienst entlassen . . .« Sie lächelte traurig. »Aber ich habe meine Nichte – Mr. Robinson hat Ihnen sicher von ihr erzählt. Natürlich ist das nicht dasselbe wie eigene Kinder, aber sie ist ein gutes Mädchen. Sie würde sich immer um mich kümmern.«

Grace rückte ihren Stuhl ein wenig vom Kamin weg, denn sie spürte, wie ihr Gesicht allmählich Farbe annahm und ihr unangenehm heiß wurde, so daß sie nicht mehr klar denken konnte. Sie merkte, daß Mr. Robinson (Conroy) verschwunden war, und aus der Richtung, in der die Küche liegen mußte, drang das Klappern von Geschirr und das Geräusch geöffneter und wieder geschlossener Schubladen herüber.

»Kennen Sie sich in diesem Teil von London aus, Mrs. Black? Natürlich hat sich hier vieles verändert. Das alte Notting Hill mit den kleinen Läden gibt es fast nicht mehr. Statt dessen hat man überall diese schrecklichen modernen Gebäude hingestellt. Gewiß, es hat hier immer Slums gegeben, wo es, glaube ich, ganz schön rauh zugegangen ist. Aber die Gegend hatte wenigstens Charakter, wissen Sie, viel mehr als jetzt, wo man hier alles neu gemacht hat – sanieren nennt man das, glaube ich.«

Während sie sprach, brachte ihr Sohn das Tablett mit einem Spitzendeckchen und den Teesachen darauf herein. Er stellte es auf dem kleinen Beistelltisch neben dem Sessel seiner Mutter ab, ging noch einmal in die Küche und kehrte mit einem altmodischen Kuchenständer voll der köstlichsten Kleinigkeiten zurück.

»Danke, mein Lieber«, sagte seine Mutter und drehte ihren massigen Körper ein wenig zur Seite, um den Tee einzuschenken. »Milch? Zucker?« Sie reichte die Tasse weiter. »Nehmen Sie doch ein Sandwich – Conroy ist Spezialist für Sandwiches, ich habe keine Ahnung, wie er es schafft, das Brot so dünn zu schneiden.«
Während sie weiter Höflichkeiten austauschten, arbeitete Graces Gehirn mit doppelter Geschwindigkeit. Sie mußte sich noch einmal Gedanken über Robinson machen; war er am Ende doch schwul? Schwule hingen immer am Schürzenzipfel ihrer Mutter, und die alte Kuh, die ihr da gegenübersaß (sie war mindestens schon achtzig, denn Conroy – Conroy! – hatte gesagt, daß er bald in Rente gehen würde), hatte ganz beachtliche Schürzenzipfel! Wenn er tatsächlich schwul war – aber das war nicht unbedingt schlecht. Tunten sind oft eng mit Frauen befreundet, und wenn er den mütterlichen Typ mochte, konnte Grace auch mütterlich sein. Aber irgendwie glaubte sie das doch nicht. Dazu war er zu stur und phlegmatisch, auch wenn er so zarte Sandwiches machte. Und in diesem Falle ... Doch die liebe Mama durfte man nicht unterschätzen. Die warf ein völlig neues Licht auf die Angelegenheit.
Grace musterte ihre Gastgeberin, während sie weiterlächelte. Sie war noch immer eine schöne Frau und hatte für ihr Alter eine bemerkenswert glatte Haut, auch wenn sich die Falten und Fettaschen an ihrem Nacken und auch das lose herabhängende Fleisch an ihren Armen, die sie besser mit langen Ärmeln verhüllt hätte, nicht verbergen ließen. Ihr Make-up war altmodisch, zu auffällig und bunt für die heutige Zeit, wahrscheinlich aber schick in ihrer Jugend. Jetzt jedoch wirkte sie auf Grace eher wie eine alte Schachtel. Ihre schwarzen Haare waren, offen gesagt, lächerlich.

Als Grace den Blick bescheiden senkte und dabei an ihrem Tee nippte, merkte sie, daß Mrs. Robinsons riesige Beine von oben bis unten bandagiert waren. Das hieß, sie hatte offene Krampfadern und vermutlich auch hohen Blutdruck – das hatte sie in den Altenheimen oft genug gesehen. Was auch bedeutete, daß sie sich nicht so ohne weiteres bewegen konnte. Gut. Nun wußte sie also ein bißchen mehr über die Umstände ...

»Ich habe bemerkt, daß Sie meine Bilder anschauen«, sagte Mrs. Robinson, als der Stoff für den Small talk allmählich auszugehen drohte, »meine Schätze.« Sie sah sich voller Befriedigung in dem Raum um. »Wissen Sie, ich habe im Theater gearbeitet, aber das hat Conroy Ihnen sicher schon gesagt.« Grace schüttelte den Kopf. Mrs. Robinson warf ihrem Sohn einen spielerisch bösen (oder doch eher galligen?) Blick zu. »Ach, du bist schon ein komischer Junge! Es ist ihm immer peinlich gewesen, daß er eine berühmte Mutter hat. Na ja, vielleicht ist ›berühmt‹ nicht ganz der richtige Ausdruck ...« Sie lachte affektiert. »Aber auch wieder nicht völlig unbekannt. Ich war Marion Conroy.«

»Ach.«

»Ich sehe schon, Sie erinnern sich nicht.« Sie warf Grace einen scharfen Blick zu. »Sie hören wohl nicht Radio?«

»Nein, nicht sehr oft. Ich ...«

»Ich war die Lady Belhampton in ›Nanny Jane's Journal‹.«

Irgendwie sagte Grace das doch etwas; selbst wer nie Radio hörte, hatte schon etwas von der zweiwöchentlich ausgestrahlten Sendung über das Leben in einem großen Haus in der Zeit Viktorias erfahren. Die Serie hatte kurz nach dem Krieg begonnen und war bis vor ein paar Jahren gelaufen; die lieben Alten in dem Heim hatten sie geliebt, jedenfalls diejenigen, die überhaupt noch etwas lieben konnten.

»Nein, wirklich!« rief sie aus.
Mrs. Robinson war zufrieden. »Natürlich habe ich davor richtig Theater gespielt – in Stratford, am Old Vic. Ich habe damit aufgehört, als ich geheiratet habe und Conroy kam – das erklärt seinen ungewöhnlichen Vornamen, nicht wahr? Ich wollte, daß meine Bühnenkarriere nicht ganz in Vergessenheit gerät.« Sie warf ihrem Sohn wieder einen schelmischen Blick zu. »Doch dann, als mein Mann so tragisch früh verstorben ist – er war erst dreiundfünfzig –, habe ich wieder angefangen. Ich habe Rollen in einer ganzen Reihe von Stücken am West End gehabt – vielleicht haben Sie einmal eine der Salt-and-Pepper-Komödien am Strand gesehen?«
Ja, das hatte Grace. Bill Salt und Fay Pepper waren ein Komikerpaar, das in den fünfziger und frühen sechziger Jahren eine Farce nach der anderen auf die Bühne gebracht hatte, und während einer ihrer Aufenthalte in London hatte Grace sich mehrere davon angesehen. In den Stücken kam immer so eine Art Herzogin vor, die Salt und Pepper hereinzulegen versuchten, was ihnen aber nie recht gelingen wollte. War das wirklich Mrs. Robinson?
Sie war es. Conroy nahm artig einige der gerahmten Fotos von der Wand, und Grace erkannte darauf die Bühnenbilder, die komischen Tableaus und die Texte wieder: »Der lieben Marion – Dein Bill; Marion-Schatz – Küßchen, Fay.«
»Nein, wirklich!« wiederholte sie.
Außerdem hingen zahlreiche Fotos mit den Unterschriften bekannter und weniger bekannter Theaterleute an der Wand; was Grace für Urkunden gehalten hatte, waren tatsächlich gerahmte Theaterplakate mit dem Namen MARION CONROY in mittelgroßer Schrift unter dem Titel des jeweiligen Stückes. Und sie bekam Alben mit ausgeschnittenen,

nach Schimmel riechenden Artikeln zu sehen, die Conroy auf Befehl seiner Mutter aus dem untersten Regalfach zerrte. »Wenn Sie das nächstemal kommen, muß ich Ihnen meine Kostüme zeigen. Ja, ich habe ein paar von den hübscheren gerettet, die Theaterleitung war in dieser Hinsicht sehr kooperativ, wenn man sich so ein Kostüm wirklich wünschte und eine Hauptrolle spielte. Und natürlich auch die persönlichen Dinge – zum Beispiel den Schmuck, den ich als Regan getragen habe –, der liebe Donald hat ihn immer so gern an mir gesehen, und die Perücken, ich habe immer auf meinen eigenen Perücken bestanden.«
Die ganze Zeit über sagte Conroy nur wenig, er holte lediglich die Teesachen aus der Küche und brachte sie wieder zurück. Grace hatte sich erboten abzuwaschen, doch er wehrte entrüstet ab, während seine Mutter noch ein weiteres Album mit Artikeln auf ihrem massigen Schoß aufschlug. Grace erinnerte sich noch vage an die Ära von »Nanny Jane's Journal« und den Salt-and-Pepper-Farcen, doch in der Zeit davor, bei fremden Namen wie Tschechow und Maugham, Old Vic und Gladys fühlte sie sich hoffnungslos verloren. Sie betrachtete jede einzelne Seite der vergilbenden Ausschnitte und gab angemessen entzückte Kommentare von sich. Dabei behielt sie ihren interessiert-höflichen Gesichtsausdruck bei und verbarg so ihr spöttisches Amüsement, als Marion Conroy auf den Bildern immer jünger wurde, mit ihren altmodischen Kleidern und altmodischen Posen, oder lächerlich herausgeputzt war mit Abendkleidern aus Satin. Noch früher (während des Ersten Weltkrieges, informierte sie die Bildunterschrift) war sie in Strumpfhose und Kasack, als, so hieß es, Will Scarlett oder herumstolzierende Schäferin mit riesigem Hut zu sehen, die gerade Kußhändchen warf, mit Sicherheit noch nicht älter als zwanzig, und ein richtiger Wirbelwind – tja, heutzutage

waren die Mädchen nicht mehr so, da mußte man sich nur mal Janice ansehen ...

Und hier, auf den eingerissenen Seiten einer Zeitschrift mit dem Titel PLAY PICTORIAL, prangte eine ganze Reihe von Aufnahmen aus dem Stratford Memorial Theatre – es war das erstemal, daß Grace von einem Theater dieses Namens im Londoner East End hörte. Marion und die anderen posierten und standen da wie Wachsfiguren in Laken und alten Kostümen, mit ernsten Gesichtern, und sahen ziemlich bescheuert aus. Wie konnten sie dabei nur Contenance bewahren?

Grace gelang dies ihrerseits meisterhaft, und sie schaffte es schließlich, ihre Sachen zusammenzupacken und sich zu verabschieden. Mrs. Robinson lehnte sich in ihrem Sessel zurück, voll der Erinnerungen, und sah nun wirklich so alt aus, wie sie war – Grace hatte mit Hilfe der Ausschnitte und Programme ein wenig mitgerechnet und war zu dem Schluß gekommen, daß Mrs. Robinson schon weit über achtzig sein mußte. Sie hatte einen ganz roten Kopf, der nun noch röter wirkte wegen dem pechschwarzen Haar, dem verschmierten Lidschatten und Lippenstift, und sie atmete laut und rasselnd.

Conroy brachte Grace noch zur Tür, bot ihr jedoch nicht an, sie zur U-Bahn zu begleiten. Sie trennten sich ohne weitere Verabredung, und Grace ging mit genug Stoff zum Nachdenken zur Station Notting Hill Gate zurück.

»Wie ist's denn gelaufen? Deine Verabredung, meine ich?« fragte Janice am nächsten Tag. Wie erwartet, war sie nicht zu Hause gewesen, als Grace zurückkehrte, und dafür war Grace dankbar: Sie hatte genug Stoff zum Nachdenken, ohne daß Janice sie auch noch störte.

»Es war sehr nett.«

»Seid ihr noch irgendwo hin?«
»Nein, er hat eine hübsche Wohnung.«
Janice fragte nicht mehr weiter, denn ihre Neugierde, die ohnehin nicht sehr groß war, hatte sich schon wieder in den Träumen vom gestrigen Zusammensein mit Dave auf dem Rücksitz seines Wagens verloren. Doch sie war ein wenig neidisch, weil ein alter Knacker wie Robinson eine eigene Wohnung hatte, in die er seine Freundinnen (nicht daß Grace sich auf so etwas eingelassen hätte) einladen konnte, und Dave nicht.
Immer öfter fragte sie (obwohl sie sich bemühte, es nicht zu tun, damit er nicht sauer auf sie wäre), ob sie nicht zu ihm gehen könnten, wenn sie sich wieder einmal in einer dunklen Gasse oder auf einem Parkplatz auf den Rücksitz zurückzogen. Inzwischen hatten sie gelernt, sich ganz gut mit den Gegebenheiten zu arrangieren, doch obwohl sie bisher keinerlei Erfahrungen in einem richtigen Bett gemacht hatte, sehnte sie sich jetzt mit Dave doch danach. Hinter seiner freundschaftlichen Neckerei machte ihr vor allen Dingen seine Geduld auf sexuellem Gebiet allmählich klar, daß es ganz weit unten, noch nicht ganz in ihrer Reichweite, Orte und Reaktionen gab, die sie noch nicht kannte. Früher hatte sie dem Sex nicht viel mehr als einen leichten Schauder abgewinnen können, und sie hatte nie verstanden, was die Männer so toll daran fanden. Sie gab ihnen, was sie wollten, denn das war ihre Gegenleistung für Essen und Trinken und »Spaß«; außerdem hatte sie damit kurze Zeit das Gefühl, daß jemand sie brauchte. Doch nie hatte sich jemand mehr als diese kurze Zeit genommen; wenn die Männer erst einmal den Hosenschlitz offen hatten, gaben sie ihr kaum noch das Gefühl, daß sie selbst, Janice, ihnen wichtig war, und nicht nur eine x-beliebige Öffnung.

Dave war anders. Er gab sich Mühe. Das Zusammensein mit ihm auf dem Rücksitz konnte zwanzig Minuten dauern; die einzelnen Teile ihres Körpers wurden dabei nicht einfach nur abgeknutscht, sondern machten auch die anderen sensibler, so daß sie jedesmal hinterher das Gefühl hatte, irgendwo in der Zukunft warte noch mehr auf sie, etwas, was sie aufrütteln und explodieren lassen würde wie einen Feuerwerkskörper am Guy-Fawkes-Tag.
Aber nicht völlig verkrampft auf dem Rücksitz des Volkswagens, halb angezogen und jederzeit damit rechnend, daß ein Polizist sie im Strahl der Taschenlampe entdecken und wegen unsittlichen Benehmens anzeigen würde.
»Warum können wir nicht zu dir, Dave?«
»Das habe ich dir schon gesagt, Schätzchen. Meine Vermieterin duldet keine Frauenbesuche.«
»Sie schläft doch sicher schon.«
»Die hat Ohren wie ein Schießhund.« Dabei knabberte er an den ihren. »Und außerdem hat sie einen kläffenden Köter.«
»Du könntest ausziehen.«
»Aber mir gefällt's dort. Sie wäscht mir die Slips.«
»Wofür gibt's einen Waschsalon?« Sie zog sich beleidigt zurück.
»Für Kerle, die nichts Besseres zu tun haben als zuzuschauen, wie ihre Unterhosen sich in der Waschmaschine drehen und dabei die Hausfrauen anzumachen.« Seine Hand wanderte unter ihren Pullover.
»Ist sie alt?«
»Antik.«
»Du hast doch nichts mit ihr, oder?«
»Mach keine Scherze! Ich muß zusehen, daß ich für dich genug habe.«
»Wirklich, Dave?«

»Wollen wir wetten?«
Trotzdem hatte sie nie das Gefühl, daß er ihr wirklich gehörte. Er war geduldig und erfahren, doch wenn alles vorbei war, wenn er sie im Arm gehalten und ihr geholfen hatte, ihre Reißverschlüsse wieder hochzuziehen, hatte sie noch immer nicht das Gefühl, daß er ihr wirklich gehörte. Während sie sich liebten, gehörte er ihr, doch danach entschlüpfte er ihr wieder mit einem Kuß auf die Wange, einem Scherz über seinen steifen Rücken, dem Anlassen des Wagens.
»Warum können wir nicht zu dir, Dave?«
Diese Frage hallte die meiste Zeit in ihrem Kopf wider, wenn sie nicht mit ihm zusammen war – wenn sie im Zimmer herumhing oder in die Schaufenster sah, während sie Grace zur Arbeit begleitete. Bei der eigentlichen Arbeit versuchte sie sich zu konzentrieren, weil sie Angst vor Graces Zorn hatte, falls wieder etwas schiefgehen sollte; sie machte ganz automatisch den Tee und füllte die Tassen, und Grace erzählte unterdessen ihre Geschichte und breitete ihre Dokumente aus, und die lieben Alten saugten alles begierig auf. Doch hinterher, in der U-Bahn, wenn sie mit den gefüllten Einkaufstüten nach Hause fuhren, meldete sich das Echo wieder zu Wort: Warum können wir nicht zu Dave, uns hinlegen, ausstrecken, einander berühren ...
»Wach auf, Jan, verdammt noch mal, wach auf! Du schaust aus wie eine wandelnde Leiche ...«

»Tut mir leid, ich kann nicht bleiben«, sagte Dave und ließ sich beim nächsten Treffen auf den Sitz neben Janice fallen; er trug seine Dienstkleidung, Sakko und Hose, nicht seine legeren Sachen für die Freizeit. »Mittlere Katastrophenmeldung, aber mach dir mal keine Sorgen. Es könnte einen Tag oder zwei dauern, bevor ich wieder Zeit habe.« Er tätschelte ihre Hand. »Ich treffe dich am Samstag hier, in Ordnung? Bis dahin dürfte es wieder ein bißchen ruhiger sein. Und wenn's dann endgültig vorbei ist und du bist ein braves Mädchen, dann machen wir uns einen schönen Abend in der Stadt. Wie wär's damit?« Er strich ihr die Haare aus dem Gesicht und fügte hinzu: »Du hast schon wieder den falschen Lidschatten erwischt.«

»Was meinst du damit: einen schönen Abend in der Stadt?«

»Ein schöner Abend in der Stadt, du Spatz! Wir fahren ins West End, gehen in ein Hotel, machen uns eine schöne Zeit, okay?«

Die Röte stieg ihr in die Wangen. »Du meinst, wir gehen in ein Hotel?«

»Das hab ich doch grade gesagt, oder?«

»Ach, Dave!«

»Am Freitag sage ich dir Genaueres. Wenn ich da bin. Aber eigentlich sollte das klappen. Wenn nicht, komm wieder, ja. Bis dann.« Er tätschelte ihre Hand, doch sie hielt die seine fest.

»Dave, ist das dein Ernst? Du nimmst mich nicht auf den Arm?«

»Glaubst du wirklich, ich würde das jetzt noch tun? Am Freitag machen wir die Sache fest.«

»Ach, Dave!«

Er gab ihr einen schnellen Kuß, stand auf und ging. Sie blieb verwirrt zurück und voller Tränen und vergaß darüber ihre Cola mit Schuß. Eine ganze Nacht! In einem Hotel! In einem Bett ...

Das Hotel, in dem Dave sie angemeldet hatte, war zu einer besseren Zeit im Herzen des damals eleganten West End gebaut worden, wo es jetzt nur so von Hamburger-Lokalen,

Stripkneipen und Straßenverkäufern aller Art wimmelte. Das Foyer war geräumig und hatte eine gewölbte, vor vielleicht sechzig Jahren vergoldete Decke, die einen neuen Anstrich gut hätte vertragen können und an der Kronleuchter mit viel zu schwachen Glühbirnen hingen. Wo früher einmal neben der Drehtür ein Portier in Livree Taxis herbeigewinkt hatte, befand sich heute nur noch ein Zeitungsverkäufer; und im Innern, wo es ehemals bequeme Stühle und Sitzgruppen gegeben hatte, auf denen man auf seine Freunde warten konnte, und dazu noch einen Schaukasten oder zwei mit Qualitätswaren, gab es jetzt keine Sitzgelegenheiten mehr und nur noch einen kleinen Laden, der Anhänger, Anstecker, Trinkbecher mit dem Tower von London, Spielzeugwachen und -beefeaters sowie Postkarten von der königlichen Familie feilbot. Hinter der soliden Rezeption, die wohl noch aus besseren Zeiten stammte, führte ein breiter Flur mit einem gewunden gemusterten Teppich, den zahllose Füße abgetreten hatten, zu ein paar Bars und Restaurants, wo die Atmosphäre durch die Musikberieselung versüßt und die Luft durch den Geruch von Generationen längst verdauter Mahlzeiten geschwängert war.
Dave und Janice trugen ihre Taschen in den Aufzug und fuhren hinauf in den vierten Stock. Ihr Zimmer war klein und funktional; darin standen zwei Einzelbetten, die eisig wirkten, ein elektrischer Teekessel und ein Fernseher. Der Blick ging auf einen Schacht voller Fenster, die sich wegen der Klimaanlage nicht öffnen ließen.
Sie schauten sich ein wenig verlegen im Zimmer um, rempelten einander in den engen Gängen zwischen den Möbeln an, und Dave drückte sie fest an sich, gab ihr einen Zungenkuß und manövrierte sie sanft auf eines der beiden Betten zu. Doch sie war merkwürdig nervös und wich ihm aus –

wenn auch nicht zu heftig, denn wenn er gleich mit ihr schlafen wollte, sollte er seinen Willen haben; aber er lächelte nur und ließ sie los. Er legte sich auf das Bett und sah ihr zu, während sie sich umzog und schminkte, als wären sie verheiratet, als hätten sie alle Zeit dieser Welt. Sie gingen auf einen Drink nach unten in die Hi-Di-Ho-Bar, dann in die Roastery zum Essen und danach in die Stadt. Das Wochenende war für Janice wie ein Traum. Das Nacheinander von Drinks, Essen, Film, Musik, den unpersönlichen kleinen Dingen des Hotelzimmers und schließlich Dave, dem zärtlichen und gutmütigen Dave, ließ sie noch tiefer in ihre Traumwelt versinken als sonst. Und als sie dann schließlich im Bett landeten, beide ein wenig benebelt vom Alkohol und dem Nachhall der Disco, die sie nach dem Film noch irgendwo in den vergammelten Straßen von Soho besucht hatten, und er neben sie ins Bett schlüpfte, nackt wie ein Fisch, war sie von alledem so verwirrt, daß sie kaum merkte, was er tat; sie war zu sehr abgelenkt von den kalten, starren Laken und dem ungewohnten Kissen, von der Enge des Bettes, das nur für einen Menschen gedacht war, und am meisten von seiner Nacktheit – sie hatte noch nie zuvor einen nackten Mann so nah erlebt. Ihr war das alles unheimlich. Als er ihr ins Ohr flüsterte, sie solle ihr Babydoll-Nachthemd (das sie eigens tags zuvor gekauft hatten) anziehen, wehrte sie sich voller Entrüstung. Seine Nacktheit machte sie nervös, seine Körperbehaarung, sein ölig-würziger Geruch der Leidenschaft – und ihr eigener, der zusammen mit dem seinen selbst noch durch die sterile Frische des Bettes drang. In der Dunkelheit, in dem Durcheinander von Bettwäsche, ihr Körper unter dem seinen, fügte sie sich, halb in Panik, halb aus Verzweiflung – denn er führte sie in ein fremdes Land, das sie nicht verstand und das ihr unheimlich war. Sie hätte jenen Ort erreichen können, doch sie tat es nicht; die Verwirrung hinderte sie daran. Sie lag noch eine ganze Weile wach, nachdem er wieder ins andere Bett geschlüpft war, lauschte auf seinen Atem und dachte darüber nach, wie unwirklich doch alles war hier in diesem unpersönlichen Raum, zusammen mit dem nackten Dave. Fast sehnte sie sich Grace herbei und schlief dann schließlich ein.

Am nächsten Morgen wachte sie auf, als Dave wieder zu ihr ins Bett schlüpfte. Und diesmal erreichte sie den Ort. Sie war überrascht, und genau wie seine Nacktheit war ihr auch das, was jetzt passierte, unheimlich. Doch sie mußte diesen Ort erreichen, in einem großen, tosenden Meer aus Schrecken und Freude. Und als sie wieder auftauchte, war sie von Liebe erfüllt; sie klammerte sich an ihn, als er sich über ihr abmühte, sie hätte ihn eher umgebracht, als ihn loszulassen, ohne auch in ihm jene gewaltige Umwälzung herbeigeführt zu haben. Er stöhnte, so wie sie geschrien hatte, und als er auf ihr niedersank, empfand sie ein Gefühl vorher nie gekannten Triumphes und gleichzeitiger Unterwerfung: Sie wäre für ihn gestorben oder hätte ihn getötet. Er schlief ein.

Als er aufwachte, war er ausgesprochen fröhlich, sang in der Dusche, gab ihr im Vorbeigehen einen Klaps aufs Hinterteil, klopfte sich Aftershave in die Haut und kämmte sich sorgfältig die Haare. Dann ließ er sie zum Schminken allein, ging nach unten, um eine Zeitung zu holen, und sagte, er warte im Foyer auf sie. Sie beeilte sich, denn fast glaubte sie, daß er nicht da sein würde, wenn sie käme, verschwunden aus ihrem Leben, und sie wieder gestrandet, wie es schon so oft der Fall gewesen war. Rein, raus, danke, Mädel – manche machten sich nicht einmal die Mühe, danke zu sagen; sie wollten nur eine schnelle Nummer, doch Dave, der rätselhafte Dave, wollte, daß sie beide etwas davon hatten. Tja, nun hatte er es also geschafft (bei der Erinnerung daran wurde ihr heiß, und sie bekam weiche Knie), vermutlich würde er sich jetzt auch aus dem Staub machen wie alle anderen. Vielleicht hatte er die Rechnung vorher bezahlt, obwohl – sie kannte auch ein paar, die das nicht getan hätten.

Doch er war da, las den Observer und berührte sie leicht am Ellbogen, um sie zum Frühstück in die Snackery zu führen. Er aß alles, was es gab, und überredete sie zu Fruchtsaft und Rührei, obwohl sie zusammen mit Grace nie mehr als eine Tasse Tee trank. Allmählich bekam sie Appetit, und sie fühlte sich stark und glücklich. Sie hatte den Eindruck, daß ihr Körper straffer und federnder wurde. Sie wollte Dave die ganze Zeit berühren, aber vielleicht wollte er das nicht. Sie wäre gern wieder ins Schlafzimmer gegangen und hätte alles noch einmal gemacht, doch den Vorschlag machte er nicht. Er wollte ausgehen.

Es war ein schöner Morgen, und er spazierte zusammen mit ihr über den Piccadilly Circus in den Hyde Park und hinauf zum Speakers' Corner. Sie hatte nicht gewußt, daß es so etwas überhaupt gab. Freilich, den Park kannte sie, dort war sie schon ein paarmal gewesen (hauptsächlich, wenn sie wieder einmal pleite war, in der Zeit, bevor sie Grace kannte), doch diese weite Fläche mit den Leuten auf den Kisten oder Stufen oder was auch immer – Schwarze wie Weiße gleichermaßen –, die sich die Seele aus dem Leib brüllten, sich produzierten, dazu Haare und Schals und manchmal auch Transparente, die, wie es schien, im Sturm der Lächerlichkeit dahinflatterten – so etwas hatte sie noch nie gesehen. Zwei Polizisten standen am Rand herum oder gingen mit gutmütigem Gesicht auf und ab. Die Stimmen brüllten und krächzten vor sich hin, angestachelt von Zwischenrufern, besessen von ihren

Hirngespinsten, während hinter ihnen der nie versiegende Strom des Verkehrs um Marble Arch und die plätschernden Brunnen herum dröhnte.

»Demokratie in Aktion«, sagte Dave. Er legte ihr den Arm um den Körper und drückte kurz ihre Brust. Sie wäre am liebsten gleich wieder ins Hotel zurück, doch er dirigierte sie auf eine andere Gruppe zu, den Arm immer noch um sie gelegt. »Paß auf. Hier kannst du was für deine Bildung tun. So ist unsere Nation groß geworden.«

»Wie?«

Er lachte und küßte sie auf die Wange. »Durch die Redefreiheit, Schätzchen.«

»Immer im Dienst, was?« klang ihnen von hinten eine Stimme entgegen, und als sie sich umdrehten, sahen sie einen gedrungenen jungen Mann im Anorak, der sie mit fragendem Blick betrachtete. Dave ließ Janice los.

»Hallo, Porky. Wie klein ist doch die Welt.«

»Und sie wird immer noch kleiner.« Er schaute mit einer Art nachsichtig-bedrohlichem Blick von Dave zu Janice und wieder zurück. »Und wer ist das?«

»Janice. Das ist Porky, ein Kumpel von mir.«

»Hallo, Janice.«

»Hallo.«

Nun wandte er sich wieder an Dave, die Hände auf merkwürdig aggressive Weise in den Anoraktaschen vergraben. »Bist du im Dienst?«

»Nein, ich hab das Wochenende frei. Und du?«

»Sozusagen. Man kann nie wissen.«

»Ja. Tja. Bis dann.«

»Mach's gut, alter Junge.« Er sah ihnen grinsend nach.

»Wer war das denn?«

»Ein Kumpel von mir«, wiederholte er. Er schien verärgert und dirigierte sie am Ellbogen von den Rednern weg,

die Park Lane entlang zur U-Bahn-Haltestelle. »Wir fahren lieber wieder ins Hotel zurück, wir müssen unser Gepäck bis zwölf aus dem Zimmer haben.«
Als sie wieder im Zimmer waren, packte sie ihre Habseligkeiten mit einem sehnsuchtsvollen Blick auf die immer noch ungemachten Betten in ihre Schultertasche.
»Wenn wir doch nur ewig hierbleiben könnten.«
»Wenn das Wörtchen wenn nicht wäre.«
»Was?«
»Das hat meine Oma immer gesagt.«
»Was hat sie damit gemeint?«
Er zog den Reißverschluß seiner eigenen Tasche zu, ging zu ihr hinüber und nahm sie in die Arme. »Schätzchen, du bist manchmal so naiv, daß ich mich frage, ob es dich wirklich gibt.« Seine Stimme neckte sie, aber sein Blick und seine Berührungen waren sanft. »Wo hast du denn dein ganzes Leben gesteckt, du weißt ja so gut wie nichts.«
»Ach, Dave.«
»Ach, Dave!« ahmte er sie nach, ließ sie los und tätschelte ihre Wange. »Komm jetzt, mach dich fertig. Wie wär's, wenn wir den Rest des Tages nach Brighton fahren? Ich bring dich dann heute abend wieder zurück, okay?«
Und das machten sie auch.

Sie hatte Grace gesagt, sie ginge auf eine Party, die die ganze Nacht dauern würde, was Grace hinnahm, ohne noch einen weiteren Gedanken darauf zu verschwenden. Janice hatte das früher schon gemacht, und eigentlich war Grace ganz froh, eine Weile allein zu sein, ein bißchen nachdenken zu können.
Am Sonntag, nach ihrem Besuch in Notting Hill Gate, war sie nicht im Old George gewesen. Wie glücklich Mrs. Robinson auch war, daß jemand ihr zuhörte – Robinson

selbst (Conroy!) war ein vorsichtiger Mann, und Grace wollte nicht allzu eifrig oder leicht zugänglich wirken.
Er schien sich zu freuen, als er sie zwei Wochen später wiedersah, erhob sich wie üblich halb von seinem Sitz, als sie sich ihm näherte, und machte Anstalten, ihr nach einem kurzen Kopfnicken und einem »Das Übliche?« einen Dry Martini zu holen. Sie nahm ihr Kopftuch ab, faltete es ordentlich und steckte es in ihre Handtasche, dann zupfte sie die leichten Wellen ihres Haares zurecht. In der Kneipe war es wie immer schummrig, an allen Tischen und entlang der Theke, wo das hellere Licht durch die Flaschen schien und ein Buntglasfenstermuster auf den Tresen warf, saßen fröhliche Männer und kokette Frauen. Die Palm-Court-Musik plätscherte vor sich hin, ohne von irgend jemandem wahrgenommen zu werden.
»*Votre santé*«, sagte er und hob sein Weinglas.
»Prost«, entgegnete sie und nippte an ihrem Dry Martini.
»Am letzten Sonntag waren Sie nicht da, stimmt's?«
»Ich war ein bißchen erkältet.«
»Ach. Ganz schön hinterhältig, diese Sommergrippen.«
»Ja.«
Pause. Sie nippten beide an ihren Getränken.
»Meine Mutter hat sich gefreut, daß Sie uns besucht haben.«
»Das ist schön. Sie ist eine großartige alte Dame.«
»Für mich ist sie nicht alt.«
»Nein, natürlich nicht. Ich meine nur ...«
»Wissen Sie, sie war einmal eine richtige Schönheit. Und bekannt.«
»Das glaube ich Ihnen gerne.«
»Sie hat ihre Bühnenkarriere aufgegeben, als sie meinen Vater geheiratet hat. Hat alles aufgegeben. Wirklich tragisch.«
»Aber die Radioserie ...«

»Sie hat nach dem Tod meines Vaters wieder angefangen. Er war Anwalt, hat uns ein nettes Vermögen hinterlassen, aber meine Mutter dreht nicht gerne Däumchen. Sie hat ihr Comeback in der Salt-and-Pepper-Serie gefeiert – heutzutage gibt es nicht mehr allzu viele Schauspielerinnen ihres Kalibers. Sie war eine richtige *grande dame.*«

»Das habe ich gesehen.«

»Und danach hat sie mit der Serie begonnen. Gleich von Anfang an war sie dabei, in der Originalbesetzung. Natürlich war das für sie nicht so wie das richtige Theater, aber sie hat keinen Aufnahmetermin versäumt.«

»Tatsächlich!«

Er füllte sein Glas von neuem und leerte somit die Flasche. Offenbar hatte er das, was er sagen wollte, gesagt, so daß sie nun inmitten des unpersönlichen Lärms in der Kneipe schweigend dasaßen. Grace überlegte sich inzwischen mit Bedacht ihre nächste Äußerung.

»Aber sie hat immer noch Kontakte, nicht wahr?«

»Nun ja ...« Sein schweres Gesicht schien noch um eine Spur schwerer zu werden. »Inzwischen sind nicht mehr viele übrig. Und sie kann nicht mehr aus dem Haus.«

»Nein ...« Grace schwieg einen Augenblick, den Kopf zaghaft schräg gelegt, die Finger um den Stiel ihres Glases gewölbt. »Glauben Sie, sie würde sich freuen, wenn ich hin und wieder bei ihr vorbeischaue und ein bißchen mit ihr plaudere? Ich will mich nicht aufdrängen, und ich bin mir sicher, daß sie auch ganz zufrieden mit sich und ihren Erinnerungen ist, doch wenn Sie glauben, sie würde sich über einen gelegentlichen Besuch von mir freuen, würde ich natürlich gerne vorbeikommen.«

Er schien nicht ganz so überrascht, wie sie erwartet hatte, auch wenn seine Stimme herzlich klang. »Das ist sehr liebenswürdig von Ihnen. Ich bin mir sicher, daß Sie ohnehin schon genügend Verpflichtungen haben.«

»Ich könnte das schon einrichten. Es wäre mir ein Vergnügen. Ich könnte einfach nur auf ein Täßchen Tee und einen kleinen Plausch vorbeischauen, vielleicht ein bißchen einkaufen oder die Wäsche machen, kleine Handreichungen eben. Einmal die Woche oder so?«

»Darf ich ihr das sagen?«

»Aber natürlich. Es würde mir wirklich Freude machen bei jemandem wie Ihrer Mutter. Was sie wohl für Geschichten erzählen kann! Und ich bin ausgebildete Krankenschwester, also können Sie mir vertrauen.«

»Das glaube ich Ihnen gerne.« Er sah sie mit fast schon herzlichem Blick an. »Das ist wirklich sehr nett von Ihnen. Ich bin mir sicher, daß sie sich freut. Der Tag wird ihr lang, wenn ich bis abends im Büro bin.«

»Wahrscheinlich ist sie froh, wenn Sie in den Ruhestand gehen. Es ist doch ganz offensichtlich, daß Sie ein wunderbarer Sohn sind.«

»Und sie ist eine wunderbare Frau.«

Also einigten sie sich, daß er herausbekommen sollte, ob seiner Mutter der Gedanke gefiel. Wenn dem so wäre, würde er jeden Mittwochnachmittag den Schlüssel beim Pförtner hinterlegen (denn selbst mit den Stöcken war es für Mrs. Robinson mühevoll, bis zur Haustür zu gelangen), und Grace würde kommen und eine Tasse Tee mit ihr trinken. Grace gefiel die Sache mit dem Pförtner nicht sonderlich; je weniger Menschen sie später erkannten, desto besser, das hatte sie im Lauf der Jahre gelernt. Aber da ließ sich nichts machen, und in diesem Fall war es auch nicht von Bedeutung, denn egal, wie ihre Pläne sich weiterentwickelten – wenigstens eine Weile wäre alles ganz offiziell und korrekt. Der Mittwoch war ihr recht;

sie konnte in den nahegelegenen Vierteln arbeiten – Ladbroke Grove, Harrow Road, Shepherd's Bush –, bevor sie auf eine erfrischende und entspannende Tasse Tee bei der alten Dame vorbeischaute.
Sie trennten sich wie gewöhnlich an der U-Bahn, verabschiedeten sich, deutlich wahrnehmbar, ein klein wenig herzlicher, beide voller Hoffnung für die Zukunft. Und als sie sich am folgenden Sonntag wieder im Old George trafen, sagte er ihr, seine Mutter habe zugestimmt.

Grace plante dieses Unternehmen mit der größten Umsicht; möglicherweise würde es sich als das ehrgeizigste ihrer ganzen Laufbahn erweisen. Sie überlegte, ob sie Mrs. Robinson ein kleines Geschenk mitbringen sollte, eine Topfpflanze vielleicht oder eine Schachtel Pralinen, entschied sich jedoch dagegen, denn unter Umständen deutete Mrs. Robinson das als Versuch ihrerseits, sich einzuschmeicheln. Der erste Besuch mußte unter angemessenen Rahmenbedingungen stattfinden; hier trafen sich zwei reife Damen, von denen die eine zwar sehr wohl um das frühere hohe Ansehen der anderen wußte, sich davon aber nicht allzusehr beeindrucken ließ, während die andere das Gefühl haben konnte, daß sie sich ganz bewußt auf das Niveau ihrer trotzdem gerngesehenen Zuhörerin begab. Graces jahrelange Erfahrung in den Altenheimen und auch in ihrer gegenwärtigen Tätigkeit hatten sie gelehrt: Alte Leute reden am liebsten auf andere ein, um ein Gespräch geht es letztlich gar nicht. Achtzig oder noch mehr Lebensjahre hatten sie bis zum Rand mit eigenen Erlebnissen gefüllt, für etwas anderes war da kaum noch Platz. Und Grace wußte, daß sie mit ihrem polierten Panzer aus Lügen ohne weiteres in der Lage war, jegliche Anwandlung von Neugierde bezüglich ihrer eigenen Person abzuwehren, die sich bisweilen regen mochte.

Sie saßen zu beiden Seiten des Kamins, und das Licht einer Stehlampe mit dichten Fransen warf einen grünen Glanz auf Mrs. Robinsons schwarzes Haar. Jemand hatte ein schön gedecktes Teetablett auf dem Tisch neben ihrem Sessel abgestellt, so daß Grace lediglich noch den elektrischen Teekessel neben dem Kamin einstecken mußte. Obgleich es draußen nicht kalt war, brannte doch das Gasfeuer im Kamin, und in dem Raum war es heiß, erdrückend, auch wegen der Menge an Bildern an den Wänden, die in ziemlich schäbigem Purpurrot mit einem Satinstreifen tapeziert waren – im Stil der fünfziger Jahre, vermutete Grace. Die Möbel waren schwer und paßten nicht zueinander, außerdem standen zu viele davon herum: Brokatpolster mit Fransen, an den Armlehnen schon ziemlich abgewetzt; Samt- und Satinkissen mit Fransen oder Borten; dunkle Holztische mit Brokatdeckchen, auf denen gerahmte Fotos und eine Sammlung der unterschiedlichsten Porzellanblumen standen. Der Raum war ebenso vollgestopft mit Marion-Conroy-Memorabilien wie Mrs. Robinson selbst mit Erinnerungen, und Grace fragte sich, während sie den starken Tee trank und das letzte Stück Gebäck Mrs. Robinson überließ, wie Conroy (Conroy!) das wohl aushielt.
Anfangs sprachen sie über Belanglosigkeiten: übers Wetter, das Königshaus, die steigenden Preise. Aus diesem Gespräch erfuhr Grace verschiedene Fakten: Mrs. Robinson ging nie aus dem Haus, doch wenn das Wetter sehr gut war, setzte Conroy sie, warm eingewickelt, auf die kleine, von Mauern umgebene Terrasse – sie war kaum mehr als ein kleiner Hof, meinte Mrs. Robinson, aber die Sonne schien hinein, und Conroy hatte ein paar immergrüne Pflanzen in Wannen hinausgestellt und ein Spalier mit Kletterrosen an der hinteren Mauer angelegt. Außerdem konnte sie hier niemand sehen; ihr Privatbereich war ihr heilig,

denn sie als berühmte Persönlichkeit wußte, was es bedeutete, im Blickpunkt der Öffentlichkeit zu stehen. In dieser Hinsicht ging es ihr ganz ähnlich wie der Königin.
Sie waren sich einig, daß niemand der Königin das Wasser reichen konnte, abgesehen vielleicht von der Königinmutter. Die jüngeren Mitglieder des Königshauses waren reizend und taten ihre Pflicht, egal, was die Zeitungen so behaupteten; manche Menschen hatten einfach ein gewisses Etwas, eine Würde – die Königsfamilie zum Beispiel. Oder sie selbst.
Was natürlich bedeutete, daß man nicht viel Geld haben mußte, um guten Geschmack zu besitzen. Manchen Menschen waren Geschmack und Stil einfach angeboren. Von beidem gab es heutzutage viel zu wenig auf der Welt, besonders in der Welt der Kunst. Menschen und Dinge wurden danach bewertet, was sie kosteten, nicht danach, was sie waren; Mrs. Robinsons Haushaltshilfe beispielsweise verlangte zwei Pfund fünfzig die Stunde und tat, außer die Küche und das Bad zu wischen, die Teppiche zu saugen und während der Woche, wenn Conroy dies nicht erledigen konnte, einzukaufen, praktisch nichts für ihr Geld. Nur selten kaufte sie die richtigen Produkte, dafür aber meist die teuersten. Und was das Silber anbelangte – wenn Conroy es sich nicht alle zwei Wochen vornähme, wäre es schon längst angelaufen!
So speicherte Grace also die Fakten, nickte und stimmte Mrs. Robinson zu; sie konnten sich eine Putzfrau leisten, die zweimal wöchentlich kam; Mrs. Robinson war zwar ans Haus gefesselt, aber ansonsten gesund; und Conroy war noch rätselhafter, als sie gedacht hatte, häuslich und sanft, doch im Old George immer auf seine Unabhängigkeit bedacht.
Sie ging geraume Zeit, bevor er wieder vom Büro nach

Hause kam. Im gegenwärtigen Stadium der Beziehungen genügte es, wenn einer von ihnen anwesend war.
Am nächsten Mittwoch (nach einem ergiebigen Vormittag in der Gegend um die Harrow Road, wo sie, trotz der vielen Sozialwohnungen, noch ein paar Enklaven mit alten Reihenhäusern fand, in deren Kellergeschossen nach wie vor ein paar liebe Alte ausharrten, die mögliche Opfer für den nächsten Tag darstellten) besuchte sie Mrs. Robinson wieder. Diesmal brachte sie einen Strauß Nelken mit und wurde in die Küche geschickt, um eine Vase zu holen. Mit schnellem Blick entdeckte sie Ordnung und schmutzige Ecken, das Ergebnis einer Kombination aus männlicher Häuslichkeit und oberflächlicher Putzerei; ein ordentliches Silberbesteck; einen vollen Vorratsschrank mit vorwiegend ballaststoffreicher Kost und ein Weinregal mit rotem Bordeaux und zwei ungeöffneten Flaschen Johnny Walker – bereits im Wohnzimmer waren ihr eine offene Flasche und Gläser auf einem Beistelltischchen aufgefallen. Die Küchenwände waren, abgesehen von einer elektrischen Uhr und einem Kalender mit Abbildungen historischer Häuser, kahl.
»Herzlichen Dank«, sagte Mrs. Robinson, als Grace die wassergefüllte Vase brachte. »Ich freue mich so über frische Blumen. Ich erinnere mich noch an die wunderbaren Buketts, die ich jeden Premierenabend bekommen habe – die brachte immer der Theaterdirektor höchstpersönlich auf die Bühne, wissen Sie, das war einfach überwältigend. Den Arm voller Blumen zu haben, wenn man den Knicks machte – ich habe mich *nie* verbeugt –, das stellte höchste Ansprüche an die richtige Körperhaltung. Nicht daß ich das jemals *gelernt* hätte, wissen Sie – das hat mir einfach die Natur mitgegeben. Manche Schauspielerinnen haben diese Gabe – Mrs. Pat zum Beispiel, ganz im Gegensatz zu Gladys Cooper. Sie hat nie Shakespeare gespielt.«

Der elektrische Kessel begann zu dampfen, und Grace durfte den Tee machen.
Augenscheinlich aus heiterem Himmel fragte die alte Dame plötzlich: »Trinken Sie eigentlich, Mrs. Black?«
Die Antwort erforderte ein gewisses Fingerspitzengefühl angesichts der Whiskyflasche auf dem Tisch. Sie lächelte. »Nun ja – hin und wieder mal ein bißchen.«
»Sie haben Conroy in einem Lokal kennengelernt.«
»Stimmt, im Old George in der Nähe der Oxford Street. Eigentlich ist das eher ein Klub, man sieht dort jede Woche wieder dieselben Leute, nette, anständige Leute.«
Mrs. Robinson stellte ihre Tasse mit säuerlichem Gesicht ab. »Conroy besteht darauf, jeden Sonntagabend dorthin zu gehen. Ich sage ihm, daß ich die ganze Woche allein bin und daß am Wochenende die Familie zusammensein sollte. Aber nein. Er sagt, ihm behagt die Gesellschaft dort.«
»Bei mir ist es genauso – ich gehe auch wegen der Gesellschaft hin.«
»Aber es gibt doch dort niemand Besonderen, oder? Mit welchen Leuten gibt er sich ab?«
»Ach, machen Sie sich da mal keine Gedanken. Wie ich schon gesagt habe, mir geht's genauso. Es ist schön, einfach ein bißchen aus dem Haus und unter die Leute zu kommen. Man muß sich nicht mit ihnen abgeben, es reicht schon, wenn man sich nur unter sie mischt. Früher bin ich immer mit meiner Nichte Janice ausgegangen, ich glaube, ich habe Ihnen das schon erzählt. Sie war am Wochenende ganz gerne unter Menschen, schließlich arbeitet sie ja auch die ganze Woche über und ist ein eher ruhiges Mädchen, sie ist nicht immer allein auf Achse. Sie und ich sind immer gerne ganz still in der Kneipe gesessen, haben den anderen zugesehen und der Musik zugehört. Manchmal haben wir Gespräche mit anderen

begonnen, genauso wie Ihr Sohn und ich, aber nicht sehr oft.«

»Sie haben eine Nichte?«

»Ja, die Tochter meiner Schwester. Ich kümmere mich um sie, seit meine Schwester tot ist – sie ist schon vor zwölf oder fünfzehn Jahren gestorben. Sie ist ein nettes Mädchen, Sozialarbeiterin. Eigentlich sind wir wie Schwestern, trotz des Altersunterschiedes – manchmal gibt es das; das Alter scheint nichts auszumachen, man kann wirklich eng befreundet sein. Aber wissen Sie, jetzt hat sie diesen Freund, also muß ich allein ausgehen.« Sie lächelte, verzog dabei das Gesicht und trank ihren Tee aus.

Mrs. Robinsons Gedanken schweiften ab. »So ist das heutzutage. Die jungen Leute denken nur an sich selbst. Wahrscheinlich ist das anders, wenn man von klein auf gelernt hat, mit anderen zusammenzuarbeiten. Ich meine, im Theater ist man eine große Familie, solange das Stück auf dem Spielplan steht, alle sind sozusagen Kampfgefährten. Ich erinnere mich noch an meine Anfangszeit beim BBC Rep. . .« Und schon fing sie wieder an zu erzählen.

Am Sonntag ging Grace nicht ins Old George. Sollten er und seine Mutter ruhig ein bißchen im eigenen Saft schmoren.

»Gehen Sie gerne ins Theater, Mrs. Black?« fragte die alte Dame am folgenden Mittwoch. Sie hatte Grace erlaubt, ein Glas Feuchtigkeitscreme fürs Gesicht und eine kleine Packung Abführmittel mitzubringen – »persönliche Dinge, ich bitte meine Zugehfrau nur ungern, sie für mich zu besorgen«. Die Bezahlung war sofort erfolgt, und Grace wußte, daß Mrs. Robinson sie jetzt für nützlich hielt. Sie durfte in der Küche aus und ein gehen und natürlich auch im Bad – das unangenehm feucht und dunkel war und dessen Fenster auf die Mauer des gegenüberliegenden Hauses führte. Rund

um Bad und Toilette befanden sich Griffe, um Mrs. Robinson die täglichen Verrichtungen zu erleichtern, im Bad selbst lag eine Gummimatte, um ein Ausrutschen zu verhindern, und um die Badewanne herum standen zahlreiche Badeöle und Körperpuder; Abführmittel, Schmerzmittel und Hustensäfte befanden sich in der einen Hälfte des Badezimmerschränkchens über dem Waschbecken, in der anderen Rasierschaum, Rasierapparat, verschiedene Produkte zur Zahnpflege und ein großes Glas Multivitaminpillen. Grace hatte einen kurzen Blick ins große vordere Schlafzimmer erhaschen können, mehr Informationen brauchte sie nicht – sie wußte bereits alles Nötige über Mrs. Robinson. Schwieriger war es, auch etwas von dem kleinen Schlafzimmer zu sehen, denn die Tür war immer verschlossen, und sie hatte keinerlei Grund, sie zu öffnen. Fast wäre sie versucht gewesen, eines ihrer Pülverchen in den Tee der alten Dame zu schütten, um Zeit zu haben, sich umzusehen, aber das war zu riskant. Schließlich war es auch eine Herausforderung für Grace, entweder selbst in Conroys Schlafzimmer einzudringen oder aber seiner Mutter die entsprechenden Informationen zu entlocken.
Auf Mrs. Robinsons Frage antwortete sie zurückhaltend: »Nun, ich fürchte eher nicht.«
»Die Amerikaner halten viel vom Londoner Theater. Ich erinnere mich noch an Freunde von jenseits des großen Teichs, die unsere Produktionen und heutzutage auch unser Fernsehen maßlos bewundern. Es ist doch schade, daß wir unsere Radiosendungen nicht ans Ausland verkaufen – obwohl ich glaube, daß man selbst dort drüben schon etwas von ›Nanny Jane's Journal‹ gehört hat!«
»Ich habe mir diese Sendung früher auch immer angehört, sie war ausgesprochen beliebt. Wir haben alle Lady Belhampton gekannt.«

Mrs. Robinson nahm dieses Kompliment mit einem kleinen Lächeln entgegen. »Wer waren ›wir‹, wenn ich fragen darf?«
»Die Patienten – und natürlich auch das Personal, wenn wir gerade keinen Dienst hatten. Wissen Sie, ich bin ausgebildete Krankenschwester.«
»Conroy hat so etwas erwähnt. Wo haben Sie Ihre Ausbildung gemacht?«
»In den Midlands – am St. Michael's Hospital in Wolverhampton.« Sie hatte schon bald herausgefunden, daß die Robinsons aus dem Süden Englands stammten, von Guildford nach London gekommen waren, als Conroy noch ein Kind war.
»Sie waren im Krieg dort? Oder waren Sie damals noch zu jung?«
Grace lachte mißbilligend. »Sie wollen sich wohl einen Spaß erlauben! Ich war während des Krieges beim Militär. Ich bin gleich von der Schule ins ATS, noch ganz grün hinter den Ohren. Und dann bin ich plötzlich oben in Schottland gelandet beim Nachrichtendienst. Codes und solche Sachen.«
»Codes. Wie in Bletchley?«
»An verschiedenen Orten und streng geheim. Ich würde jetzt noch nicht einmal sagen wollen, wo genau wir waren.« Das, so dachte sie, sollte der alten Dame eigentlich genügen.
»Natürlich«, sagte Mrs. Robinson nach einer Weile, »hat es während des Krieges hervorragende ENSA-Gruppen gegeben. Ich bin mit *The School for Scandal* auf Tournee gegangen, als Lady Sneerwell. Warum haben Sie sich nicht gleich zu Beginn Ihres Kriegsdienstes für eine Tätigkeit als Krankenschwester entschieden?«
»Ich wußte nicht so recht, was ich wollte, Sie wissen ja, wie junge Mädchen sind.«
»Und wann haben Sie Ihren Mann kennengelernt?«

Harry, der ihr hinter der NAAFI-Theke die Hand unter den Rock geschoben hatte. »Im St. Michael's Hospital. Wir haben die Ausbildung zusammen gemacht.«
»Ein Arzt?«
»Nein – er hat sich eher auf die Pharmazie spezialisiert.« Immer vorsichtig bleiben. Und jetzt ein Gegenangriff. »Ihr Mann muß Sie vermißt haben, wenn Sie so oft auf Tournee waren.«
»Er war bereits tot. Er war nie richtig gesund und außerdem viel älter als ich. Wissen Sie, ich habe meine Bühnenkarriere bei meiner Heirat aufgegeben, aber nachdem er gestorben und der Krieg ausgebrochen war, hatte ich das Gefühl, wieder anfangen und auch meinen Beitrag leisten zu müssen. Die ENSA war eine tolle Erfahrung, wirklich großartig. Teamgeist in Reinkultur. Hier und dort herumfahren, Busse, Lastwagen, vor all den netten Jungs in den Camps und Flugzeughallen spielen – das werde ich nie vergessen. Was für ein wundervolles Publikum!«
»Ihr kleiner Junge muß seine Mama vermißt haben.«
»Er war damals schon sechzehn und im Internat. Und wo haben Sie und Ihr Mann sich niedergelassen, nachdem Sie Ihre Ausbildung abgeschlossen hatten?«
»Ach, wir sind in den Midlands geblieben. Ich bin erst nach seinem Tod in den Süden gezogen, dort habe ich mit der privaten Krankenpflege begonnen.« Man konnte nie wissen, in welchen Krankenhäusern alte Leute schon gewesen waren. Auch wenn diese Alte zäh wie Schuhleder aussah. »Wohnen Sie und Ihr Sohn schon lange hier?«
»O ja, schon sehr lange. Ich war damals mit meinem Comeback beschäftigt, es ging um die erste Salt-and-Pepper-Komödie, und mein armer Junge hat damals gerade seinen Militärdienst abgeleistet. Aber er wußte, daß er immer wieder zu mir zurückkommen kann.«

»Und seitdem leben Sie zusammen. Das ist ja wundervoll.«
»Nein, nicht die ganze Zeit. Er war eine Weile weg. Wären Sie wohl so nett, mir die RADIO TIMES zu geben – ich glaube, eine alte Freundin von mir spielt heute abend in der Krimiserie mit.«
Grace tat, worum die alte Dame sie gebeten hatte, und begann, das Teegeschirr auf das Tablett zu stellen. Das genügte für heute. Sie war alles andere als unzufrieden mit dem, was sie in Erfahrung gebracht hatte, und sie hatte der alten Dame ihrerseits nur falsche Informationen gegeben. Sie mußte noch herausfinden, was ihn von seiner Mutter weggelockt hatte und warum er später wieder zu ihr zurückgekehrt war, aber das hatte noch Zeit.
Mrs. Robinson beobachtete sie mit ihren wachen blauen Augen unter ihrem leuchtend blauen Lidschatten heraus, der die Tränensäcke über den mit Rouge betonten Wangen noch mehr hervorhob. Plötzlich fragte sie: »Sie haben nie daran gedacht, noch einmal zu heiraten?«
Grace lachte. »Gütiger Himmel, nein! Ich hätte meine Unabhängigkeit für niemanden auf der Welt aufgegeben, nicht in meinem Alter. Außerdem hat es nie wieder jemanden wie meinen Harry für mich gegeben.« Das konnte man wohl sagen!
Sie nahm das Tablett und brachte es in die Küche. Während sie die Teesachen spülte und wegräumte, beglückwünschte sie sich selbst dazu, diese wichtige Feststellung schon so zeitig ins Gespräch eingeflochten zu haben, und nicht einmal auf ihr eigenes Betreiben hin. Denn es war von höchster Bedeutung, daß die liebe Alte nicht glaubte, sie sei hinter ihrem Conroy her.

»Meine Mutter läßt fragen, ob Sie Lust hätten, am nächsten Sonntag mit uns zu Abend zu essen«, sagte Conroy

mit schwerer Stimme, drehte das Weinglas dabei am Stiel hin und her und schaute hinüber zu den Space Invaders, die über die Musik hinweg dröhnten und ratterten.
»Das ist sehr nett von ihr«, antwortete sie zurückhaltend. »Ich will Ihnen keine Umstände machen.«
»Das tun Sie nicht«, sagte er und versank in Schweigen. Er wirkte niedergeschlagen.

Sie begriff, warum, als sie am nächsten Sonntag zu ihnen in die Wohnung kam. Der Tisch vor der Verandatür, die auf den Hof hinausführte, war nett gedeckt, und Mrs. Robinson bewegte sich mit Hilfe ihrer Stöcke darauf zu; sie schüttelte Graces Hand, mit der diese sie stützen wollte, von ihrem Ellbogen ab. Conroy brachte das Essen herein, das er gekocht hatte, und servierte es auch: eine grüne Suppe mit einem Sahnehäubchen, aus dem Grace sich nichts machte; ein Lammbraten, der ein wenig merkwürdig schmeckte und in dem sich winzige Stückchen von einer Art Zweig befanden, die sich immer wieder in ihren Zähnen verfingen; knusprige Bratkartoffeln und Stangenbohnen mit Biß; danach noch ein Eis mit einer Fruchtsauce darüber. Dazu gab es eine Flasche Rotwein, von der Conroy den größten Teil selbst trank; seiner Mutter hatte er ihr Whiskyglas an den Tisch gebracht.
»Wo haben Sie bloß das Kochen gelernt?« fragte Grace.
»Hier und da.«
»Conroy gelingt so ziemlich alles, was er anpackt«, sagte Mrs. Robinson.
»Not macht erfinderisch«, meinte er selbst und schenkte sich nach.
Nach dem Essen brachte er ein Tablett mit winzigen Tassen und ausgesprochen starkem Kaffee; Grace sehnte sich nach einer Tasse Tee, denn der Wein hatte sie durstig

gemacht und der Kaffee verschlimmerte diesen Durst nur noch. Conroy weigerte sich, sie beim Abwasch helfen zu lassen, den er, so sagte seine Mutter, später erledigen würde. Wieder einmal erzählte sie von ihren frühen Tagen am Memorial Theatre in Stratford-upon-Avon vor dem Krieg und von ihrer Ehe, und sie erwartete dabei keine Antworten von Grace oder ihrem Sohn. Sie sahen sich gemeinsam die Neunuhrnachrichten an, und dann sagte Grace, sie müsse nach Hause.

»Conroy bringt Sie noch zur U-Bahn«, sagte seine Mutter.

Es war ein schöner Abend. Die Sterne und ein klar konturierter Mond hingen an einem Himmel, der dunkel genug war, um den matten Glanz von London widerzuspiegeln. Sie bogen in die schmale, ansteigende Church Street, die fast leer war in dieser toten Stunde des Abends. Hin und wieder fuhr ein Bus wie eine riesige, leuchtende Schachtel vorbei, und aus den Fenstern der geschlossenen Antiquitätenläden drangen lediglich der gedämpfte Schimmer eines Kronleuchters und der milchige Glanz von Porzellan. Als sie sich Notting Hill Gate näherten, wurden die Straßen belebter, und helleres Licht drang aus den Restaurants, wo die Kellner müßig neben den Vorspeisenvitrinen herumstanden und auf die Gäste warteten, die kommen würden, sobald die Kinos und Theater des West End ihre Pforten schlossen.

»Was für ein herrliches Essen«, sagte Grace. »Das war wirklich köstlich. Wo haben Sie das nur gelernt?«

»Ich hab schon immer gern gekocht.« Was keine richtige Antwort war.

»Tja, jedenfalls war mir dieses Essen ein unvergleichliches Erlebnis.«

Er schien erfreut. »Nun ja. Ich koche natürlich nicht oft so. Mutter hat nicht mehr viele Freunde, und, um ehrlich zu sein« – er schwieg, beschloß dann jedoch weiterzu-

reden, das breite Gesicht über dem massigen Körper ausdruckslos wie immer –, »sind mir meine Abende im West End sehr wichtig.«
Grace murmelte eine passende Bemerkung.
»Sie ist eine wundervolle Frau«, fuhr er fort, ergriff ihren Ellbogen, um sie über eine Seitenstraße zu führen, und ließ sie dann sofort wieder los, »und natürlich ist sie meist den ganzen Tag allein zu Hause, wenn ich im Büro bin. Aber ich habe immer darauf bestanden, daß ich ein- oder zweimal die Woche Zeit für mich brauche. Sie hat das inzwischen akzeptiert, aber das war gar nicht so leicht. Sie ist eine Frau mit sehr starkem Willen.«
»Das habe ich bemerkt.«
»Sie kann Sie gut leiden. Das hatte ich auch gehofft.«
»Das freut mich.« Sie hatten inzwischen die Bayswater Road erreicht und bogen in die breite, hell erleuchtete Straße, wo Stufen in den Untergrund führten.
»Sie müssen verstehen, für mich geht's hier ums Prinzip«, sagte er. »Es ist nur recht und billig, daß ich mich jetzt, wo Mutter nicht mehr so gut zu Fuß ist, um sie kümmere, aber jeder Mensch braucht meiner Meinung nach ein bißchen Unabhängigkeit.«
»Da haben Sie völlig recht.«
»Sie ist eine wundervolle Frau, einfach wundervoll. Wissen Sie, sie hat eine glanzvolle Karriere hinter sich, jeder in der Welt des Theaters kannte sie. Aber das ist Jahre her. Natürlich fühlt sie sich jetzt einsam.«
»Wie lange wohnen Sie schon zusammen?« fragte sie.
»Acht, neun Jahre.«
»Also haben Sie sich lange davor schon selbständig gemacht.« Sie formulierte das als Feststellung, nicht als Frage, denn eine solche, das spürte sie, hätte er nicht beantwortet. Doch sogar auf diese Feststellung sagte er nur ja.

Wie Zähneziehen, dachte sie griesgrämig und streckte ihm am oberen Ende der Stufen zur U-Bahn mit gezierter Geste die Hand entgegen.

»Tja dann«, sagte sie, »ganz herzlichen Dank für den wirklich netten Abend.«

Er nahm ihre Hand und hielt sie einen Augenblick fest.

»War mir ein Vergnügen. Kommen Sie nächsten Sonntag wieder ins Old George?«

»Ich denke schon. Schließlich brauchen wir beide unseren Abend für uns allein, nicht wahr?«

»Ja.« Sein großes rosafarbenes Gesicht (das dem seiner Mutter so ähnlich war) verzog sich zu einem fast schon spitzbübischen Lächeln. »Man muß ja hin und wieder mal Schule schwänzen, stimmt's?«

»Stimmt.« Sie lächelten beide. »Tja, dann au revoir.«

»Au revoir.«

Sie wandte sich ab, ging die Stufen hinunter und öffnete ihre Handtasche, um ihre Seniorenfahrkarte herauszuholen. Auf dem Nachhauseweg sortierte sie in Gedanken, was sie erfahren hatte, es war nicht sehr viel, aber genug, um weiter darauf aufzubauen.

5

Grace mußte sich um viele Dinge kümmern. Abgesehen von ihrer Beschäftigung mit den Robinsons, mußte sie nach wie vor für sich und Janice ihr tägliches Brot verdienen, eine Gegend aussuchen, in der sie bisher noch nicht tätig gewesen waren (und die auch nicht zu nahe bei einer solchen lag), und schließlich noch die Beute losschlagen. Ein paar ungewöhnlich feuchte Wochenenden hatten überdies ihre Erkundungsgänge besonders unangenehm gestaltet, weil sie mit ständig nassen Füßen und einem tropfnassen Schirm zu kämpfen hatte. Die meisten alten Leute blieben bei einem solchen Wetter in ihren vier Wänden, so daß es schwer war, sie aufzuspüren und ihnen zu folgen. Das war wirklich harte Arbeit, und ihr wurde immer klarer, daß es Zeit für eine Veränderung wurde.

Da sie so viel um die Ohren hatte, hatte sie kaum bemerkt, wie Janice sich veränderte. Natürlich lebten sie noch immer nebeneinander her, schliefen im selben Bett und kochten sich gemeinsam ihre kleinen Mahlzeiten in der abgetrennten Kochnische in der einen Ecke des Wohnzimmers. Janice brachte ihre Wäsche noch immer in den Waschsalon, kaufte ein, holte alle zwei Wochen ihre Sozialhilfe und erneuerte jeden Monat ihr Rezept für die Schlaftabletten. Gemeinsam lauschten sie oft den Sendungen aus dem guten Roberts-Radio, das sie bei früherer Gelegenheit hatten mitgehen lassen; es war schwer zu tragen gewesen, aber nicht zu groß für Janices Schultertasche. Grace liebte die Sendung »Baker's Dozen«.

Ihr war kaum aufgefallen, daß sich hinter Janices üblicher Verträumtheit in letzter Zeit eine Art Erregung verbarg, die Ahnung von einem schönen Geheimnis. Ihr Gesicht schien nun voller, ihre Haut glatter, und die Haare hingen ihr nicht mehr strähnig ins Gesicht, sondern wellten sich – dank Gel und Lockenwicklern – so, daß sie ihre lange Nase und das Kinn kaschierten. Sie hatte seit jeher eine gute Figur gehabt, aber nun bewegte sie sich, als wisse sie das endlich auch selbst und genieße diesen Vorzug. Falls Grace überhaupt etwas davon merkte, meinte sie, die Veränderung hänge damit zusammen, daß Janice eine Gruppe Gleichgesinnter kennengelernt habe. Was Janice in ihrer Freizeit tat, hatte Grace nie sonderlich interessiert; solange sie ihre Arbeit gut machte, was sie seit der letzten Ermahnung getan

hatte, kümmerte Grace sich nicht um ihre Angelegenheiten. Janice gehörte einfach zum Inventar, sie war ein Werkzeug, das nach Graces Willen zu funktionieren hatte.
Also war Grace ausgesprochen verärgert, als Janice eines Dienstag morgens, als Grace gerade weggehen wollte, nervös eine Haarlocke um den Finger drehte und sagte: »Grace – ich arbeite diesen Samstag.«
Grace erstarrte. »Was tust du?«
»Ich arbeite. Ich habe einen Samstagsjob, im Supermarkt an der Keatings Road.« Als Grace schwieg, sprach sie hastig weiter: »Es ist nur am Samstag, das stört unsere Arbeit nicht, darauf habe ich bestanden. Es ist nur am Samstag, von zehn bis sieben, ich helfe im Laden und so.«
»In dem griechischen Laden?«
»Ja. Das ist ein reiner Familienbetrieb, weißt du, aber die Tochter kriegt ein Kind, und er braucht jemanden, der eine Woche oder zwei aushilft; das ist alles bar auf die Hand, keine Versicherung und so, nur eine Aushilfstätigkeit.«
Grace ließ ihre Handtasche zuschnappen und setzte sich langsam an den Tisch. Janice trug noch immer ihren Morgenmantel und betrachtete voller Angst Graces ausdrucksloses Gesicht.
»Warum?« fragte Grace in kühlem Tonfall.
Janice schaute weg und drehte ihre Haare noch immer um ihren Finger. »Ich hab nur einfach gedacht, es wäre schön, wenn ich selber ein bißchen Geld hätte. Du weißt schon, Taschengeld. Das hat nichts mit dir und mir zu tun. Es ist ja auch nur am Samstag.«
»Wir verkaufen unsere Sachen am Samstag.«
»Tja, das meiste machst doch sowieso du, das ist schon immer so gewesen.«
»Und jetzt muß ich es ganz allein tun, oder?«
»Na ja, du machst das doch sowieso besser als ich.«

»Das stimmt allerdings.« Sie saß einen Augenblick schweigend da. »Mir gefällt die Sache nicht.«
»Tja, aber jetzt ist es abgemacht.«
»Man kann nie wissen, wohin das führt, wenn man regelmäßig arbeitet.«
»Ich hab dir doch schon gesagt, es wird alles bar ausbezahlt.«
»Und was ist, wenn jemand vom Arbeitsamt zufällig vorbeikommt und sich einen Joghurt kauft? Was machst du dann?«
»Das wird schon nicht passieren! Und wenn schon – ich könnte immer sagen, daß ich nur aushelfe, oder? Schließlich bin ich nicht jeden Tag dort.«
»Du hättest mich fragen sollen, Janice«, sagte sie, stand wieder auf und band sich ein Tuch um den Hals. Endlich einmal schien draußen die Sonne, aber trotzdem würde sie einen Schirm mitnehmen.
»Es ist doch nur am Samstag«, wiederholte Janice.
»Das wird auch gut sein«, sagte Grace und verließ das Haus. Sie war ziemlich aus der Fassung.
Seitdem Grace und Janice sich zusammengetan hatten, hatte Janice nie den geringsten Wunsch geäußert, sich regelmäßige Arbeit zu suchen. Sie war zufrieden, sich unter Graces Führung dahintreiben zu lassen, passiv wie ein Fisch im Aquarium. Weshalb strebte sie nun plötzlich nach Unabhängigkeit, ohne Grace etwas davon zu sagen?
Der Grund war Dave, doch davon ahnte Grace nichts. Als Janice sie am Sonntag nicht mehr ins Old George begleitete, hatte sie angenommen, daß sie sich nun regelmäßig mit einer Gruppe von jungen Leuten traf, vielleicht in einer Disco oder einem Klub oder so etwas Ähnlichem; jedenfalls interessierte sie sich nicht so sehr dafür, daß sie gefragt hätte.

Sie konnte ja nicht wissen, daß Janice, erfüllt von den Offenbarungen, die Daves Körper ihr beschert hatte, nun darauf erpicht war, ihm zu imponieren. Je zärtlicher ihre Beziehung wurde, desto mehr neckte er sie und drängte: »Ich kann mir wirklich nicht vorstellen, wie du deine Tage verbringst.« – »Wahrscheinlich schläfst du eines Tages einfach ein und wachst hundert Jahre später wieder auf.« – »Wann merkst du denn endlich, was in dir steckt, du Traumtänzerin?« Er sagte all das mit sanfter Stimme (wenn auch, um der Wahrheit die Ehre zu geben), nicht allzu besorgt, nur ein wenig erstaunt und auch traurig darüber, daß sie ihr Leben offenbar in völliger Müßigkeit verbrachte.

Nun, am Samstag die Regale aufzufüllen und die Einkaufskörbe übereinanderzustapeln für Mr. Theodore war nichts Großartiges, aber es war immerhin ein Anfang. Sie begann möglicherweise auch noch, am Montag und Dienstag zu arbeiten (das waren die Tage, an denen Grace sie nie brauchte), vielleicht übernahm sie sogar die Kasse. Vorausgesetzt, sie lernte, wie man die bediente. Und wenn sie sich nicht in Versuchung führen ließ – Griechen hatten Luchsaugen, wenn's ums Geld ging. Mr. Theodore würde sie bar bezahlen, so lange sie das wollte, denn das brachte beiden Vorteile, kein Problem. Das einzige Problem war Grace, die ganz schön unangenehm werden konnte, wenn andere nicht das taten, was sie wollte.

Aber wenn Janice einen Job hatte, konnte sie Dave damit eine Freude machen. Und wenn sie ihm eine Freude machte, würde er öfter an sie denken, und dann würden sie, vielleicht würden sie, er würde vielleicht vorschlagen ... Und dann würde Janice Grace nicht mehr brauchen.

»Du hast – was?« wiederholte Dave ähnlich wie Grace, als Janice ihm die Neuigkeit mitteilte. Sie küßten einander

gerade wieder einmal in seinem Wagen in der Nähe des Whitestone Pond in Hampstead, und die dunklen Bäume der Heide gingen unterhalb von ihnen in den orangefarbenen Schimmer von Golders Green, Wembley, und in der Ferne Harrow über, darüber breitete sich eine Wolkendecke, aus der leichter Regen herunternieselte. Juli! Die Autoheizung war an, und Janice sehnte sich danach, auf den Rücksitz zu rutschen, doch Dave machte keine Anstalten. Er hatte nicht immer Lust, anders als die meisten Männer, mit denen sie auf dem Rücksitz gelandet war; er mußte in der richtigen Stimmung sein, und so wurde es noch schöner, wenn das tatsächlich der Fall war. Er hatte nie den Vorschlag gemacht, jenes traumhafte Wochenende im Hotel zu wiederholen; manchmal hatte sie nun das Gefühl, es sei wirklich nur ein Traum gewesen, doch sein Körper und das, was er auf dem unbequemen Rücksitz des Wagens mit ihr machte, gab ihr die Gewißheit, daß es wirklich stattgefunden hatte. Sie würde es nie vergessen, niemals; und selbst wenn sie manchmal nicht jenen Ort der Ekstase erreichte, brachte er ihr doch statt dessen Frieden und Zärtlichkeit, ein Gefühl, das sie nicht Liebe zu nennen wagte. Er hatte etwas ganz Besonderes daraus gemacht, auch wenn es nur auf dem Rücksitz des Wagens möglich war.
»Ich habe einen Job. In einem Laden. Als Kassiererin.«
»Du machst Witze.«
»Nein, wirklich.«
»Du kannst doch nicht mal zwei und zwei zusammenzählen!«
Sie zog sich von ihm zurück. Ein bißchen Stolz hatte sie noch – wenigstens manchmal. »Das kann ich wohl. Schließlich ist das doch nur eine Maschine.«
»Was für ein Laden ist das denn?«
»Ein Supermarkt. Heißt Continental.«

»Nein, so was!«

»Ich habe gedacht, du würdest dich freuen.«

»Das tue ich auch, Schätzchen, das tue ich auch.« Er zog sie wieder zu sich heran, aber sie merkte, daß er lachte.

»Ich weiß gar nicht, was daran so lustig ist.«

»Ich habe nur einfach nicht gedacht, daß du jemals ein Teil der arbeitenden Bevölkerung werden würdest. Mit deinem schlimmen Rücken und so.«

»Ist inzwischen schon besser«, sagte sie beleidigt. Sie vergaß oft, daß sie offiziell immer noch Rückenprobleme hatte, auch wenn sie monatlich ein neues Rezept für Grace holte.

»Wieso hast du das denn plötzlich gemacht? Stimmt was nicht mit der Sozialhilfe?«

Wieder zog sie sich zurück, diesmal wirklich wütend. »Hör auf damit.«

»Es ist mein Ernst.«

»Ich habe gedacht, daß du dich freust«, wiederholte sie. »Immer ärgerst du mich.«

»Nie!«

»Doch, das tust du. Du sagst, ich bin zu nichts zu gebrauchen, hänge den ganzen Tag bloß in der Gegend rum und so.«

»Ich hab doch bloß Spaß gemacht.«

»Nein, das hast du nicht, du nörgelst immer an mir rum. Ich bin kein Nichtsnutz, ich kann mir einen Job suchen wie jeder andere auch. Ich bin einfach in den Laden gegangen und hab den Chef gefragt, und er hat sich sofort auf mich gestürzt.«

»Olala.«

»Nicht so! Ich mein's ernst. Du ärgerst mich immer.« Er zog sie wieder zu sich heran und küßte sie, die Hand auf ihrem Busen. »Ich nehme dich immer ernst.«

»Nein, das tust du nicht.« Doch als sie seine Hand spürte und die Gefühle, die sie in ihr erzeugten, wanderten ihre Gedanken wieder zum Rücksitz.

»Du meinst, du fühlst dich wie ein Sexobjekt!« murmelte er.

»Ich? Ach, Dave ...«

Zwanzig Minuten später, wieder auf dem Vordersitz, eine Kassette im Recorder, sagte er: »Du bist schon ein braves Mädchen, Jan. Du bist zwar ein bißchen naiv, aber du bist trotzdem ein braves Mädchen.«

»Du magst mich also?«

»Ja, ich mag dich. Gott allein weiß, warum, wahrscheinlich, weil du so ein Spatz bist. Naiv wie ein Kleinkind. Vermutlich sprichst du meine mütterlichen Gefühle an.«

Sie rutschte ein wenig auf ihrem Sitz herum. »Du machst immer Scherze!«

»Damit ich selber nicht zu weinen anfange. Aber egal.« Er küßte sie auf die Wange, löste den Arm von ihren Schultern und schaltete die Scheinwerfer an. »Tja, sieht fast so aus, als müßte ich eine Weile mit dir zusammenbleiben, Jan. Frag mich nicht, warum. Vielleicht liegt's nur daran, daß du so verdammt hilflos bist.«

Er ließ den Motor an.

Noch immer waren Graces Ermahnungen stark genug, daß Janice ihm nicht sagte, wo genau sie wohnte, und so setzte er sie wie üblich an der Ecke der High Street ab. Dort gab sie ihm einen langen, hingebungsvollen Kuß, legte all die unterwürfige Liebe hinein, die er in ihr Leben gebracht hatte und die sie mit Worten nicht ausdrücken konnte, selbst wenn sie es gewollt hätte. Er strich ihr übers Haar, fast schon mit reuigem Blick, noch immer ein wenig amüsiert. »Bis dann«, sagte er. Sie stieg aus und sah ihm nach, wie er wegfuhr. Sie wäre gestorben für ihn.

Sie lebte fortan in Tagträumen: Sie und er auf Urlaubsreise in der Karibik, auf einer Kreuzfahrt, in der Sonne ausgestreckt in Benidorm. Oder noch besser, einfach das tägliche Zusammenleben – in einem Zimmer, einer Wohnung, einem großen Doppelbett unter einer Daunendecke, wie sie sie aus den Illustrierten kannte, und einem Schrank mit ihren Kleidern auf der einen Seite und den seinen auf der anderen; eine nette kleine Küche, ganz modern, wo sie für ihn kochen würde – sie würde sich die nötigen Bücher besorgen und das Kochen lernen. Und ein Wohnzimmer mit Stereoanlage und Videorecorder und einer großen weißen Ledersitzgruppe. Oder einfach nur die Wohnung, wo er jetzt lebte und in die er sie nie einlud. Warum nicht? Warum bloß nicht? War die Vermieterin wirklich der Grund? Wer war der Mann gewesen, mit dem er am Speakers' Corner gesprochen hatte? Er hatte ihr das nie gesagt, nur, daß sie Kollegen waren. Wo? Manchmal, für kurze Augenblicke, fragte sich Janice, ob Dave wohl irgendwie – zwielichtig war. Ob er krumme Sachen machte, wie sie und Grace. War er vielleicht sogar ein Räuber? Doch nein, er war zu sauber, zu locker oder? Warum wußte sie so wenig von ihm, wo er doch alles über sie wußte? Zwar hatte sie ihm in der Hauptsache Lügen erzählt, aber immerhin hatte sie etwas gesagt. Er hingegen hatte ihr nichts gesagt, jedenfalls nichts Wichtiges, und inzwischen hatte sie Angst, ihn zu sehr zu drängen, weil er dann vielleicht ärgerlich werden und sie verlassen würde.

Sie hörte auf, weiter nachzugrübeln. Sie hatte schon vor langem gelernt, sich mit dem, was sie hatte, zufriedenzugeben. Aber wann würden sie wieder zusammen ins Bett gehen, die ganze Nacht, schockierend nackt, hinweggetragen von den Stürmen der Leidenschaft ...?

Sie dachte die ganze Zeit an ihn, egal, ob sie nun zu Hause bei Grace war oder die Regale im Continental-Delicacies-Laden auffüllte oder den Tee, mit dem Rücken zu einer alten Frau stehend, machte, während Grace die Alte mit ihren Geschichten und den imposant auf dem Tisch ausgebreiteten Dokumenten verwirrte.
»Haben Sie Zucker in den Tee getan?« mußte Grace mit scharfer Stimme fragen. Die Alte, die wie eine Kröte in ihrem durchgesessenen Sessel versunken war, meinte: »Ich nehme keinen Zucker.«
»Das sollten Sie aber, meine Liebe«, erwiderte Grace, »Zucker gibt Ihnen neue Kraft«, und nickte Janice zu, damit sie noch eine weitere Prise der zerstoßenen Schlaftabletten hineingab.
Grace mußte inzwischen die ganze Zeit ein Auge auf Janice haben, wenn sie wieder unterwegs bei den alten Leuten waren. Gott allein wußte, was in das Mädchen gefahren war. Einmal waren ihnen sogar die Tabletten ausgegangen, weil Janice vergessen hatte, sich ihr Rezept zu holen.
»Was hast du bloß die ganze Zeit im Kopf, Mädel!« hatte Grace ausgerufen, sogar einmal die Stimme erhoben. »Was glaubst du wohl, wie wir ohne die verdammten Tabletten arbeiten sollen?«
»Ich hab's vergessen«, erwiderte Janice schmollend, »mein Rücken hat mir in letzter Zeit nicht mehr weh getan.«
»Dein Rücken! Dein Rücken hat dir, seit du raus bist aus Holloway, keine Probleme gemacht, aber das heißt nicht, daß wir die Tabletten nicht brauchen, du dumme Gans! Jetzt, wo du dich im Supermarkt ständig bücken und schwere Kartons schleppen mußt«, fügte sie sarkastisch hinzu, »hätte ich gedacht, du brauchst die Tabletten dringender denn je.«
»Ich kann denen nicht sagen, daß ich arbeite.«

»Das sollst du denen auch gar nicht sagen, du sollst nur deine verdammten Tabletten holen!« Grace verwendete normalerweise keine Schimpfwörter, aber Janice brachte sie noch um den Verstand! Es war höchste Zeit, daß sich etwas änderte.

Grace machte gute Fortschritte bei den Robinsons. Ihre Mittwochsbesuche hatten sich inzwischen eingespielt; egal, wo sie nun versuchte, passende alte Leute aufzustöbern – immer erschien sie um halb vier in Notting Hill, holte sich den Schlüssel vom Pförtner, mit dem sie inzwischen auf distanziertem gutem Fuße stand, schloß mit einem fröhlichen »Hallo, ich bin's« die Wohnungstür auf und verbrachte die nächsten paar Stunden damit, Mrs. Robinson eine schöne Zeit zu bereiten. Ihre Beschäftigung bestand hauptsächlich darin, ihr zuzuhören, wie sie über sich selbst redete und über ihre Karriere und dabei die muffig riechenden Seiten ihrer Alben durchblätterte oder manchmal ihren Bühnenschmuck bewunderte, den sie nach wie vor in alten Pralinenschachteln aufbewahrte. Hin und wieder mußte sie das halbe Dutzend prächtiger Kostüme ansehen, die noch nach Fettschminke rochen und fleckig in ihren Plastikhüllen im Schrank hingen. Doch sie machte auch die Maniküre für die alte Dame oder erledigte ihre persönlichen Einkäufe wie Rouge oder Steradent; gewöhnlich servierte sie ihr einen feinen Nachmittagstee, zu dem sie auf eigene Kosten das winzige Gebäck mitbrachte, das die alte Dame gierig in sich hineinschlang.
Sie achtete darauf, nicht neugierig zu wirken, doch weil sie in der Küche und in Mrs. Robinsons Schlafzimmer (einem dunklen Raum voll von Möbeln und einem Geruch von Kampfer und Parfüm) aus und ein gehen durfte, hatte sie eine ganze Menge Informationen sammeln können. Eine

Pelzstola (Eichhörnchen, nicht viel wert) und ein Persianermantel (sehr viel mehr wert) hingen in Plastikhüllen in dem Mahagonischrank, noch nie getragen, genausowenig wie die Samt- und Seidenkleider und die hochhackigen Schuhe darunter je getragen worden waren. In einem Lederkoffer (ein Ort, wo jeder sofort nachgeschaut hätte) befanden sich einige nicht zu verachtende Schmuckstücke – Granate, Perlen, ein großer Aquamarinring, breite Armreifen aus der Zeit Edwards. In der Kommode lagen kunterbunt durcheinander Kosmetika und ein ganzes Set Silberbürsten mit Relief, die nicht sonderlich gut geputzt waren. Auf dem Kaminsims stand das Foto eines erschreckt dreinschauenden Mannes mit steifem Kragen und Glatze – vermutlich der Ehemann, und ein etwas größeres Bild von Mrs. Robinson selbst, in Satin gehüllt und mit Bubikopf, auf ihrem Schoß ein hübsches Kind.
Mrs. Robinson lächelte sanft, sie hatte den Kopf geneigt und die Arme schützend um den Jungen gelegt, der mit gelassenem Gesicht in die Kamera blickte. Typisch Conroy.

Grace konnte sich in Ruhe in diesem Schlafzimmer umsehen, denn Mrs. Robinson hatte sie selbst dorthin geschickt. In Conroys Zimmer hingegen konnte sie nur hin und wieder einen verstohlenen Blick werfen und fand deshalb nicht viel heraus. Der Raum war kleiner als der seiner Mutter und ziemlich kahl. Hier gab es keinerlei Fotos, und die einzigen Bilder, die an der Wand hingen, waren Stiche der Schlösser von Windsor und Edinburgh.
Besonderes Interesse hegte Grace für einen kleinen Raum neben der Wohnungstür. Obwohl er als Abstellkammer für Koffer, einen Spieltisch, einen Staubsauger, aufeinandergestapelte Bilder und überzählige Decken diente, handelte es sich doch letztlich um ein richtiges Zimmer, in

dem eine Couch, eine Kommode und ein Schrank standen. Ordentlich saubergemacht und aufgeräumt, hätte eine Haushälterin hier wunderbar Platz.
Sie traf Conroy nie bei ihren Besuchen in der Wohnung an; sie war immer schon weg, wenn er vom Büro nach Hause kam. Doch sie setzten ihre sonntäglichen Treffen im Old George fort. Seit Grace sowohl Conroy als auch seine Mutter kannte, wußte sie, daß Conroy, was seine eigenen Wünsche anbelangte, unbeugsam war. Auf den ersten Blick war er der aufmerksame Sohn einer dominierenden Mutter; doch egal, wie sehr Mrs. Robinson ihn auch neckte, sich indirekt oder ganz offen beklagte – an seinen kleinen Bereichen der Unabhängigkeit war nicht zu rütteln. Und zu diesen kleinen Bereichen gehörten auch seine Sonntagabende. »Mutter hat schon Verständnis dafür, daß wir beide ein wenig Freiraum brauchen«, sagte er mit fester Stimme, als Grace einmal dahingehend eine Andeutung machte. Und als sie bei anderer Gelegenheit ganz beiläufig sagte: »Es wundert mich ja, daß Sie kein Auto haben, einfach, weil's bequemer ist«, hatte er erwidert: »Ich habe vor ein paar Jahren einmal einen Wagen gehabt, aber Mutter wollte, daß ich sie jedes Wochenende spazierenfahre, und das war mir nicht immer recht.« Mehr hatte er nicht gesagt, und Grace war so schnell auch kein passender Kommentar eingefallen. Die Unmißverständlichkeit seiner Antwort gab ihr jedoch zu denken.
Als Mrs. Robinson wieder einmal von den Problemen erzählte, damals die Karriere mit der Erziehung eines Sohnes in Einklang zu bringen, meinte Grace: »Er hat also nie geheiratet? Dabei war er doch so ein hübscher Junge.«
Mrs. Robinsons Gesicht wurde nun genauso undurchdringlich wie das ihres Sohnes. »Heiraten ist nicht für jeden das richtige.«

Grace fragte nicht weiter nach. Vielleicht war er doch schwul, manchmal waren diese großen männlichen Typen die schlimmsten. Aber eigentlich glaubte sie das nicht; wahrscheinlich gehörte er einfach nur zu den Männern, die keinen Sex brauchten. Von denen gab es mehr, als man dachte.

Sobald Grace einen Entschluß gefaßt hatte, handelte sie schnell. Nachdem sie am folgenden Mittwoch Mrs. Black eine Schachtel Black-Magic-Pralinen gegeben und ihr den Tee serviert hatte, entschuldigte sie sich damit, sie müsse mal »für kleine Mädchen« und schloß sich im Bad ein. Hier rieb sie den Boden zwischen Tür und Toilettenschüssel mit feuchter Seife ein; er glänzte und war sogar für sie mit ihren bequemen Schuhen rutschig. Dann zog sie die Spülung und ging wieder zu Mrs. Robinson hinüber, um ihr noch eine halbe Stunde zuzuhören, bevor sie sich zum Aufbruch rüstete.

»Tja, ich muß Sie jetzt allein lassen«, sagte sie und schüttelte die Kissen auf, die sie beim Sitzen ein wenig zusammengedrückt hatte. »Ich habe in der Küche alles aufgeräumt und komme dann nächste Woche wieder.« Sie wollte gerade die Jacke anziehen, die über der Rückenlehne ihres Stuhls hing. »Meinen Sie, Sie wollen auf die Toilette, solange ich noch hier bin? Dann sind Sie fürs erste versorgt, bis Ihr Sohn heimkommt.«

»Tja, vielleicht ...« Mrs. Robinson begann, sich mit neckischem Gesichtsausdruck hochzustemmen. »Es gibt da eine ziemlich üble Redensart – ›Wehr dich nicht, wenn dich jemand abpumpen will‹. Aber natürlich sagen das nur die Männer.«

Grace reichte ihr die Stöcke und half ihr beim Aufstehen, als die alte Dame sich hochstemmte und versuchte, das Gleichgewicht zu finden. Im Stehen war sie längst nicht so groß, wie sie im Sitzen wirkte. Sie hatte einen eher fülligen kleinen Körper mit runden Schultern, und der große Kopf mit den pechschwarzen Haaren erdrückte ihren Rumpf. Sie begann sich auf die Tür zuzubewegen, und Grace begleitete sie bis zum Flur. Dort ließ Grace sie allein, ging in die Küche, klapperte herum und lauschte. Sie hörte das Poltern der Schritte auf dem Teppich, das Öffnen der Badezimmertür, drei weitere stampfende Schritte, ein Rutschen, einen Schrei und einen dumpfen Fall.

Sie hastete ins Bad.

Mrs. Robinson lag auf dem Boden, einen Stock noch immer in der Hand, der zweite war in Richtung Wanne geschlittert. Sie lag auf dem Rücken, doch ihre Glieder schienen nicht verrenkt. Ihr Gesicht war dunkelrot, aber als Grace das Bad betrat, wurde es, abgesehen von dem Rot des Lippenstifts und dem Schwarz der Augenbrauen, aschfahl.

»Was haben Sie bloß angestellt?« rief Grace.

Dann folgte eine Phase hektischer Aktivität. Graces Zeit in den Altenheimen erwies sich wieder einmal als nützlich, denn sie wußte, wie sie Mrs. Robinson hochheben und ausziehen mußte, steckte sie ins Bett, flößte ihr heißen süßen Tee ein und versorgte sie mit einer Wärmflasche und Aspirin. Sie sah sich ihre Arme und Beine an, konnte jedoch keine Brüche feststellen, nur Blutergüsse an ihren feisten Beinen, die bereits anzuschwellen begannen. »Gütiger Himmel, Sie werden morgen aussehen wie ein Regenbogen!«

Mrs. Robinson war währenddessen ungewöhnlich still. Inzwischen war ihre Gesichtsfarbe wieder mehr oder minder zurückgekehrt, aber sie atmete schwer, und sie ließ alles mit sich geschehen, froh, sich einfach nur in die Kissen zurücklehnen und den Tee trinken zu können, den Grace ihr an die Lippen hielt. Sie hatte einen Schock erlitten,

soviel war Grace klar, und ihr war auch klar, daß Mrs. Robinson aufgrund dieses Schocks in die Hose gemacht hatte, eine Demütigung, die Grace ausnützen konnte. Außerdem mußte sie deshalb den Boden im Bad wischen, so daß sie unauffällig alle Spuren der Seife beseitigen konnte.
»Soll ich Ihren Sohn anrufen?« fragte sie, als Mrs. Robinson nach dem Tee und den Aspirin die Augen schloß.
Grace wählte die Nummer der Zentrale und wurde sofort durchgestellt. »Sie müssen sich keine Sorgen machen«, sagte sie, nachdem sie den Vorfall geschildert hatte, »aber in ihrem Alter ist das natürlich ein schwerer Schock. Ich bleibe hier, bis Sie kommen.«
»Das ist sehr nett von Ihnen«, sagte er etwa eine Stunde später mit schwerer Stimme zu ihr. Mrs. Robinson schlief, und sie standen im Flur, als Grace sich zum Aufbruch fertig machte.
»Ich bin froh, daß ich noch hiergewesen bin. Sonst wäre sie hilflos dagelegen, und wir wollen doch nicht, daß sie eine Lungenentzündung bekommt, nicht wahr?«
Er hatte vorgeschlagen, den Arzt zu rufen, aber Grace hatte gesagt, er solle noch den nächsten Morgen abwarten und sehen, wie es ihr dann ginge. »Sie hat sich nichts gebrochen, soviel ist sicher, und wir wollen sie doch nicht beunruhigen. Sie braucht bloß eine Nacht Schlaf, dann ist sie wieder munter wie ein Fisch im Wasser; wir müssen nur warten, bis der Schock nachläßt. Aber ich würde sie einen oder zwei Tage im Bett behalten, nur um sicherzugehen.«
»Ja.« Er betrachtete sie mit düsterem Blick. »Die Situation ist sehr unangenehm.«
»Können Sie Ihre Zugehfrau benachrichtigen, sie bitten, eine oder zwei zusätzliche Stunden vorbeizuschauen?«
»Ich kenne ihre Adresse nicht.«
»O je, das ist wirklich unangenehm. Ich glaube, man sollte

sie nicht den ganzen Tag allein lassen, jedenfalls nicht morgen und übermorgen.« Sie schlang ein Tuch um ihren Kopf und knotete es unter dem Kinn fest. »Ich wünschte, ich selbst könnte Ihnen behilflich sein, aber ich habe die beiden nächsten Tage Verpflichtungen am anderen Ende von London. Wissen Sie, ich mache ehrenamtlich Sozialarbeit, Besuche und so, und meine alten Leute kann ich nicht im Stich lassen, auch wenn ich es gerne täte. Sie könnten versuchen, eine Pflegerin zu bekommen.«

»Nein, das wäre ihr nicht recht. Das habe ich schon einmal versucht.«

»Aber ...« Sie überlegte, während sie ihre Jacke zuknöpfte. »Das ist doch eigentlich nicht richtig, meinen Sie nicht auch? Ich meine, wo Sie doch ein Mann sind. Und Sie müßten sich freinehmen und würden alle möglichen wichtigen Termine versäumen, denke ich mir.« Er nickte düster. »Ich sage Ihnen was – ich schaue am Sonntag vorbei und helfe Ihnen, sind Sie einverstanden? Sie lassen ihre ganze Wäsche und die Toilettensachen einfach liegen, und ich komme am Sonntag mittag vorbei und bringe alles in Ordnung. Dann haben Sie auch ein bißchen Ruhe. Wie wäre das?«

»Ich will Ihre Zeit nicht unnötig in Anspruch nehmen ...«

»Ach was! Ich würde mir nur wünschen, daß ich Ihnen in den nächsten paar Tagen helfen könnte – aber ich kann meine alten Leute nicht im Stich lassen, das verstehen Sie doch? So ganz ohne Vorwarnung. Aber ich komme am Sonntag vorbei, so gegen zwölf.«

Sie standen an der Wohnungstür, die sie aufmachte und durch die ein Schwall feuchter Luft vom Treppenhaus hereindrang.

Er trat näher an sie heran. »Ich kann Ihnen gar nicht sagen, wie dankbar ich Ihnen bin ...«

»Unsinn. In Zeiten der Not müssen wir einander doch beistehen. ... Sorgen Sie trotzdem dafür, daß sie im Bett bleibt, in ihrem Alter ist das einfach ein Schock. Und holen Sie den Arzt, wenn Sie den Eindruck haben, daß das nötig ist. Vermutlich wird er sagen, daß man sie, auch wenn sie eine wunderbare Frau ist, nicht den ganzen Tag allein lassen soll, schließlich ist sie nicht mehr die Jüngste und behindert. Aber was kann man machen? Irgendwie muß das Leben schließlich weitergehen, nicht wahr? Nun, ich werde mich jetzt verabschieden und möchte Sie noch einmal bitten, sich keine Sorgen zu machen. Schlafen Sie lieber. Ich schaue am Sonntag vorbei.«

Am nächsten Morgen gelang es ihr, Janice zeitig aus dem Bett zu scheuchen und mit ihr bereits um elf Uhr unterwegs zu sein. Wenn sie einen Plan gemacht hatte, setzte sie ihn gern schnell in die Tat um. Für den heutigen Tag hatte sie sich drei alte Damen vorgenommen, und sie wußte aus Erfahrung, daß man sie am ehesten antraf, wenn sie gerade mit viel Mühe aufgestanden waren und sich angezogen hatten, allerdings noch bevor sie allmählich zum Einkaufen weggingen; noch besser war der Nachmittagstee, wenn sie noch gar nicht richtig wach waren von ihrem Nachmittagsschläfchen. Alle drei wohnten im Gebiet von Kentish Town, denn in dem Bewußtsein, daß diese Beschäftigung bald zu Ende gehen würde, machte sich Grace nicht mehr allzu viele Gedanken darüber, daß sie so nahe bei der eigenen Wohnung arbeiteten.

Also gingen sie forschen Schrittes die schmalen grauen Straßen zu den Häusern hinunter, die Grace sich am Tag zuvor herausgesucht hatte – Mrs. Black mit ihrer großen Aktentasche voller Dokumente und Mary mit der Umhängetasche, die groß genug war, um alle möglichen Dinge zu transportieren.

Die erste alte Dame war so taub, daß Grace fast Angst bekam, die Nachbarn könnten die Unterhaltung durch die Wände hindurch mithören; doch natürlich waren sie alle in der Arbeit oder gingen ihren Geschäften nach, und die Geschichte und die Dokumente und die Tasse Tee – all das klappte wunderbar. Viel war in der Wohnung nicht zu holen, aber die Alte hatte ihre Rente noch nicht angetastet, so daß sich eine hübsche Summe Geldes in der Shortbread-Dose fand, die sich zusammen mit einem Paar Hausschuhen, einem Nachttopf und jeder Menge Wollmäusen unter dem Bett befand.

Sie nahmen einen kleinen Imbiß in der High Street und gingen zu der nächsten Alten, einer kleinen alten Jungfer, zart und leicht wie ein Insekt, makellos reinlich, aber kurzsichtig. Sie tranken den Tee aus hübschen Porzellantassen, während sie ihnen erzählte, daß sie zweimal die Woche am Morgen im nahegelegenen Krankenhaus aushalf und die Verbände vorbereitete. Sie war dort die erste Physiotherapeutin gewesen, die man je eingestellt hatte, und sie hatte immer noch das Gefühl »dazuzugehören«. Obgleich sie intelligent und gebildet war, erlag sie doch schon bald Graces Geschwätz, auch wenn sie gleich zu Beginn ein paar ziemlich unangenehme Fragen gestellt hatte. Sie schlief sofort ein – viel schneller als die meisten; bei ihr fanden sie einige recht brauchbare Dinge und dazu noch eine hübsche Summe Geldes.

Die letzte war vergebene Liebesmüh: Vorgelegte Kette und offenbar des Englischen nicht mächtig. Sie war keine Asiatin (die klammerte Grace von vornherein aus), sondern eine Frau vom Kontinent und klang durch den Türspalt hindurch höchst aufgeregt und unverständlich. Grace vergeudete ihre Zeit nicht, ihre Devise lautete: Wenn du nicht schnell in die Wohnung kommst, solltest du dich schnell wieder verziehen. Janices Umhängetasche war bereits voll genug, und sie kehrten zufrieden nach Hause zurück. Grace teilte das Geld und verkaufte das Diebesgut wie üblich am nächsten Samstag. Janice arbeitete am Samstag im Supermarkt, wusch sich die Haare und ging dann am Sonntag bis spät in die Nacht hinein aus, so daß Grace schalten und walten konnte, wie sie wollte.

Wie üblich kam Grace am folgenden Montag und Dienstag kaum nach Hause. Am Mittwoch ging Janice zusammen mit Dave vor seiner Nachtschicht noch auf einen frühen Drink und besuchte hinterher einen nahegelegenen McDonald's. Als sie danach nach Hause zurückkehrte, stellte sie fest, daß so gut wie alles, was Grace gehörte, verschwunden war. Unter einer Flasche Nagellack fand sie eine Notiz, die besagte:

Liebe Jan,
tut mir leid, daß ich einfach so verschwinde, ohne mich zu verabschieden, aber es hat sich eine Gelegenheit ergeben, die zu gut ist, um sie mir entgehen zu lassen. Die Miete ist bis Ende des Monats bezahlt, und ich habe Dir ein paar Zehnpencestücke für die Gasheizung in einem Unterteller dagelassen, falls sie Dir ausgehen sollten. Alles Gute –

GRACE

ZWEITER TEIL

6

Detective Inspector »Wally« Simpson betätigte den Klopfer an der Tür von Malplaquet Road Nummer 12, einem ansehnlichen Backsteingebäude mit cremefarbenen Ornamenten, das um die Jahrhundertwende erbaut worden war und dem allmählichen Rückgang des Wohlstandes wie auch dem Verkehr, der direkt an ihm vorbei nach Camden Town brauste, gleichermaßen trotzte. Der kleine Garten vor der Nummer 12 war zubetoniert worden, und die Ligusterhecke ziemlich amateurhaft bis auf Taillenhöhe zurückgestutzt. Die Mülltonnen standen ordentlich in einer Ecke, und das ganze Anwesen war sauber, wenn auch ein wenig heruntergekommen; die Farbe an den Fensterrahmen und an den Türen blätterte bereits ab, aber die Buntglasscheiben in der Haustür waren blitzblank geputzt. Daneben befand sich eine Klingel und auf vergilbenden Kärtchen die Namen der Bewohner, auf denen verschiedene Anweisungen zu lesen waren, wie oft man bei dem Betreffenden zu klingeln hatte. Doch Simpson wußte ganz genau, daß es keinen Zweck hatte, die Klingel mit dem Namen »Frimwell« zu drücken; also betätigte er den Klopfer und wartete, während sein Sergeant Terry »Wogan« Blane mit strenger Miene neben ihm stand. Blane war ehrgeizig.

»Guten Morgen. Wir sind von der Kriminalpolizei.« Er zückte seinen Ausweis mit einem gewinnenden Lächeln.

»Könnten wir wohl ein paar Worte mit Ihnen wechseln?«
»Kommen Sie rein.« Der alte Mann war klein, vornübergebeugt und glatzköpfig, aber drahtig und braun gebrannt. Sie folgten ihm einen dunklen, karg möblierten Flur zum hinteren Raum, der einmal eine Küche gewesen war, jetzt jedoch als Büro und Bibliothek diente. In einer Ecke stand ein Sofa mit einer Decke darüber.
»Bitte.« Der alte Mann deutete auf dieses Sofa und auf einen Sessel neben dem kalten Kamin. Er selbst setzte sich an den Schreibtisch, auf dem ordentlich nebeneinander Papiere und aufgeschlagene Lexika gestapelt waren. Die Wände, an denen sich keine Regale befanden, waren mit Drucken und Fotos vollgehängt, Drucken von mittelalterlich anmutenden Schlössern und Landschaften, Fotos aus neuerer Zeit – Aufnahmen vom Militär und ein paar von einer Frau mittleren Alters. Über dem Kamin war ein »Blutendes Herz« mit einer kleinen Votivlampe angebracht, das von Heiligen und einem großen Bild des Papstes flankiert wurde.
Simpson und Blane setzten sich nebeneinander auf das Sofa. Simpson war ein gutaussehender Mann Anfang Dreißig, trug legere Kleidung und gab sich unkompliziert; Blane hingegen war um etliches jünger, rosafarben und weiß und steif wie ein Kuchen mit Zuckerguß. Er nahm seinen Notizblock heraus, als Simpson fragte: »Mr. Stanislas Sobieski?«
»Ja, ich habe die Ehre, diesen Namen zu tragen.«
»Ein vornehmer Name, Sir.«
»Sie wissen das?« Der alte Mann strahlte.
»Mein Vater war in Monte Cassino. Danach hat er sich noch ein bißchen mit Geschichte beschäftigt. Ein wenig hat das wohl auch auf mich abgefärbt.«

»Obwohl ich leider kein direkter Nachkomme bin. Vermutlich stamme ich überhaupt nicht von der Familie ab. Aber trotzdem ist es ein guter Name.«

»Das stimmt.« Kurzes Schweigen. »Es geht um Miss Frimwell, Sir.«

»Das habe ich mir schon gedacht.«

»Sie sind der Hauswirt?«

»Ja. Nach dem Krieg habe ich meine Gratifikation dazu verwendet, dieses damals nicht sehr teure Haus zu erwerben. Meine Frau, eine englische Dame, die ich etwa zu dieser Zeit kennengelernt habe, hat es für die Mieter hergerichtet. Sie ist vor etwa sechs Jahren verstorben. Aber ich habe viel von ihr gelernt, und ich habe gute Mieter.«

»Miss Frimwell ...?«

»Sie hat viele Jahre hier gewohnt. Sie ist kurz nach dem Tod meiner Frau eingezogen. Eine reizende alte Dame.«

»Würden Sie uns bitte den Ablauf der Ereignisse erzählen, wie Sie sie sehen, Sir. Wir kennen natürlich die Fakten, aber ein Bericht aus erster Hand wäre nützlich.«

Mr. Sobieski schwieg einen Augenblick und musterte die beiden Polizisten. Simpson sah ihn mit höflichem Blick an, während Blane sich im Zimmer umschaute, als sei jeder Gegenstand darin verdächtig.

»Dieses Haus ist sehr ruhig. Ich habe keine jungen Mieter. Das heißt, daß wir einander nicht sehr häufig sehen, wir bleiben für uns. Auf jedem Stockwerk gibt es ein Bad – das war die Idee meiner Frau, zu jener Zeit war das noch ziemlich ungewöhnlich –, aber dafür habe ich eine genaue Benutzungsordnung ausgearbeitet. Jedes Zimmer hat seine eigene Kochnische. Weil ich der Hauswirt bin, habe ich mir ein wenig mehr Raum zugestanden ...« Er deutete auf die zweite Tür in dem Zimmer, die mit einem Veloursvorhang zugehängt war. »Da draußen ist meine

Küche, hier drin gibt es nur Bücher. Als meine Frau noch am Leben war, hatten wir zusätzlich das vordere Zimmer. Danach hat Miss Frimwell es gemietet.«

»Sie war noch gut auf den Beinen, nicht wahr, Sir? Sie konnte für sich selbst sorgen?«

»Aber sicher. Natürlich war sie eine zarte Person, sie war ja schließlich nicht mehr die Jüngste. Ich weiß nicht so genau ...«

»Sie war fünfundachtzig, Sir.«

»Ach. Wissen Sie, sie hat immer noch gearbeitet.«

»Ja, Sir, an zwei Vormittagen in der Woche. Jedoch nicht am Tag ihres Todes.«

Mr. Sobieski lächelte traurig. »Ich habe es nicht einmal gemerkt. Ich habe nie gewußt, an welchen Tagen sie zu Hause war und an welchen nicht, so sehr haben wir den Privatbereich des anderen respektiert.«

Simpson ließ ein bißchen Zeit verstreichen, bevor er weiterfragte: »Und die Ereignisse am Siebten, Sir?«

»Ja.« Der alte Mann sammelte sich. »Ein Samstag. Am Samstag sind mehr zu Hause, und Mr. Pickering, der die beiden Zimmer im ersten Stock bewohnt, machte mich darauf aufmerksam, daß noch immer Post für Miss Frimwell auf dem Tischchen im Flur lag. Natürlich waren das nur Werbesendungen – niemand hier bekommt viele Briefe. Er sagte außerdem, er habe Miss Frimwells Radio noch nicht gehört, das sie normalerweise fast immer anschaltete – leise natürlich, aber die Decke ist nicht schalldicht. Wir klopften an ihrer Tür und erhielten keine Antwort. Sie war nicht verschlossen, was, soviel ich weiß, ungewöhnlich war, denn die meisten hier fühlen sich in der Nacht hinter einer verschlossenen Tür sicherer. Mr. Pickering und ich betraten das Zimmer und fanden sie in ihrem Sessel.« Mr. Sobieski schwieg einen Augenblick und bekreuzigte sich.

Nach einer Weile fragte Simpson: »Haben Sie irgend etwas angefaßt?«
»Natürlich, junger Mann«, antwortete Mr. Sobieski. »Was denken Sie wohl, was wir tun, wenn wir das Zimmer betreten und die arme alte Dame tot auffinden? Schließlich hatten wir doch nicht mit so etwas gerechnet. Wir gingen zu ihr hin, suchten nach einem Lebenszeichen. Dann habe ich den Notarzt gerufen.«
»Nicht die Polizei?«
»Warum die Polizei? Die arme alte Dame war alt und gebrechlich und in ihrem Sessel gestorben. Und ich bin mir jetzt noch nicht einmal klar darüber, warum Sie und Ihr junger Kollege bei mir sind.«
»Da waren nur noch eine oder zwei offene Fragen, Sir«, sagte Simpson, »insbesondere, weil es offenbar keine Verwandten gibt, soviel uns bisher bekannt ist.«
»Das könnte ich Ihnen nicht mit Gewißheit sagen. Soweit ich weiß, hat sie nie Besuch bekommen. Sie ist auch an Weihnachten oder anderen Festtagen nicht weggefahren, und sie erhielt nur wenig Post. Wir alle hier sind ziemlich allein, wissen Sie – verwitwet oder nie verheiratet gewesen, keine Kinder. Ein Geisterhaus.« Er lächelte, und dabei sah sein Gesicht aus wie eine Walnuß. Blane schaute ausgesprochen argwöhnisch drein.
»Sie sagen also, daß sie keinen Besuch bekam, Sir? Nie? Keine Haushaltshilfen, Essen auf Rädern, eine Pflegerin?«
»Tja. Ein völlig unauffälliges Leben.« Blane schaute noch argwöhnischer drein. »Wie ich bereits gesagt habe, kann ich Ihnen über ganz normale Besucher nichts erzählen. Schließlich verbringe ich meine Tage nicht mit Lauschen. Möglicherweise hat sie manchmal Besuch bekommen, aber ich halte es eher für unwahrscheinlich. Was jedoch Beamte des Sozialamtes anbelangt, kann ich Ihnen eine

definitive Auskunft geben. Miss Frimwell war eine unabhängige, gesunde ältere Dame, die in der Lage war, sich selbst zu versorgen. Sie brauchte keine dieser sogenannten Beihilfen und hätte sie genausowenig angenommen wie ich selbst.«

»Aber sie hatte eine Rente?«

»Zweifelsohne. Natürlich haben wir alle eine Rente. Und dafür sind wir dankbar.«

Es folgte ein kurzes, kühles Schweigen, das durch Sergeant Blane gebrochen wurde: »Sie hat ihre Miete regelmäßig bezahlt, oder?«

Mr. Sobieski wandte den Kopf ein wenig, um Blane anzusehen.

»Das hat sie. Immer.«

»An welchem Tag, Sir?«

»Am Samstag.«

»Ihr Tod wurde am Samstag entdeckt. Hatte sie bereits bezahlt?«

»Nein. Sie tat das für gewöhnlich am Samstagabend. Sie klopfte dann immer an meine Tür und reichte mir die Miete in einem Umschlag. Ich notierte das dann in meinem Quittungsbuch, tauschte ein paar Höflichkeiten mit ihr aus, und damit war die Angelegenheit erledigt. Sie kehrte wieder in ihren kleinen Winkel zurück und ich in den meinen.«

»Sie haben mit Literatur zu tun, Sir?« fragte Simpson ihn.

»Ich hatte. Im Jahre 1939 habe ich an der Universität von Krakau Vorlesungen über englische Literatur gehalten. Seit ich britischer Staatsbürger bin, habe ich mich mit Übersetzungen, Artikeln für die Emigrantenpresse und ähnlichen Dingen beschäftigt. Diese Tätigkeiten und das Haus haben sich als ausreichend erwiesen, um meinen Lebensunterhalt zu sichern.«

»Also hatte sie vor ihrem Tod noch nicht bezahlt? Sie hatten sie noch nicht gesehen?« fragte Blane erneut.
»Das habe ich doch bereits gesagt.«
»Mr. Sobieski hat sie nicht vor dem Abend erwartet, Sergeant«, sagte Simpson. »Stecken Sie Ihr Notizbuch weg.« Er erhob sich. »Nun, Sir, ich nehme an, daß an dem Raum nichts verändert worden ist? Er ist noch genauso, wie er war, als die Leiche abgeholt wurde?«
»Aber natürlich.« Auch Mr. Sobieski erhob sich. »Nur bin ich natürlich am Tag, nachdem sie abgeholt wurde, als ich mich ein wenig erholt hatte, hineingegangen und habe ein bißchen abgestaubt und saubergemacht. Das schien nur recht und billig. Schließlich sollte alles ordentlich sein nach ihrem Ableben. Um Ihnen die Wahrheit zu sagen ...« Er schwieg einen Augenblick und seufzte. »Ich wußte nicht so recht, was ich tun sollte, als niemand sich meldete, der Anspruch erhoben hätte auf ihren Besitz. Die Situation ist völlig neu für mich. Jedenfalls hatte ich genügend Achtung vor der Dame, keinen neuen Mieter zu suchen, bevor sie nicht begraben ist. Wann ist die Beerdigung?«
»Wir wissen das noch nicht so genau, Sir. Die Obduktion hat erst vor zwei Tagen stattgefunden.«
»Obduktion?« Mr. Sobieski warf ihm einen entsetzten Blick zu. »Wozu denn das? Der Tod hatte doch sicherlich natürliche Ursachen, nicht wahr?«
Simpson lächelte ihm aufmunternd zu. »Davon gehen wir aus, Sir. Aber wenn ein Verstorbener spätestens zwei Wochen vor seinem Tode nicht mehr von einem Arzt untersucht worden ist, müssen wir leider eine Obduktion durchführen. Und wie Sie bereits selbst gesagt haben, scheint Miss Frimwell ganz schön zäh gewesen zu sein – wenn Sie meine Ausdrucksweise verzeihen.« Blane schaute

schockiert drein, aber Mr. Sobieski lächelte. »Sie war schon seit Monaten nicht mehr beim Arzt gewesen, das haben wir ihren Unterlagen entnommen. Tja, und nun, Sir, würde ich Sie bitten, uns das Zimmer zu zeigen.«
Sobieski holte aus einer Schublade des Schreibtisches einen Schlüsselbund. Er wählte einen Schlüssel aus, ließ die übrigen herunterbaumeln und führte sie hinaus in den Flur und zu dem vorderen Zimmer.
»Sie haben den Raum seit ihrem Tod verschlossen gehalten, Sir?«
»Natürlich.«
Er drehte den Schlüssel im Schloß, und die beiden Polizisten traten ein. Sobieski blieb im Flur stehen.
Das Zimmer war geräumig und hatte flache Erkerfenster mit Netzvorhängen, die auf die Straße hinausgingen. In der Mitte des Raumes stand ein kleiner, aber solider Tisch, darüber eine bunte Decke; und zwischen diesem Tisch und dem Kamin befand sich ein großer alter Ohrensessel. Dazu in einer Ecke ein Sofa mit einer afghanischen Decke darüber; ein Nachttisch mit einem Fuß, auf dem sich nur ein alter, stehengebliebener Wecker und eine Packung Steradent befanden; an den Wänden zwei gerahmte Urkunden und das dunkle Porträt eines backenbärtigen Priesters; auf dem Kaminsims gerahmte Fotografien – eine Gruppe von VADs aus dem Ersten Weltkrieg, manche davon noch sehr jung; eine füllige edwardianische Dame, an die sich zwei langhaarige Mädchen im Teenageralter drückten; eine majestätische getigerte Katze. Es gab ein paar Bücher in dem Zimmer, die meisten davon üppig gebundene alte Klassiker, die so aussahen, als seien sie noch nicht allzuoft aufgeschlagen worden, und Romane von Nevil Shute und Dick Francis in Großdruckausgaben auf dem Hocker zwischen Stuhl und Kamin. Auf

der Kommode mit dem Spiegel befand sich etwas Kleinkram. In der Küchennische hinter einem Vorhang war kein schmutziges Geschirr, alles war ordentlich aufgeräumt.

Die beiden Männer standen nahe bei der Tür und sahen sich um. Dann sagte Simpson: »Es ist alles noch so, wie es war, als die Tote abgeholt wurde, Sir? Niemand ist hier drin gewesen, seit man sie abgeholt hat?«

»Wie gesagt, nur ich selbst. Ich war erschüttert – so eine nette alte Dame, daß sie einfach tot hier gesessen hat, vielleicht schon zwei Tage – so einsam. Es schien mir nur recht und billig zu sein, alles in Ordnung zu bringen, schon aus Achtung vor ihr. Ich habe die Tür verschlossen, sobald ich fertig war. Niemand war seitdem wieder in dem Zimmer.«

»Danke, Sir. Wir sehen uns nur kurz um und rufen Sie dann, sobald wir fertig sind.«

Mr. Sobieski nickte und drehte sich um. Simpson schloß die Tür hinter ihm. »Also gut«, sagte er, »dann mal los.«

Einige Zeit später schickte er Blane zu Mr. Sobieski, um ihn wieder in Miss Frimwells Zimmer zu holen. Er schloß die Tür hinter ihnen und sagte: »Sir, dürfte ich Sie nun wohl bitten, sich gut hier umzusehen und mir dann zu sagen, ob das Zimmer genauso aussieht, wie es sollte.«

Der alte Mann holte sein Brillenetui aus der Jackentasche, öffnete es und setzte die Brille auf. Seine Hände zitterten ein wenig. Er sah sich aufmerksam im Zimmer um, dabei verweilte sein Blick einen Moment auf Blane, der mit dem Rücken zum Fenster stand und dabei Notizen machte.

»Der größte Teil der Möbel gehört mir, nur wenige ihr – der Nachttisch und der große Sessel.«

»Alles sieht so aus wie immer?«

»Ich glaube schon. Vielleicht – ja, ich habe den Eindruck, daß es jetzt kahler ist. Sie hatte eine Uhr – nicht die auf dem Nachttisch, sondern eine alte aus Glas und Messing mit einem kleinen Griff, sie stand auf dem Kamin und ging nicht mehr. Und wo ist ihr Radio? Ein kleiner Transistor, er stand immer hier.« Er ging um den Tisch herum zu dem kleineren Tischchen mit der Lampe und den Großdruckbüchern darauf. »Und auf der Kommode lagen immer eine silberne Bürste und eine Schachtel. Da bin ich mir ganz sicher. Diese Dinge waren immer dort.«
»War das alles hier, als Sie und der andere Herr die Tote fanden?«
Er dachte einen Augenblick nach und runzelte dabei die Stirn. »Das könnte ich nicht mit Sicherheit sagen. Ich weiß es nicht mehr. Wir haben uns nur um die arme Dame gekümmert, wissen Sie. Wir sind hereingeeilt und haben versucht, sie wieder zum Leben zu erwecken. Wir haben ihren Sachen keine Beachtung geschenkt.«
»Nicht einmal, nachdem Sie den Notarzt gerufen hatten?«
»Nicht einmal dann.«
»Und der andere Herr?«
»Mr. Pickering war zu bestürzt. Er ist jünger als ich, und er war nicht im Krieg. Er hatte Angst vor ihr, als er merkte, daß sie tot ist, und ich habe ihn aus dem Zimmer geschickt.«
»Und was haben Sie dann gemacht, Sir?«
Sobieski schwieg und sah Simpson mit festem Blick an. »Ich habe für ihren Seelenfrieden gebetet.« Blane beim Fenster wirkte schockiert, aber Simpson nickte leicht. »Ich habe schon viele Tote gesehen. Ich habe fast sofort gewußt, daß sie bereits lange tot war, vielleicht schon vierundzwanzig Stunden. Ich habe sie mit einem Tuch zugedeckt und ein Gebet für sie gesprochen.«

»Das verstehe ich, Sir. Ihnen ist nicht zufällig aufgefallen, ob auf dem Tisch neben ihr etwas war – eine Tasse, ein Glas, irgendein Getränk?«

»Dort war nichts. Der Tisch war genauso leer, wie Sie ihn jetzt vor sich sehen.«

Nachdem Sobieski gegangen war, sah Blane Simpson mit selbstgefälligem Grinsen an. »Das wär's also, oder? Doch noch ein Todesfall mit ungeklärter Ursache.«

Denn der Obduktionsbericht hatte ergeben, daß Sibyl Emily Frimwell, ledig, fünfundachtzig Jahre und fünf Monate alt, nicht an einem Herzschlag oder an Krebs oder an Lungenentzündung oder an einer Virusinfektion oder an irgendeiner anderen Krankheit gestorben war, die typisch gewesen wäre für einen alten Menschen, sondern an einer Überdosis überall erhältlicher Schlaftabletten; nicht viele, aber dafür zu starke, als daß ihr kleiner Körper sie verkraftet hätte. Der Bericht war auf Simpsons Schreibtisch gelandet, deshalb war er jetzt hier.

Er sah sich in dem ordentlichen Zimmer um, in das nun helles Sonnenlicht strömte, und seufzte. »Gut«, meinte er dann. »Holen Sie die Spezialisten der Spurensicherung. Das sind die einzigen, die hier vielleicht noch was finden.«

Simpson saß auf einem Holzstuhl beim Tisch und dachte über Miss Frimwell nach, die auf dem Stuhl gegenüber gestorben war. Er hatte Blane weggeschickt, um Sandwiches und Cola zu holen, teils deshalb, weil es ihm Spaß machte, Blanes Überheblichkeit durch solche Botengänge zu untergraben, teils, weil er in der Ruhe dieses Zimmers nachdenken wollte, ohne daß Blane ständig herumlief. Er war früher selbst einmal ein bißchen wie Blane gewesen – doch er hatte ein scharfes Auge und eine spitze Zunge, war sozusagen die menschlichere Version seines Chefs, des alten Harry Hogarth, der inzwischen Superintendent geworden war und in achtzehn Monaten in den Ruhestand treten würde, ein stahlharter Mann, massig und mürrisch und in seinen Methoden nicht gerade wählerisch. Simpson war sein Sergeant gewesen und sein Gegenstück, für ihn war die Festnahme von Verbrechern ein Spiel, für Hogarth Krieg. Blane schlug Hogarth nach, doch seine Waffen waren Arroganz und Verordnungen. Blane war ein richtiges Scheusal.

Also saß Simpson allein da, die Ellbogen auf den Tisch gestützt, und überlegte. Die alte Dame hatte auf dem Stuhl gegenüber gesessen und war zu tief eingeschlafen. Vielleicht war es ein Unfall gewesen. Doch neben ihr stand keine Tasse und kein Glas mit Flüssigkeit, mit der sie die Tabletten hätte hinunterschlucken können, auch in der Nische hinter dem Vorhang in der Ecke war alles ordentlich aufgeräumt und hing an Haken. Hatte sie die Pillen geschluckt und alles wieder aufgeräumt, bevor sie sich in ihren Sessel setzte und wartete – auf was? Auf ein Nickerchen? Warum sollte sie am hellichten Nachmittag, der Zeit, die die Gerichtsmediziner für den Eintritt des Todes bestimmt hatten, Schlaftabletten schlucken? Und wo waren die Tabletten? Simpson wollte sich den Raum erst genauer ansehen, wenn die Spurensicherung fertig sein würde, aber bei einer ersten Orientierung hatte er nur Abführmittel und Aspirin gefunden sowie ein halbvolles Fläschchen mit Kapseln, auf dem stand: »Alle vier Stunden eine« – höchstwahrscheinlich keine Schlaftabletten.

Und wo war ihre Rente, die sie am Tag, bevor man sie gefunden hatte, abgeholt hatte? Von der die Miete noch nicht abgezogen war? Wo waren ihre Uhr und ihr Radio? Verpfändet? Das erschien ihm nach allem, was er über

Miss Frimwell gehört hatte, nicht allzu wahrscheinlich, aber wenn dem doch so wäre, würde man die Pfandscheine finden.

Man fand keine Pfandscheine. Man fand auch keine der kleinen Schätze, die alte Damen für gewöhnlich aufbewahren, und kein Bargeld. Man fand lediglich die kargen Spuren eines altjüngferlichen Lebens. Die Spezialisten entdeckten dank Sobieskis Staubsaugerei ebenfalls nichts; an Fingerabdrücken befanden sich lediglich die von Mr. Sobieski, Mr. Pickering und den Leuten von der Ambulanz in dem Zimmer, nicht einmal Miss Frimwell selbst hatte viele hinterlassen. Die Oberflächen waren alle gut abgewischt worden. Von wem und warum?
Es mußten verschiedene Dinge erledigt werden: Man mußte sich mit ihrem Arzt in Verbindung setzen und herausfinden, ob sie irgendwelche Medikamente regelmäßig nahm und wenn ja, welche – Simpson würde sich selbst darum kümmern; man mußte bei dem Krankenhaus vorbeischauen, wo Miss Frimwell, die Adresse hatte Simpson den Briefen auf dem ordentlichen Schreibtisch entnommen, tageweise arbeitete – das konnte Blane erledigen; man mußte mit Pickering reden, dem Mieter aus dem ersten Stock, der zusammen mit Sobieski die Leiche gefunden hatte – wieder eine Aufgabe für Simpson; man mußte die Akten mit den Fingerabdrücken durchgehen, man konnte ja nie wissen – Blanes Job; und man mußte im Revier die Unterlagen durchgehen, um zu sehen, ob sich ein immer wiederkehrendes Muster, irgend etwas Außergewöhnliches, finden ließe – wieder Simpsons Aufgabe. Denn obwohl er nicht wußte, wonach er suchte, war er sich doch sicher, daß er es erkennen würde, wenn er darüber stolperte, was Blane mit Sicherheit nicht täte.

Er schickte Blane ins Krankenhaus, wo seiner Meinung nach nicht viel zu holen war, und schaute selbst bei Miss Frimwells Arzt vorbei, dessen Praxis sich in einem heruntergekommenen viktorianischen Gebäude befand. Im Innern war dieses Gebäude in eine Reihe von Räumen und Kammern eingeteilt wie die Katakomben, und den verfügbaren Platz teilten sich mehrere Ärzte. Am Nachmittag war Familienberatung, und Simpson wartete ein wenig befangen ein paar Minuten inmitten ihn neugierig musternder junger Frauen und wehrte sich gegen einen Hosenmatz, der ihm immer wieder ein Spielzeugtelefon gegen das Ohr zu knallen versuchte.

Von ihrem Arzt, einem bärtigen Mann mit Polohemd und Turnschuhen, erfuhr Simpson, welche Medikamente sie genommen hatte, und daß sie (er mußte dazu allerdings erst in seinen Unterlagen nachsehen, denn er hatte so viele alte Damen als Patientinnen, daß er sich nicht an jede einzelne von ihnen erinnerte) eine Konstitution wie ein Pferd hatte, aber auch ohne weiteres plötzlich sterben konnte.

»Wie meinen Sie das, Sir?« fragte Simpson.

Der Arzt schob die Karteikarte mit dem Finger hin und her. »Arthritis, chronische Verstopfung, fortschreitender grauer Star – alles Dinge, die wir selbst irgendwann kriegen könnten, und Angina – die hat sie ein- oder zweimal gehabt, allerdings nicht im letzten halben Jahr. Sie hat Tabletten dagegen bekommen – ja, das sind sie«, sagte er mit einem Blick auf das Fläschchen, das Simpson gefunden hatte. »Aber sonst nichts. Und sie war schon lange nicht mehr hiergewesen – lassen Sie mich mal sehen: seit letztem November nicht mehr. Jetzt erinnere ich mich, glaube ich, wieder – eine zähe alte Dame. Sehr höflich und immer recht – damals sagte man wohl ›damenhaft‹

dazu – gekleidet.« Er grinste in seinen Bart hinein. »Von der Sorte gibt's heutzutage nicht mehr allzu viele. Und jetzt noch eine weniger.«

»Sie haben ihr nie Schlaftabletten oder Beruhigungsmittel verschrieben?«

»Nein, nichts Derartiges. Frauen wie sie brauchen so etwas nicht.«

»Und was war mit ihrem Herzen ...?«

»Konnte bei Überbelastung jederzeit versagen. Schließlich war sie nicht mehr die Jüngste. Deshalb verstehe ich auch nicht so ganz, warum Sie sich dafür interessieren. Ich hätte gedacht, ihr Tod hatte natürliche Ursachen, aus und basta. Aber Sie meinen ja, die Obduktion ...« Er sah ein wenig verwirrt aus und legte die Karte mit der Schrift nach unten neben das Stethoskop und das Blutdruckmeßgerät. »Tja, jedenfalls kann nichts, was ich ihr verschrieben habe, ihren Tod verursacht haben, mit Sicherheit nicht. Was Ihre Leute vom Labor auch gefunden haben, von mir war's nicht.«

Simpson war müde. Er ging durch die feuchte, spätnachmittägliche Luft zur U-Bahn zurück und wünschte sich an einen anderen Ort. Die High Street, die zu schmal war für das hohe Verkehrsaufkommen, deprimierte ihn mit ihrem vom Winterfrost gesprengten Belag, der noch nicht wieder repariert worden war, mit ihren leeren Läden, die hinter schmutzigen Fenstern vor sich hin moderten, mit ihren schäbigen geöffneten Geschäften voller Glitzerplastik, mit ihren Videotheken und Bausparkassen, die häufiger waren als Lebensmittelgeschäfte und Metzger. Die Passanten schienen ihm wie von einem fremden Stern; selbst die jungen Mütter in der Praxis hatten ihn nicht offen angesehen, sondern sich hinter ihren Babys versteckt; die Menschen schienen einander nicht mehr in die Augen zu sehen, sondern sich hinter der eigenen Fassade zu verstecken. Wenn sie wüßten, daß er Polizist war, würden sie feindselig oder nervös werden; sie betrachteten ihn nicht als Freund und Helfer, sondern hatten ihm gegenüber Ressentiments oder zogen sich zurück.

Warum war er nur zur Polizei gegangen? Er hätte genausogut Förster oder Zoowärter werden können, Großgärtner oder Aufseher in einem Schloß. Alles wäre besser gewesen, als Detective Inspector an einem stickigen Tag in der Londoner Rush-hour zu sein und sich fragen zu müssen, warum eine kleine alte Dame in ihrem Stuhl gestorben war, nicht an ihren Krankheiten, sondern an einer Überdosis eines Mittels, das ihr nie jemand verschrieben hatte.

Im sterilen Durcheinander des Reviers las Blane Simpson mit stolzgeschwellter Brust und der Selbstgefälligkeit eines Redners seine Notizen laut vor, während er an seinem Tee nippte. Alles, was er im Krankenhaus erfahren hatte, war letztlich nicht von Belang: Miss Frimwell hatte jeden Montag- und Mittwochmorgen von zehn bis zwölf Uhr dort geholfen, Verbände vorzubereiten, ohne dafür etwas zu verlangen. Der Krankenhausverwaltung war ihre Tätigkeit eher lästig, denn durch ihre Arthritis war sie ziemlich langsam, und die anderen Schwestern wären besser ohne sie zurechtgekommen. Aber sie hatte ihre Ausbildung vor vielen Jahren an diesem Krankenhaus gemacht und dort lange Zeit gearbeitet, nachdem sie als blutjunge VAD unmittelbar nach dem Ersten Weltkrieg eingestellt worden war. Sie fühlte sich dem Krankenhaus aufs engste verbunden und hatte immer wieder bestätigt, daß sie sich nach wie vor als Teil des Personals verstand. Deshalb brachte es die Verwaltung auch nicht übers Herz, sie abzuweisen, solange sie noch irgendeine sinnvolle Tätigkeit verrichten konnte.

Alle hatten sie gemocht und bewundert. Sie war höflich, scharfsinnig und intelligent gewesen, auch wenn sie im Alter ein bißchen langsam geworden war. Trotz ihres gebrechlichen Körpers war sie noch ausgesprochen resolut. Jahr um Jahr war sie kleiner, dünner und weißer geworden, ein kleines altes Flöckchen stählerner Distelwolle, und sie hatte sich die manierliche Integrität des edwardianischen Zeitalters, in das sie hineingeboren worden war, bewahrt.

Sonst wußte niemand etwas über sie. Sie hatte nie von Familie oder Freunden gesprochen, sich nur bisweilen an Kollegen aus ihrer Jugend erinnert. Sie hatte auch nie etwas über ihren Gesundheitszustand gesagt, auch wenn man sich einig war, daß sie wegen ihres Herzens vorsichtig sein mußte. Sie hatte nie Zugang zu den Arzneimittelschränken im Krankenhaus gehabt, sie kam nicht einmal in ihre Nähe, auch wenn man sich vorstellen konnte, daß sie die eine oder andere Tablette vielleicht gebraucht hätte.

»Das ist so ziemlich alles«, schloß Blane und machte sein Notizbuch mit einem süffisanten Lächeln zu.

»Na danke.« Simpson ließ sich auf seinem Stuhl zurücksinken und schloß die Augen. »Nichts als Scheiße.«

»Auch negative Informationen können von Nutzen sein.« Blane ließ das Notizbuch wieder in seine Brusttasche gleiten und trank seinen Tee aus.

»Nach dem Ausschlußprinzip. Funktioniert wie Leinsamen.«

»Jedenfalls kann man so das Feld ein wenig eingrenzen. Die Herkunft des toxischen Stoffes scheint mir am wichtigsten zu sein.«

Simpson warf ihm einen säuerlichen Blick zu. »Sie wollen damit wohl sagen: ›Wo hatte sie das Zeug her?‹« Er setzte sich gerade hin und zog die Schultern hoch. »Wenn Sie's nicht vom Krankenhaus hatte und wenn es ihr auch nicht verschrieben worden ist, dann hat sie es sich entweder selbst besorgt – was ich nicht glaube –, oder jemand hat es ihr irgendwo reingetan.«

»Pickering. Der Mann vom ersten Stock, Sir. Er arbeitet halbtags in der Apotheke, wo sie immer ihre Medikamente holte. Nachdem ich das Krankenhaus verlassen habe, habe ich, wie Sie mir gesagt haben, alle Apotheken überprüft und dabei festgestellt, daß das Etikett auf dem Tablettenfläschchen, das wir bei ihr gefunden haben, mit dem von Pickerings Apotheke übereinstimmt. Außerdem war sie dort bestens bekannt. Pickering hat am Donnerstag dort gearbeitet.«

»Aber er war nie mit der Leiche allein.«

»Wir haben nur die Aussage des ausländischen Herrn, was das anbelangt. Möglicherweise hat er alle Spuren des Vorfalls bereits vorher beseitigt.«

»In der kurzen Zeit?«

»Wir wissen nicht, wie lange der polnische Herr abwesend war. Und Pickering hat am Donnerstag morgen von neun bis eins in der Apotheke gearbeitet. Und den ganzen Freitag und Samstag.« Blane sah ziemlich selbstgefällig drein. »Weiter habe ich die Nachforschungen noch nicht vorangetrieben, weil Sie mir keine anderen Instruktionen gegeben haben.«

Simpson richtete sich auf. »Scheiße – ich hab gedacht, wir könnten aufhören. Rufen Sie ihn mal lieber an. Er müßte jetzt eigentlich zu Hause sein.«

Als Simpson und Blane wieder vor Sobieskis Haus auftauchten und zweimal läuteten, wie es auf der Karte stand, drang Licht durch die zugezogenen Vorhänge im ersten Stock.

Mr. Pickering war klein, dick und hatte fettige Haut. Sein runder, rosaroter Kopf balancierte auf seinem ebenfalls runden, jedoch größeren Körper. Über einem ganz normalen Hemd und einer Hose trug er einen japanischen Morgenmantel mit einem schon leicht ramponierten, mit Goldfäden auf dem Rücken aufgestickten Drachen, der sie aggressiv anstarrte, während sie Mr. Pickering die Stufen hinauf folgten. Simpson merkte, wie sich hinter Blanes hochgezogenen Augenbrauen die Vorurteile verdichteten, als sie nach Pickering dessen Wohnung betraten.
Pickering war völlig durcheinander und bot ihnen einen Sitzplatz inmitten eines Zimmers voll mit kitschig überladenen Möbeln an. Geknöpfte, geflochtene und gebogene Stücke verdeckten fast den türkischen Teppich; Plüschpompons verhüllten den Kaminsims und den Tisch und umrahmten das Erkerfenster, in dem ein Rollschreibtisch stand. An den Wänden hingen Stiche und Reproduktionen von Bildern aus der Zeit der Jahrhundertwende, auf denen hauptsächlich Kinder dargestellt waren – die Arme um dicke Hunde geschlungen, Kätzchen im Arm wiegend oder sich an eine Wiege schmiegend. Das Zimmer war vollgestopft mit Nippes ganz ähnlicher Art: rosa-weiße Figurinen mit Rüschenröckchen und Blumenkörbchen, Schäferinnen mit Schafen, die hingebungsvoll zu ihnen aufsahen, eine Nymphe oder zwei, die auf den ersten Blick züchtig wirkten in ihren Gewändern und mit ihren kleinen Flügeln, während sie so in einen kleinen Teich blickten, Pfeil und Bogen zückten oder die Flöte spielten. Auf dem Kaminsims stand zwischen zwei Vasen mit Trockenblumen und einem ledernen Doppelrahmen mit drei langhaarigen, in Rüschen gekleideten Schulmädchen, die einander anmutig umfingen, eine Uhr aus Messing.
Pickering hastete nervös hin und her, bot ihnen Tee, Kaf-

fee oder Limonade an, und dabei sah er mit seinen Glotzaugen vom einen zum anderen, offenbar voller Sorge. Um ihn ein wenig zu beruhigen, nahm Simpson ein Glas Limonade und setzte sich auf einen der Stühle, doch Blane blieb distanziert und musterte stehend, die Hände hinter dem Rücken, wie ein Polizeibeamter im Dienst, alle Gegenstände im Zimmer und versuchte, sie sich einzuprägen.

Als Pickering sich endlich auf der Kante eines Stuhls niedergelassen hatte, erklärte Simpson den Grund ihres Besuches. »Wir finden, es ist nicht richtig, Sir, daß alte Leute einfach sterben, ohne daß wir davon erfahren, wie das bei dieser alten Dame der Fall war. Und wir sind auch der Meinung, daß wir einen genaueren Blick auf die sozialen Einrichtungen und Lücken im sozialen Netz werfen sollten.«

»Sie haben völlig recht. Ich stimme ganz mit Ihnen überein.«

»Wir sind stolz darauf, ein Sozialstaat zu sein, dabei kann sozusagen direkt vor unserer Nase so etwas passieren.« Er schüttelte traurig den Kopf, und Pickering ließ die Schultern hängen. »Deshalb wollten wir Sie fragen, ob Sie eine Ahnung haben, ob irgend jemand regelmäßig bei ihr vorbeigeschaut hat, und wenn ja, wer. Essen auf Rädern, eine Pflegerin oder so etwas Ähnliches?«

»Oh, ich fürchte, ich kann Ihnen da überhaupt nicht helfen.« Er verdrehte die Augen voller Angst in Richtung Blane, der ihn mit leidenschaftslosem Blick musterte. »Wir bleiben hier in diesem Haus alle für uns, das ist einer der großen Vorteile – kein Klopfen an Nachbars Tür, keine Besuche, keine Ausleiherei. Wir respektieren den Privatbereich des anderen, und abgesehen von Miss Frimwell und Mr. Sobieski würde ich wahrscheinlich die anderen hier im Haus nur erkennen, wenn sie gerade aus ihrer Wohnung kämen. Miss Frimwell habe ich auch nur gekannt, weil wir manchmal zur selben Zeit unsere Milch hereingeholt haben – und ein- oder zweimal habe ich tatsächlich bei ihr klopfen und sie bitten müssen, ihr Radio ein bißchen leiser zu stellen. Sie war ziemlich schwerhörig, wissen Sie, und sie wohnte direkt unter mir.«

»Hat ihr das etwas ausgemacht, Sir?«

»Aber nein, nein. Sie war eine richtige Dame und leise wie ein Mäuschen, abgesehen von den wenigen Malen, wo ihr nicht aufgefallen war, wie laut ... Ich habe sie kaum jemals gesehen.«

»Also wissen Sie nicht, ob Sie irgendwelche Besucher hatte?«

»Nein, ich fürchte nicht. Jedenfalls habe ich nie etwas gehört. Aber ich bin auch oft nicht da. Und natürlich ist sie auch ein paarmal die Woche ins Krankenhaus, allerdings weiß ich nicht, in welches, um dort zu helfen.«

»Woher wissen Sie das dann?« fragte Blane.

»Mr. Sobieski muß das einmal erwähnt haben. Oder vielleicht hat sie auch selbst darüber gesprochen. Ich weiß es wirklich nicht mehr.«

»Aber Sie würden sich doch vermutlich für so etwas interessieren, nicht wahr, wo Sie doch in einer Apotheke arbeiten?«

Pickering stieg die Röte ins Gesicht, bis hinauf zu seiner polierten Glatze. »Reiner Zufall, reiner Zufall. Wir haben nie darüber gesprochen, nie. Soweit ich weiß, hat sie nur bei den Verbänden mitgeholfen, und das hat überhaupt nichts mit der Pharmazie zu tun. Überhaupt nichts.«

Simpson fragte: »Sie sind ausgebildeter Apotheker, nicht wahr, Sir? Das hat jedenfalls Mr. Sobieski gesagt.«

»Das ist korrekt. Aber ich arbeite nicht voll. Ich bin ein

wenig behindert, und vierzig Stunden die Woche wären mir zuviel. Ich arbeite am Donnerstag bis Mittag und am Freitag und Samstag den ganzen Tag.«

»Also waren Sie zu Hause an dem Tag, an dem Miss Frimwell vermutlich gestorben ist?«

»O je – ja, eigentlich müßte ich am Nachmittag hiergewesen sein. Wenn sie glauben, daß es ein Donnerstag war.«

»Wer hat ihr immer die Medikamente gegeben?« wollte Blane wissen. »Die Medikamente?« Blane verschränkte die Hände, während Pickering angsterfüllt die Augen rollte. »Ich habe keine Ahnung.«

»Aber sie hat die Medikamente doch immer bei Ihnen in der Apotheke abgeholt, oder?«

»Vermutlich. Wahrscheinlich hat sie das getan. Schließlich ist das die nächste Apotheke hier.«

»Wer hat ihr also die Medikamente gegeben?«

»Irgend jemand. Es kann jeder von uns gewesen sein. Wenn sie sie tatsächlich bei uns geholt hat.«

»Glauben Sie mir, das hat sie getan. Wir haben alles überprüft. Welche Medikamente hat sie genommen?«

»Ich habe keine Ahnung. Wenn Sie die Unterlagen überprüft haben, müßten Sie das doch eigentlich wissen.«

»Aber Sie auch.«

»Ich gebe jeden Tag Hunderte von Medikamenten aus. Ich habe keinerlei Ahnung, für wen sie bestimmt sind, und ich würde mich mit Sicherheit auch nicht daran erinnern.«

Simpson mischte sich ein, trank seine Limonade aus, die stark verdünnt gewesen war, und beugte sich mit vertraulicher Miene zu Mr. Pickering vor. »Wir haben nur ein Problem, Sir: Wir können keine Arzneimittel finden, die für den Tod der alten Dame verantwortlich sein könnten.

Die Unterlagen in Ihrer Apotheke zeigen, daß sie diese und jene Tabletten bekam, aber keine, die uns irgendwie weiterhelfen, verstehen Sie? Deshalb haben wir uns so ganz insgeheim gefragt, ob sie wohl etwas in der Art von Ihnen bekommen haben könnte, Sir. Ganz aus Zufall natürlich.«

Diesmal wurde Pickering blaß. »Natürlich nicht!«

»Sie könnte ja eines Tages, als Sie gerade beide gleichzeitig die Milch hereingeholt haben, erwähnt haben, daß sie nicht so gut schlafen kann oder öfter Angst hat oder so, und Sie könnten dann gesagt haben, Sie hätten da genau das Richtige für sie, eine Probe oder vielleicht auch die letzten paar Pillen aus Ihrem eigenen Fläschchen, irgend so etwas. Vielleicht haben Sie es ihr ja dann gegeben und sich weiter keine Gedanken mehr darüber gemacht.« Er schwieg einen Augenblick und sah ihn mit aufmunterndem Blick an. »Könnte das so gewesen sein?«

»Ganz gewiß nicht«, antwortete Mr. Pickering mit schwacher Stimme.

»Macht es Ihnen etwas aus, wenn ich mich ein wenig umsehe?« fragte Blane nach kurzem Schweigen. »Sie haben hier wirklich ein paar nette Sachen.«

Ohne auf die Proteste von Pickering zu achten, ging Blane mit unerbittlichen Schritten zu der Doppeltür hinüber, die die beiden Zimmer voneinander trennte, öffnete die eine Hälfte und trat ins Schlafzimmer. Simpson folgte ihm und lächelte Pickering dabei fröhlich zu. Dann stieß er fast mit Blane zusammen, der wie angewurzelt auf der Schwelle stand.

Obwohl es in dem Raum dunkel war, genügte das Licht vom vorderen Zimmer doch, um zu sehen, daß der viktorianischen Kindheit hier ein noch prunkvollerer Schrein errichtet worden war als dort. Nicht nur die Wände hingen voll mit sentimentalen Bildern und nicht nur die Möbel waren auf ganz ähnliche Weise kitschig wie die im Wohnzimmer – blumige Toilettensachen, ja sogar ein Ringständer auf der Kommode –, sondern auf dem einen Stuhl und auf dem Bett lagen mehrere fast kindsgroße Porzellanpuppen mit dichten Wimpern. Sie hatten langes Haar, und zwei davon trugen Sonnenhäubchen. Alle trugen gestärkte und makellos saubere Petticoats, lange Unterhosen und Kleider sowie Ziegenlederschuhe, und sie hatten ihre feisten Hände ausgestreckt, wie, um sie willkommen zu heißen.

»Pah!« zischte Blane.

Pickering tänzelte nervös hinter ihnen herum. »Ich bin Sammler. Meine Schwestern haben die Sammlung begonnen. Ich bin ziemlich nostalgisch veranlagt ... Ich war der einzige Sohn, das jüngste Kind. Ich habe sie geerbt, unsere Mutter – nur die beiden kleinsten. Dann habe ich mit dem Sammeln begonnen. Wissen Sie, dafür gibt es einen ganz guten Markt ...«

»Sie verkaufen sie also?«

»Aber nein. Nein, ich verkaufe sie nicht, ich sammle sie. Ein Steckenpferd. Wirklich faszinierend.« Er schien die Hände zu ringen.

Blane hatte seine Verblüffung inzwischen überwunden und sah sich in dem Raum um, ohne etwas zu berühren. Dabei machte er aus seiner Mißbilligung kein Hehl.

Simpson drehte sich wieder zum Wohnzimmer um. »Die Sachen sind inzwischen wahrscheinlich ganz schön viel wert, Sir. Es ist schon erstaunlich, wofür die Leute heutzutage Geld hinlegen – Kronkorken, Bieruntersetzer, Modellautos. Wenn ich ein Pfund hätte für alle Modellautos, die ich als Kind mal gehabt habe, würde ich jetzt auf den Bahamas leben. Hat Miss Frimwell Ihre Sammlung gefallen?«

»Miss Frimwell? Nein, sie hat sie nie gesehen, sie ist nie hier oben gewesen.«
»Hat sie selber eine Sammlung gehabt?«
»Ich habe Ihnen doch schon gesagt, daß ich sie kaum gekannt habe.«
»Die dürften aus ihrer Kindheit stammen, würde ich mal sagen. Vielleicht hat sie ja selber irgendwo so eine Puppe versteckt gehabt.«
»Nein, nein, da bin ich mir sicher!«
»Wie, Sir?«
»Wie was?«
»Wie können Sie sich sicher sein, wenn Sie nie etwas mit ihr zu tun gehabt haben?«
Pickerings Glatze schien noch mehr zu glänzen als sonst. »Ich bin mir *nicht* sicher! Ich will damit nur sagen, ich glaube es einfach nicht. Ich könnte das ja auch gar nicht wissen. Wir haben nie darüber gesprochen, eigentlich haben wir uns sowieso nie richtig unterhalten. Vielleicht hatte sie eine solche Puppe, noch aus Kindertagen. Aber davon weiß ich nichts, wirklich.«
»Aber Sie hätten sich sicher dafür interessiert, wenn sie eine gehabt hätte, oder?« meinte Blane, der gerade mit angewidertem Gesichtsausdruck aus dem Schlafzimmer kam.
»Ja – natürlich. Aber ich habe keinerlei Veranlassung zu glauben ... ich habe wirklich keine Ahnung.«
»Die gehören alle Ihnen? Sie haben sie schon seit Jahren?«
»Ja. Ich habe sie schon lange.« Inzwischen rang er wirklich die Hände.
»Wissen Sie, unser Problem ist nur, Sir, daß wir nicht wissen, was die arme alte Dame wirklich besaß«, sagte nun Simpson, »und deshalb könnte es Schwierigkeiten geben, wenn es doch Verwandte gibt. Wir wissen aller-

dings, daß sie eine nette Uhr besaß.« Sein Blick wanderte hinüber zum Kaminsims.
Mr. Pickering sah jetzt aus wie ein Marshmallow, abwechselnd weiß und rosafarben. Im Moment war er gerade weiß. »Sie wollen damit doch nicht sagen . . .?«
»Wir wollen gar nichts sagen, Sir, wir stellen hier nur Fakten fest. Wir wissen, daß sie eine Standuhr hatte, und die fehlt jetzt. Möglicherweise ist jemand in ihre Wohnung geschlüpft, während sie schlief oder vielleicht sogar schon tot war, und hat sie geklaut.«
»Sie haben die Ihre schon lange, oder? Ein Erbstück wie die Püppchen?« meinte Blane höhnisch.
Pickering setzte sich unvermittelt auf einen Holzstuhl und sah sie mit gequältem Blick an. »Ich versichere Ihnen . . . Was soll ich denn sagen? Ich habe die Uhr schon seit Jahren, sie hat meinen Eltern gehört, ein Hochzeitsgeschenk, noch vor dem Ersten Weltkrieg. Schon seit Jahren.«
»Und Sie haben der alten Dame nie eine Tablette oder zwei geliehen, damit sie ein bißchen besser schlafen kann? Sie haben nichts Derartiges getan?« Simpson lächelte.
»Nein. Ich habe Ihnen das doch gesagt. Nie. Ich war an dem Tag, wo wir sie gefunden haben, zum allerersten mal in ihrer Wohnung. Zum allererstenmal.« Er starrte sie an, rosafarben und glänzend und resigniert.
»Sie haben uns sehr geholfen, Sir.« Simpson ging mit schnellen Schritten zur Tür, und Blane folgte ihm auf dem Fuß. »Es könnte nur sein, daß wir unsere Spezialisten für die Fingerabdrücke vorbeischicken, um die Uhr zu überprüfen – nur um sicherzugehen. Oder, wissen Sie was, wenn Sie nichts dagegen haben, nehmen wir sie gleich mit. Ich gebe Ihnen dafür natürlich eine Empfangsbestätigung.« Während Pickering schweigend dasaß, nickte

Simpson Blane zu, der zum Kaminsims zurückging, ein Taschentuch herausholte und die Uhr vorsichtig darin einwickelte. »Sie bekommen sie in ein oder zwei Tagen zurück«, sagte Simpson, schrieb die Empfangsbestätigung und legte sie auf den Tisch. »Ich versuche, dafür zu sorgen, daß sie immer aufgezogen wird. So eine hübsche Uhr muß man pflegen.«

Mit einem Lächeln und einem Winken dirigierte er Blane hinaus, und Pickering blieb mit verwirrtem Gesichtsausdruck sitzen.

Nachdem die Haustür sich hinter ihnen geschlossen hatte, sagte Blane: »Mein Gott, was für ein komischer Kauz!«

»Armer Kerl. Der hat vermutlich eher mit kleinen Mädchen Probleme, nicht mit alten Damen. Aber lassen Sie trotzdem die Fingerabdrücke abnehmen, nur um sicherzugehen.«

Sie stiegen in den Wagen und fuhren die inzwischen dunkle Straße hinunter in Richtung auf die Lichter und den Verkehr der Hauptstraße. Niedergeschlagenheit beschlich Simpson: der arme, verschreckte Sonderling, von dem sie gerade kamen; die arme, einsame alte Fledermaus, die so allein gestorben war, wie sie offenbar ihr ganzes Leben verbracht hatte; die Tatsache, daß alles saubergemacht worden war, keine Fingerabdrücke, abgesehen von denen der Leute, die nach ihrem Tod in der Wohnung gewesen waren; keine Spuren, weil Mr. Sobieski eine so hohe Achtung vor der Toten hatte und weil niemand gedacht hatte, es habe sich ein Verbrechen ereignet, bis schon zuviel Zeit verstrichen war; die Tatsache, daß sie keinen Schritt vorankamen.

Sie würden die Leutchen noch einmal befragen müssen, ob sie je Besucher gesehen hatten – aber das hatten sie nicht, und das hatten sie auch schon gesagt, als Blane sie am ersten Tag befragt hatte. Trotzdem mußten sie etwas unternehmen ...

Die Vorstellung von der kleinen alten Dame, die tot in ihrem Sessel saß, während das Leben draußen einfach weiterging, brachte Simpson aus der Fassung. Überhaupt hatte ihn der Tod in letzter Zeit ziemlich mitgenommen, der Tod oder eher die Mißachtung des Lebens, die Gewalt.
Und der Tod der fünfundachtzigjährigen Sibyl Emily Frimwell war die Folge von Gewalt, egal, wie friedlich sie in ihrem Sessel gesessen hatte. Jemand hatte ihr die Tabletten gegeben und ihre Schätze an sich gebracht. Und Simpson würde diesen Jemand erwischen. Vielleicht.
Er trennte sich von Blane und suchte sich eine Telefonzelle, lauschte auf das Freizeichen, wählte. »Bist du das, Schätzchen? Tut mir leid, ich hab's nicht geschafft, ich hab Notdienst gehabt. Aber egal, ich komme jetzt vorbei, ja? Ja, irgendwas, Pizza oder so. Ja, ich weiß. Ich bin in zehn Minuten da. Bis dann, Jan.«

7

Als Janice vor zehn Tagen nach ihrem Abend mit Dave in die Wohnung zurückgekehrt war und Graces Zettel auf dem Tisch gefunden hatte, war sie auf den nächsten Stuhl geplumpst, als wären ihr die Beine weggezogen worden. Nachdem es ihr vor Schreck erst einmal den Magen fast umgedreht hatte, hatte sie sich gefragt: Wie soll ich das allein bloß schaffen? Sie war so schockiert gewesen, daß sie Graces Mitteilung, die Miete sei bis Monatsende bezahlt, überhaupt nicht wahrnahm. Im Augenblick konnte sie an nichts anderes denken als daran, daß sie nur ein paar Pfund in der Tasche hatte und dann noch den Lohn von Mr. Theodore und daß sie sich damit der feindlichen Welt stellen mußte. Sie saß völlig benommen da,

als sei alles außer einem Gefühl der Panik aus ihr hinausgeflossen.
Dann regte sich zaghaft der Zorn. Diese Kuh, diese verdammte Kuh! Ließ sie einfach ohne ein Wort sitzen, nach all den Monaten gemeinsamer Arbeit, die sie nie hätte allein verrichten können: Sie waren ein Team gewesen, und sie hatten sich verstanden. Doch Grace war der Kopf des Unternehmens gewesen, das wußte Janice. Was sollte nun aus ihr allein werden?
Sie stand auf und schaute in den Schrank und in die Schubladen. Von ihren Sachen fehlte nichts. Grace hatte nur ihre eigenen Dinge mitgenommen, dazu jedoch noch die zwei Koffer, die oben auf dem Schrank gewesen waren, und eine Tasche mit Reißverschluß, die sie manchmal verwendet hatten, wenn sie das Diebesgut weiterverkauften. Sie schien Janices Sachen nicht einmal durchgesehen zu haben, denn zwei oder drei kleine Schmuckstücke, die Janice im Verlauf ihrer Zusammenarbeit liebgewonnen hatte, waren noch immer ordentlich in ein Kleenextuch gewickelt und hinten in der Schublade versteckt, wo sie ihre Büstenhalter und Slips und Tampax aufbewahrte. Also war Grace ihr nicht böse gewesen – aber sie hatte es auch nicht gut mit ihr gemeint. Wie alle anderen Menschen, die Janice je gekannt hatte, hatte sie sich einfach aus dem Staub gemacht.
Aber was sollte sie jetzt tun? Bis zum Ende des Monats hatte sie keine Probleme, sie konnte die Wohnung noch etwa zwei Wochen behalten. Plötzlich durchzuckte Freude sie, denn das Zimmer gehörte nun ihr allein, und Dave konnte hierherkommen! Sie konnten zusammensein in dem durchgelegenen Bett, in dem sie und Grace getrennt geschlafen hatten; sie konnten zusammensein wie ein richtiges Ehepaar, Schluß mit dem Rücksitz oder dem Gras

oder dem so oft zurückgesehnten Hotelzimmer, in das sie nie wieder gegangen waren. Jetzt, wo Grace weg war, hatte sie ihre eigene Wohnung!

Dave! Wie hatte sie bloß Dave vergessen können? Dave würde ihr helfen. Er würde sie necken und ihr helfen und mit ihr ins Bett gehen. Sie würde ihm kleine Köstlichkeiten bereiten. Und vielleicht wollte er ja, wenn sie in ihrem eigenen gemütlichen Zimmer chinesische oder indische Gerichte verzehrten, die sie mitgebracht hatten, und danach in das große Bett verschwanden, noch ein Weilchen bei ihr bleiben – natürlich nicht für immer, nicht heiraten und so, dieser Traum war zu verwegen –, aber ein Weilchen, ein paar Monate, länger jedenfalls, als sie es vermutlich ohne dieses Liebesnest miteinander ausgehalten hätten.

Sie steckte den elektrischen Kessel ein, um sich einen Becher Kaffee zu machen. Dave! Sie wollte es ihm jetzt sagen, sofort. »Dave«, würde sie sagen, »meine Tante ist in den Norden hoch. Ihre Schwester ist krank. Sie kommt nicht zurück, und ich bin ganz allein. Das Zimmer gehört jetzt mir, Dave. Ich mach dir ein paar Bohnen auf Toast. Es ist die Nummer 44, gleich die erste Tür links, wenn du reinkommst. Komm, so schnell du kannst, Dave ...«

Doch dann sank sie wieder in sich zusammen. Denn er arbeitete heute abend, sie würde ihn erst wieder morgen abend wie üblich im King's Crown treffen, wenn er nicht Bereitschaft hatte, und sie konnte ihn vorher nicht erreichen. Sie hatte keine Telefonnummer, keine Adresse, sie wußte nicht einmal, wo er arbeitete. Sie hatte sich damit abgefunden, wie sie sich mit allem abgefunden hatte, was jemals mit ihr passiert war, seit der Sache mit Onkel Charley damals, aber das war traurig gewesen. Sie hätte so gerne ihre Freude mit ihm geteilt, jetzt sofort, hätte ihn am liebsten angerufen und gesagt: »Komm vorbei, komm zu mir ins Bett«, hätte gerne gesehen, wie er die Tür aufmachte und sich dabei mit seinem leicht fragenden Lächeln umsah; sie wünschte sich, daß er sie in die Arme nähme, daß sie ihn riechen könnte und seinen Mund spüren, daß sein Schwanz hart würde und sie sich zusammen aufs Bett fallen lassen und bis zum Morgen nicht mehr aufstehen würden ...

Aber sie konnte nicht. Denn sie hatte keinerlei Möglichkeit, ihn zu erreichen. Es hatte schon ziemlich lange gedauert, bis sie seinen Familiennamen herausgefunden hatte, denn niemand machte sich heutzutage viel aus Familiennamen. Simpson hieß er – Dave Simpson ...

Dave Simpson hatte einige Jahre lang die Wohnung mit »Porky« Waller geteilt, einem fröhlichen Burschen von der Kripo – Porky waren sie auch an jenem Wochenende am Speakers' Corner begegnet, und Simpson hatte Angst gehabt, daß Porky ihn verraten und sagen könnte, sie seien Polizisten. Aus Erfahrung wußte er, daß die meisten Mädchen auf Nimmerwiedersehen verschwanden, sobald sie das erfuhren. Aber Porky hatte seine stumme Botschaft verstanden.

Die drei schachtelartigen Räume der Wohnung waren bequem, wenn auch eher steril eingerichtet – keiner von ihnen hatte die Zeit oder die Lust, ein gemütliches Nest zu bauen; in dem gemeinsamen Wohnzimmer (das sie nur selten benutzten) befanden sich ein Fernseher, ein durchgesessenes Sofa und Sessel, zahlreiche Taschenbücher (Thriller und Abenteuergeschichten), alte Zeitungen, Ausgaben von PLAYBOY und PRIVATE EYE. In Porkys Schlafzimmer herrschte ein Durcheinander von Kleidern, Bettwäsche, Aschenbechern, Schuhen – und so roch es dort auch. Darüber legte sich eine Schicht alten Parfüms; Simpson hingegen war ordentlich. Seine Kleidung hing auf Bügeln, der Boden war sauber, und das Fenster, mit einem Haken festgestellt, immer zehn Zentimeter geöffnet.

Zu Porky kamen ständig neue Frauen, eher füllig als schlank, eher langhaarig als kurz geschoren wie die Punks, und brachten schwere Parfüms, Armreifen und Ohrringe mit. Keine von ihnen blieb lange, doch Simpson wußte nie, ob gerade eine von ihnen da war, wenn er nach Hause kam, es sei denn, man hörte die beiden – das Gebäude, das man während des Baubooms im Swinging Britain hochgezogen hatte, war alles andere als schalldicht. Wenn Porky das nichts ausmachte (und das tat es nicht), dann hatte auch Simpson nichts dagegen; doch er hatte keine Lust, sein eigenes Liebesleben ähnlich öffentlich zu gestalten. Gleich zu Beginn ihres Zusammenwohnens hatte er hin und wieder ein Mädchen mitgebracht; es gab genügend davon, wenn man nicht allzu wählerisch war, und damals war er das nicht. Doch vor etwa einem Jahr hatte er sich bis über beide Ohren in Lisa verliebt; er hatte es ernst gemeint, bereits Pläne für die Zukunft geschmiedet mit einer Doppelhaushälfte, Kindern, einer Beförderung zum Superintendenten. Aber sie hatte seinen Beruf nicht ausstehen können – die langen, unregelmäßigen Arbeitszeiten, die Plackerei, die Gefahr und das Elend, mit dem er tagtäglich zu tun hatte. Sie hatte ihn verlassen, und er hatte sich geschworen, sich nie mehr ernsthaft auf eine Frau einzulassen – und nie mehr zu sagen, was er von Beruf war. Polizisten waren fast wie Pfarrer – sie schreckten die Leute ab. Er hatte sich der Außenwelt verschlossen wie eine Auster.

Nach Lisa war ihm der Geschmack auf Zufallsbekanntschaften vergangen. Er war älter und anspruchsvoller geworden, amüsierte sich über Porkys Eskapaden, hatte jedoch auch immer mehr die Nase voll von dem Elend, mit dem er sich jeden Tag auseinandersetzen mußte. Sein Vater war Lehrer gewesen und Idealist, und all seine häßlichen Entlein waren für ihn Schwäne, bis sie den Turnsaal verwüsteten, in den Toiletten Klebstoff schnüffelten, ihre Hefte mit obszönen Zeichnungen füllten, größer und stärker als er selbst wurden und die Schule mit sechzehn verließen. Sogar dann noch glaubte er an sie, tat es immer noch, jetzt, wo er in Hove in einem Seniorenwohnheim lebte und allmählich taub wurde.

Seine Mutter hatte den Christian Scientists angehört und war an Asthma gestorben, als Dave siebzehn war. Er hatte ihr ihre Leiden und seinem Vater dessen Fügung in sein Schicksal nie verziehen. Er wollte Ordnung, ein aktives Leben und Gerechtigkeit. Deshalb ging er zur Polizei.

Er glaubte an seinen Beruf; er glaubte an die Ordnung und daran, daß man sie mit Hilfe des Gesetzes durchsetzen konnte. Er hatte an den Wert des Menschen geglaubt, so wie seine Eltern es ihm beigebracht hatten; doch dieser Glaube hatte keinem von ihnen sonderlich geholfen, ihr Vertrauen hatte sie nicht weit gebracht im Leben. Ihm gefiel die Kameradschaft bei der Polizei, das gemeinsame Handeln, die funktionale Helligkeit des Reviers, die Männerfreundschaften; doch der eine oder andere seiner Kollegen hatte ihn in letzter Zeit verunsichert. Er war nicht zur Polizei gegangen, um ein Tyrann zu werden, und auch nicht, um alles Böse und Gemeine überhandnehmen zu lassen. Genausowenig wollte er hilflos dabei zusehen, wie die Schwachen immer den kürzeren zogen. Wenn er so darüber nachdachte (und das tat er in letzter Zeit häufiger), war er ein nicht weniger fehlgeleiteter Idealist als seine Eltern. Hinter seiner lockeren, selbstbewußten Fassade wurde er immer verstörter und einsiedlerischer, nahm das Leben, wie es kam, die guten wie die schlechten Seiten, das Brutale wie das Jämmerliche, ließ sich auf nichts ein, sondern grübelte ...

Janice gehörte auch zu den Dingen, die ihm zufällig zugeflogen waren.

Als ihm die ungewöhnlich lebhafte Janice vor fast einer Woche am Donnerstag abend im King's Crown gesagt hatte, daß ihre Tante in den Norden gereist war, um sich um eine kranke Verwandte zu kümmern, und daß ihre Wohnung nun zu ihrer alleinigen Verfügung stand, hatte er erst einmal mit Bestürzung reagiert. Auch wenn der Sex im Freien oder auf dem Rücksitz nicht gerade bequem war, ging er dadurch doch wenigstens keine Bindungen ein und blieb so gut wie anonym; und obwohl er genausogern Freude gab wie auch genoß, machte er sich doch nicht so viel aus seiner Umgebung. Wenn Janice ihm damals nicht zufällig über den Weg gelaufen wäre, in einer Gegend, in der er sich nur aufhielt, weil er einen Kollegen aus einer anderen Abteilung besucht hatte, der beim Versuch, einen Raubüberfall zu vereiteln, schwer verletzt worden war, wenn sie sich ihm nicht so offensichtlich angeboten hätte und es nicht nur dumm, sondern sogar unhöflich gewesen wäre, ein solches Angebot auszuschlagen, hätte er die Beziehung mit ihr nie angefangen. Sie hatte ihn nicht gerade vergewaltigt, aber ihre naive Annahme, daß er von ihr Sex erwartete, hatte ihn das Spielchen aus einer Mischung von Gefälligkeit und wirklicher Lust mitspielen lassen. Es war in Ordnung gewesen, nichts Besonderes, eine Pflichtübung, die ihm nicht unangenehm war. Doch nach Lisa war ihm der Geschmack am Sex ohne Liebe vergangen.

Janice verschwand nicht aus seinem Leben; sie nahm es hin, wenn er sie versetzte, stellte keine Fragen, erwartete, daß er sie ausnützte und gleichzeitig – irgendwie rührte ihn das –, daß er sie sitzenließ. Sie verlangte nichts von ihm, hoffte nur; sie wollte nichts über sein Leben wissen, akzeptierte, daß darin für sie kein Platz war.
Nach und nach fühlte er sich immer stärker von ihrer Passivität angezogen. Sie war die geborene Schwarzseherin, und etwas in ihm, vielleicht ein Rest des fruchtlosen Idealismus seiner Eltern, vielleicht auch ein latenter Ekel vor der Grausamkeit und dem Elend der Kriminellen, mit denen er es tagtäglich in seinem Beruf zu tun hatte, trieb ihn dazu, etwas aus ihr zu machen. Er glaubte kaum eine von den Geschichten, die sie ihm erzählt hatte – er kannte solche Tagträume von seinem Job –, und ahnte, daß sie irgendwo am Rande des Wohlfahrtsstaates dahinvegetierte. Doch er glaubte ihr, daß sie mit ihrer Tante zusammenwohnte, denn ganz am Anfang ihrer Bekanntschaft, fasziniert von der Art und Weise, wie sie ihn dazu brachte, sie immer an der Straßenecke abzusetzen, hatte er so ganz nebenbei ihre Adresse herausgefunden. Er war um den Block herumgefahren und hatte dann gesehen, wie sie ein Haus betrat; an einem anderen Tag, an dem er keinen Dienst hatte, hatte er den Wagen dann vor dem Haus abgestellt, ein wenig gewartet und schließlich beobachtet, wie sie mit einer älteren, ordentlich gekleideten Frau herauskam. Und er glaubte, fast schon widerwillig, daß irgendwo in ihrer Schüchternheit und Nutzlosigkeit auch die Fähigkeit zur Freude schlummerte.
Er wußte, daß er ein Narr war. Eigentlich sollte er sich aus dem Staub machen, sanft, aber bestimmt. Doch das Wochenende im Hotel, eine Eskapade, die ihn damals selbst überrascht hatte, hatte auch ihm etwas gegeben –

nicht nur die Befriedigung über ihren erstaunlichen, mit Sicherheit ersten Orgasmus und über die Tatsache, daß sie dadurch an ihn gebunden wurde, sondern auch den Wunsch, ihr Freude zu bereiten, ihr Leben und damit vielleicht auch sein eigenes zu bereichern.
Doch daß sie nun allein war und er einer engeren Bindung nur noch aus dem Weg gehen konnte, wenn er sie sitzenließ, verunsicherte ihn. Bisher war es ihm gelungen, sie aus seinem Leben herauszuhalten, doch nun konnte er sich nicht dagegen wehren, tiefer in das ihre hineingezogen zu werden. Aber zweifelsohne waren ein Zimmer mit einem großen Bett und ihre Versuche, die gute Hausfrau zu spielen (dabei hatte sie wohl vom Kochen genausowenig Ahnung wie von einem Kampf in Star Wars), besser als der Rücksitz seines Wagens. Er konnte nach der Arbeit bei ihr vorbeischauen, egal, wie spät es war, denn sie hatte ihm den Schlüssel gegeben. Und sie war immer da, immer dankbar, daß er gekommen war. Außerdem stellte sie keine Fragen mehr. Sie war stolz auf alles – auf das Zimmer, auf ihn ... und auf den Sex. Er mußte zugeben, daß der Sex in dem großen Doppelbett auch ihn überrascht hatte. Sie hatte geschrien, sie hatte gestöhnt. Fast hatte er sie geliebt. Und mit Besorgnis mußte er feststellen, daß sie ihn liebte ...

8

Mrs. Robinson lag noch im Bett, als Grace mit ihren Koffern eintraf, und Conroy wären fast die Tränen gekommen, während er sie in dem ziemlich feuchten kleinen Zimmer, das bisher als Abstellkammer gedient hatte, unterbrachte. In der Zeit zwischen dem Sturz seiner Mutter und der Einigung mit Grace hatte er sich ein paar Tage freinehmen müssen, denn ihre Haushaltshilfe hatte das Weite gesucht. Voller Verzweiflung hatte er sich an den Sozialdienst gewandt, der eine übellaunige schwarze Dame geschickt hatte, um Mrs. Robinson zu baden, und eine ebenso übellaunige weiße Dame, die sich bereit erklärte, einkaufen zu gehen, aber nichts mit dem Staubsaugen zu tun haben wollte.

»Das ist wirklich nett von Ihnen«, sagte er nun zu Grace, nachdem er ihre Koffer hereingeholt hatte, »ich fürchte, es ist nicht sehr . . .«

»Machen Sie sich mal keine Sorgen. Ich komme hier wunderbar zurecht.« Es war gerade Platz für ein Sofa (es hatte Conroy gehört, als er noch ein Junge war) und eine Kommode, die man provisorisch aus übereinandergestapelten Gepäckstücken (unter anderen ein Schrankkoffer mit der großen weißen Aufschrift MARION CONROY) zusammengebaut und mit einem Tischtuch verhüllt hatte. Hinter der Tür waren Haken angebracht, und er bot ihr den Schrank im Flur an, aus dem er seine Mäntel entfernt hatte. »Wie geht es Ihrer Mutter? Ist sie schon beim Arzt gewesen?«

»Sie weigert sich.« Seine roten Wangen hingen schlaff herunter, und im Verlauf der letzten Tage schien er ordentlich an Gewicht verloren zu haben.

»Das geht aber nicht. Rufen Sie ihn sofort an, und holen Sie ihn.« Grace hatte schon vor langem gelernt, daß es sich auszahlte, sich mit den Ärzten gutzustellen; diejenigen, die in den Altenheimen arbeiteten, hatten immer bewundert, wie fröhlich und patent sie war.

Beim Arzt der Robinsons war das genauso; er verschrieb andere Tabletten gegen Mrs. Robinsons erhöhten Blutdruck und eine Gehhilfe und warnte davor, daß bei einer schweren Frau wie Mrs. Robinson sehr leicht die Gefahr

bestünde, sich wundzuliegen, wenn sie zu lange im Bett bliebe.
Der Sturz hatte Mrs. Robinson einen Teil ihrer Lebhaftigkeit geraubt. Sie hatte an Gewicht verloren und war ein wenig geschrumpft, unter anderem deshalb, weil sie nun Angst hatte, aufrecht zu stehen. Lieber stützte sie sich gebeugt auf ihre Gehhilfe, denn so hatte sie das Gefühl, nicht sehr tief zu fallen. »So ist's recht, meine Liebe, machen Sie nur langsam. Halten Sie sich gut fest. So ist's gut«, sagte Grace, die hinter Mrs. Robinson herging, um sie im Notfall zu stützen, während sie unendlich langsam den Flur entlang und zu ihrem Sessel hinüberschlurfte. Dort ließ sie sich schwer atmend hineinfallen und schloß die Augen, öffnete sie jedoch wieder, als Grace ihr eine Decke über die Knie legte. In ihrem wütenden Blick lag auch Furcht.
»Ich hätte gern eine Tasse Bovril«, befahl sie.
»Genau das richtige«, lächelte Grace und ging in die Küche.
»Und ich möchte ein bißchen Sherry hinein, aber den gebe ich selber dazu.«
»Aber sicher.«
Grace wartete darauf, daß das Wasser kochte, und summte dabei eine Melodie aus *The King and I*. Sie hatte nun die Kontrolle über alles: Die Pflegerinnen und Haushaltshilfen waren entlassen worden, denn sie hatte Conroy erklärt, jetzt, wo sie eine Haushälterin hätten, die in der Wohnung lebe, habe er keinen Anspruch mehr auf sie. Er hatte sie einen Moment lang angestarrt und dann gesagt: »Und Sie sind sich sicher, daß Ihnen das alles nicht zuviel ist? Wenn Sie sie nun auch noch pflegen müssen?«
»Unsinn. Sie braucht eigentlich keine Pflege, sondern nur hin und wieder ein bißchen Hilfe. Außerdem muß jemand

ein Auge auf sie haben. Um Ihnen die Wahrheit zu sagen: Mir wäre es lieber, wenn ich das allein machen könnte, ohne daß sich jemand einmischt.« Und das stimmte.

Sie ging äußerst vorsichtig vor; sie spielte dieses Spiel gerne. Mrs. Robinson gegenüber gab sie sich unterwürfig, aber gleichzeitig beherrscht. Sie half ihr auf die Toilette, brachte ihr das Frühstück auf einem Tablett, während Conroy, von dieser Verpflichtung befreit, sein Frühstück, schweigend hinter seinem DAILY TELEGRAPH vergraben, in der Küche zu sich nahm. Grace machte sich ihr eigenes Frühstück, sobald er weg war, und hörte dabei Radio 4. Nach dem Spülen, Aufräumen und Staubsaugen half sie der alten Dame bei der Morgentoilette; das dauerte seine Zeit, denn sie mußte ihr auch beim Waschen und Anziehen behilflich sein. Während sie Make-up und Haare richtete, wurde Grace aus dem Bad verbannt, dann folgten das mißmutige Zurückschlurfen ins Wohnzimmer und eine kleine Zwischenmahlzeit. Danach ging Grace aus dem Haus – zum Einkaufen oder nur einfach auf eine Tasse Kaffee in eines der zahlreichen Cafés, wo sie die Leute beobachtete. Manchmal trieb sie sich auch auf den Postämtern, in den Wettbüros und öffentlichen Bibliotheken herum, sozusagen als Tribut an die Vergangenheit. Dann kehrte sie zu einem leichten Mittagessen, gemeinsam mit Mrs. Robinson eingenommen, zurück und lauschte dem Monolog der alten Dame, die immer mehr über die alten Zeiten redete, da sie ihr Vertrauen in die Gegenwart allmählich verlor. Nach einer Weile schlurfte sie wieder den Flur entlang zur Toilette; danach steckte Grace sie mit einer Wärmflasche ins Bett, und es herrschte Ruhe bis zum Tee. Manchmal ging Grace noch einmal aus dem Haus, wenn Mrs. Robinson tief schlief, doch meist machte sie es sich im Wohnzimmer bequem und schaute in den ersten Tagen nach ihrer Ankunft sorgfältig jede Schublade, jeden Schreibtisch und jeden Schrank in der Wohnung durch. Schlösser behinderten sie nicht; nur eine Lackschachtel auf dem Boden von Conroys Schrank gab ihr Rätsel auf. Doch die würde sie im Laufe der Zeit auch noch knacken.

Sie fand nicht sehr viel heraus; die Robinsons waren so, wie sie an der Oberfläche wirkten, vieles von dem, was sie sich ansah, waren alte Programme, Fotos und Zeitungsausschnitte. Außerdem gab es ein paar ganz nette Silbersachen, und obwohl sie sich nie sehr lange allein in Mrs. Robinsons Schlafzimmer aufhalten konnte, entdeckte sie doch ein bißchen hübschen Schmuck, nichts Besonderes, aber das eine oder andere Pfund konnte man dafür schon noch bekommen. Das wertvollste Stück steckte am Finger der alten Dame, ein Rubin- und Diamantring, den sie über dem zu großen Ehering trug. Dazu hatte sie meist eine nette Goldkette mit einem Anhänger an, ein ziseliertes Stück aus der Zeit Viktorias. Zusammengenommen war das gar nicht schlecht.

Auch er hatte einige nette Sachen: ein paar Bürsten aus echtem Elfenbein, Zierknöpfe mit Perlen, einen Flachmann und ein Zigarettenetui aus Silber (die Initialen darauf waren nicht die seinen, vermutlich hatte es seinem Vater gehört), Manschettenknöpfe – heutzutage trug niemand mehr so etwas. In seinen Socken hatte er hundert Pfund versteckt – genau wie die Alte in ihrer warmen Unterwäsche.

Am Nachmittag gab es Tee und um sechs Uhr die Nachrichten im Fernsehen. Während der Woche kochte Grace das Abendessen und schenkte Conroy einen Whisky ein, wenn er nach Hause kam. Danach ließ sie Mutter und Sohn allein, machte das Essen fertig und servierte es. Meistens sahen sie dann zusammen fern, bis sie Mrs. Robinson wieder ins Bett bringen mußten. Doch in der zweiten Woche ging Conroy an einem Mittwochabend aus, was seine Mutter mit einem ärgerlichen Blick kommentierte, und Grace hörte ihn erst lange nach Mitternacht wieder heimkommen. Er war aufgestanden, hatte seine Weste angezogen, gesagt: »Tja, ich glaube, ich gehe noch ein bißchen Luft schnappen«, seiner abweisenden Mutter einen Kuß auf die Wange gedrückt, Grace zugenickt und war verschwunden. Grace hatte Mrs. Robinson einen fragenden Blick zugeworfen, aber die alte Dame hatte nur mit wütendem Gesicht dagesessen und kein Sterbenswörtchen gesagt. Danach war eine Wiederholung von »Tenku« im Fernsehen gekommen, so daß man auch später nicht über Conroys Verhalten sprach.

Am Wochenende kochte Conroy. Er konnte das und tat es gerne; und da am Samstagabend immer ein älteres Ehepaar – jünger zwar als Mrs. Robinson, aber noch aus ihrer Theaterzeit – zum Bridgespielen kam, hatte Grace frei. Sie fand das ziemlich langweilig; schließlich wußte sie nicht so recht, wo sie hingehen sollte, und sie hatte noch nie gerne Geld ausgegeben. Jetzt mußte sie sich eine Kinokarte kaufen, zum Essen gehen oder ganz allein mit einem Dry Martini irgendwo in einer Kneipe herumsitzen, wo sie manchmal ein Gespräch mit jemandem begann, sich jedoch wieder zurückzog, bevor das Lokal schloß. Die Sache war stinklangweilig. Sie vermißte nun sogar Janice und ihre lustlose Konversation. Vor allen Dingen vermißte sie die Planung, Vorbereitung und Ausführung ihrer alten Beschäftigung – die Berechnung, das Taxieren des Opfers, die Aufregung und das Gefühl der Macht, das Spiel selbst, die Unterwerfung, das Einsammeln des Diebesgutes, das Verschwinden, die Bestätigung, daß sie alle beherrschte, die Alten, Janice und sich

selbst. Sie vermißte auch den Handel mit den aufmerksamen alten Männern in den verstaubten Läden und den geschäftstüchtigeren jungen Männern und Frauen in den Antiquitätenbuden. Doch wenn alles so käme, wie sie es sich vorstellte, würde es sich doch noch lohnen.
Sie kam immer zurück, bevor die Lorings gingen, trat mit einem Lächeln auf den Lippen ein und erbot sich, noch einen Tee zu machen. Die beiden waren beeindruckt von ihrer Höflichkeit, und sie zog sich in ihr eigenes Zimmer zurück, bis sie sich verabschiedeten. Dann kam sie wieder heraus und half ihnen lächelnd und mit einer fröhlichen Bemerkung in die Mäntel. Wendy Loring hatte die Teenagertochter in »Nanny Jane's Journal« gespielt, bis sie weit über Sechzig war, denn sie hatte eine Stimme, die nicht alterte und seltsam klang bei dieser pummeligen, weißhaarigen Frau, die sie inzwischen geworden war, ein bißchen schwerhörig zwar, aber noch immer mit Rouge und Lidschatten geschminkt. Dickie hatte den größten Teil seines Lebens die Kasse in einem Theater im West End betreut und sah noch immer so aus, als trage er ständig Abendkleidung – tja, das waren noch Zeiten gewesen! Er war klein und fesch, hatte weiße Haare und einen weißen Schnurrbart und kam noch immer gut an bei den Frauen, flirtete mit Mrs. Robinson in Gegenwart seiner nachsichtigen Frau und reichte Grace zum Abschied die Hand mit vielsagendem Blick, der letztlich nichts bedeutete. Sie fuhren einen gutgepflegten Mini, und als sie nach dem ersten Samstag abend wegfuhren, sagte er: »Diese Haushälterin hat ganz schön was drauf. Vielleicht ist das endlich mal jemand, der Marion gewachsen ist.«
»Der arme Conroy«, sagte seine Frau geistesabwesend. »Was für ein Leben!«
Doch allmählich schien Conroy sich in sein Schicksal zu

fügen. Obgleich sich sein Verhalten nicht änderte und auch sein Gesichtsausdruck nicht lebhafter wurde, schien er doch freundlicher zu wirken, entspannter. Wenn er es zugelassen hätte, hätte er fast jungenhaft aussehen können. Jedesmal, wenn er Grace am Samstagmorgen verlegen den Umschlag mit ihrem Lohn reichte, drückte er seine tiefste Dankbarkeit aus – sie hatten sich in einem Gespräch, das ihm ziemlich peinlich war, auf eine Summe geeinigt, die Grace bei freier Kost und Logis fürs erste akzeptierte. Er redete nicht viel, doch in Anwesenheit von Mrs. Robinson und einem Fernsehgerät war das auch nicht nötig. Am Samstag ging er einkaufen, um die Zutaten für die Mahlzeiten am Wochenende zu erwerben, und brachte Blumen für seine Mutter und einen Burgunder aus der Weinabteilung von Sainsburys mit. Bei schönem Wetter ging er in den Kensington Gardens spazieren. Am Sonntag las er den SUNDAY TELEGRAPH und löste zusammen mit seiner Mutter das Kreuzworträtsel. Nach dem Essen zog er sich dann, wie Grace vermutete, zu einem Nachmittagsschläfchen zurück. Später, nach dem Abendessen, ging er aus, fragte Grace jedoch nicht, ob sie mit ihm kommen wolle; das tat er auch an den Mittwochabenden nicht, die offenbar ebenfalls feste Routine waren und nicht erklärt wurden.

So hatte Grace sich das nicht vorgestellt.

»Es ist wirklich schön, wie Ihr Sohn sein Zuhause liebt«, sagte sie eines Samstags, während Conroy in der Küche die Einkäufe auspackte und Grace Mrs. Robinson nach dem Gang zur Toilette wieder in den Sessel half. »Nicht viele Männer kümmern sich so sehr um den Haushalt. Mein Mann, Gott hab ihn selig, ist gern ausgegangen – Shows, Klubs, Busfahrten, man konnte ihn fast nicht zu Hause halten.«

»Vorsicht! O je!« Mrs. Robinson ließ sich in ihren Sessel

sinken, schwer atmend, die Kette über ihrem Busen hin und her schwingend. »Das Kissen – es liegt nicht an der richtigen Stelle.« Grace verschob es ein wenig. »Ist irgendwo ein Fenster offen? Ich habe das Gefühl, es zieht.« Grace schloß das Fenster. »Ich habe meine Brille im Schlafzimmer vergessen. Ist die Radio Times schon da?«
Grace holte beides. »Da, meine Liebe. Ihr Sohn räumt gerade die Einkäufe ein. Sie haben ihn zu einem richtigen Hausmann erzogen.«
»Nun ja, er war im Internat, und ich war ja sehr viel unterwegs. Natürlich später nicht mehr, da haben wir nur noch drei Tage die Woche geprobt und Aufnahmen gemacht. Aber da war Conroy schon von zu Hause fort ...« Sie schweifte ab.
»Das war nach seinem Militärdienst?« Sie legte eine Dekke über Mrs. Robinsons Knie.
»Ja – und dann noch ein paar Jahre später, bevor er wieder nach Hause gekommen ist.«
»Er war also später auch noch einmal weg?«
»Ein paar Jahre.« Mrs. Robinson preßte die Lippen zusammen und nahm die Radio Times zur Hand.
»Es ist schön, wenn ein Mann sein Zuhause liebt, das ist seinen Eltern zuzuschreiben, sage ich immer.« Sie schob die Gehhilfe ein wenig beiseite und ging die Fakten noch einmal in Gedanken durch. »Vermutlich schätzt er seine Abende draußen um so mehr, da er nur so selten weggeht. Hat er denn ein Hobby? Ich finde es schön, wenn Männer ein Steckenpferd haben, Billard spielen, Briefmarken sammeln oder so.«
»Er spielt Bridge. Er geht am Mittwochabend in seinen Bridgeclub und spielt dort Bridge.«
»Das ist ein richtiges Denkerspiel, nicht wahr. Aber er ist ja auch ein Denker, das sieht man sofort.«

»Ja, Conroy ist in der Tat ein ›Denker‹.« Mrs. Robinson setzte das Wort in gedachte Anführungsstriche, lächelte wissend und schlug ihre Illustrierte auf. Grace hatte genug erfahren.

Wenn er am Mittwochabend Bridge spielte, was tat er dann am Sonntag? Ging er immer noch ins Old George und trank dort allein seine Flasche Wein? Sie beschloß, ihn zu fragen.

In der Küche war eine gewisse Vertrautheit und distanzierte Kameradschaft zwischen den beiden entstanden. Sie hatte ihm angeboten, sie Grace zu nennen, auch wenn sie in Gegenwart seiner Mutter noch immer Mrs. Black war; und er hatte ihr gesagt, sie solle ihn beim Vornamen nennen, was sie außerhalb der Küche jedoch niemals tat. Also glaubte sie, dort auch einen ersten, vorsichtigen Vorstoß wagen zu können. Während sie die Kartoffeln für ihn schälte und er darauf achtete, daß die Sauce nicht zu dick wurde, fragte sie: »Fahren Sie am Sonntag immer noch ins West End?«

»Ja?«

»Ins Old George? Ich muß schon sagen, ich vermisse es richtig. Es waren so nette Leute dort, nie ein lautes Wort, und die Musik war immer nur im Hintergrund, man konnte sich gut unterhalten.«

»Ja.«

»Es ist immer noch alles beim alten dort?« Wie Zähneziehen war das!

»Ja, so ziemlich.« Sein Rücken wirkte so ausdruckslos, wie auch sein Gesicht es sein würde.

»Ich muß schon sagen, ich würde wirklich gerne wieder mal auf einen Drink in eine nette Kneipe gehen. Irgendwie ist das ein würdiger Abschluß für das Wochenende, finden Sie nicht auch?«

»Ja, ich würde mich freuen ... Ich meine, ich habe nie gedacht, seit Sie hier sind, meine ich ...« Er drehte sich um, noch in der Pfanne herumrührend, und sah sie mit leicht verlegenem Blick an.
Sie lächelte ihn charmant an. »Du meine Güte, nein, ich wollte damit gar nicht sagen, ins West End. Ich würde Ihre Mutter nicht zu lange allein lassen wollen, nicht an einem Sonntag, jetzt, wo sie sich an meine Anwesenheit gewöhnt hat. Aber ich würde wirklich gerne einmal hier in der Gegend in eine Kneipe schauen. Es gibt doch sicher auch ruhige Lokale in dieser Gegend?«
»Ja, mit Sicherheit.« Er wandte sich wieder dem Herd zu.
»Natürlich würde ich nicht gerne allein gehen. Jedenfalls nicht am Anfang. Ich werde wohl meinen Stolz überwinden und Sie fragen müssen, ob Sie mich begleiten, Conroy.«
»Aber natürlich. Ich freue mich. Wie nachlässig von mir.«
Mrs. Robinson nahm diese Neuigkeit alles andere als gnädig auf. Sie saß vornübergebeugt in ihrem Sessel, als Conroy ihr mitteilte, sie würden auf ein Stündchen ausgehen. Ihr breites Gesicht, dem ihres Sohnes so ähnlich, wirkte mürrisch unter der schwarzen Flut von Haaren (alle vierzehn Tage kam eine Friseuse ins Haus, um sie zu waschen und zu legen und den Ansatz neu zu tönen; während dieser rituellen Handlungen durfte Grace das Schlafzimmer nicht betreten).
»Grace ist hier, um mir Gesellschaft zu leisten«, knurrte sie. »Es ist nicht richtig, daß sie mich allein läßt.«
»Es ist doch nur für ein Stündchen, Mutter. Du kommst schon zurecht.«
»Alles mögliche könnte passieren – ich könnte wieder hinfallen.«

»Sie dürfen nicht aus ihrem Sessel aufstehen, meine Liebe, das müssen Sie mir versprechen.«
»Du bist doch auch zurechtgekommen, bevor Mrs. Black zu uns gezogen ist.«
»Das war vor meinem Sturz. Dir ist wohl nicht klar, wie sehr mich dieser Sturz durcheinandergebracht hat.«
»Es ist doch nur für ein Stündchen, Mutter. Wir gehen auch nur um die Ecke.«
»Nicht ins West End?«
»Nein, nein, meine Liebe, so weit würden wir nicht weggehen, das würden wir nie wagen!« Und dort womöglich noch Janice über den Weg laufen, wer weiß, möglicherweise schaute sie ja immer noch von Zeit zu Zeit dort vorbei in der Hoffnung, Grace zu treffen. Grace fragte sich manchmal, wie Janice wohl ohne sie zurechtkam – aber nicht oft. Schau nie zurück, hatte ihre Devise schon immer gelautet. »Wir gehen nur um die Ecke.«
»Wir sind vor den Nachrichten wieder da, Mutter.«
»Na schön, ich sehe schon, daß es keinen Zweck hat, weiter mit euch herumzustreiten.«
»Immer nur Arbeit und kein Vergnügen macht keinen Spaß«, sagte Mrs. Robinson und betätigte die Fernbedienung des Fernsehers, der sich mit ohrenbetäubendem Lärm einschaltete.
»Es tut mir leid, daß ich Ihre Mutter so aus der Fassung gebracht habe«, sagte Grace, als sie gemeinsam die Straße hinunter zur Church Street gingen, wo die Busse fuhren. »Ich wollte das wirklich nicht.«
»Sie beruhigt sich schon wieder.« In seinen dunklen Kleidern wirkte er massig und groß neben ihr. »Sie ist eine große Schauspielerin.«
Grace wußte nicht, wie sie das kommentieren sollte. »Da haben Sie sicher recht.«

Sie gingen um die Ecke und den Hügel hinauf. Nach einer Weile sagte er: »Wissen Sie, man darf nicht nachgeben. Ich habe mich auch durchsetzen müssen, um meine Unabhängigkeit zu bewahren. Sie ist eine wundervolle Frau, aber sie steht am liebsten die ganze Zeit im Mittelpunkt.«

»Ich finde, Sie sind ein wunderbarer Sohn. Nicht viele Mütter haben so einen Sohn.«

»Tja, nun ... Sie ist es gewöhnt, wie ein Star behandelt zu werden. Mein Vater hat sein ganzes Leben nach ihr ausgerichtet, ist ihr zu Füßen gelegen. Er war ein ruhiger Mann, älter als sie.«

»Das hat sie mir erzählt.«

»Sein Tod hat sie ziemlich mitgenommen. Sie war es nicht gewöhnt, allein zu sein. Als sie noch im Theater spielte, war natürlich ständig etwas los, und sie stand immer im Mittelpunkt. Aber später – nun ja, sie wurde eben älter, sie bekam nicht mehr viele Rollen ... Damals erschien es mir nur vernünftig, mit ihr zusammenzuziehen.«

»Das heißt, Sie waren auch allein?«

»Damals, ja.« Er zog sich wieder in sein Schneckenhaus zurück und sagte nichts mehr, bis sie die Kneipe erreicht hatten.

Das Lokal war klein, überall rubinroter Plüsch und rubinrotes Licht von Lampen mit fransenbehangenen Schirmen, dazu ein robuster Teppich mit unterschiedlichen Mustern, auf dem kleine, solide Tische und ebenso solide Sitzbänke mit rubinroten Kissen standen. Es waren nicht allzu viele Leute da, die sich außerdem in angenehmer Lautstärke bei ihren Drinks unterhielten; die Spielmaschinen und die Musikbox befanden sich im Nebenraum.

Grace knöpfte ihre Jacke auf, nahm das Kopftuch ab und sah sich voller Befriedigung um. Diese Kneipe war genau das richtige. Sie war gemütlich, und hier traf sich ein angenehmes Mittelschichtpublikum, anders als im Old George mit den verschiedenen Gästen aus dem West End. Hier würde selbst Conroy es schaffen, sich ein wenig zu entspannen. Als er mit ihrem Dry Martini und seinem Burgunder zurückkehrte, lächelte sie ihn mit echter Freude an. »Hier ist es wirklich nett.«

In der Wärme und dem gedämpften Licht und bar jeglicher Verpflichtung entspannte er sich im Lauf der nächsten Stunde tatsächlich. Sein Gesicht nahm einen noch tiefer rosafarbenen Ton an und wurde ein wenig feucht vom Schweiß, und er lehnte sich zurück, schien lockerer zu werden; sein Blick wirkte nicht mehr so abweisend, und er redete. Doch er erzählte ihr nichts, was sie nicht schon gewußt hätte, gab ihr keinen Hinweis auf die fehlenden Jahre oder auf jenen rätselhaften Mittwoch. Er redete über die Nachrichten, über die Wechselhaftigkeit des englischen Wetters, ein wenig sogar von seiner Arbeit. Um ihn dazu zu bringen, daß er über persönlichere Dinge sprach, erzählte Grace von sich selbst – von ihrer Kriegsromanze, die sie, damals noch fast ein Kind, überrollte, von ihrer kurzen, aber idyllischen Ehe, vom Tod ihres Mannes gleich nach dem Krieg, von der tödlichen Verwundung, die er sich zugezogen hatte bei der Überquerung des Rheins; von ihren wackeren Bemühungen, sich als Krankenschwester allein durchzuschlagen, von ihrem Beschluß (der vielleicht falsch gewesen war), nicht mehr zu heiraten, obwohl sie noch einen oder zwei Anträge bekommen hatte ... »Wissen Sie, ich liebe meine Unabhängigkeit, genau wie Sie. Aber manchmal frage ich mich ...« Sie schaute in ihr Glas. »Ich meine, man wird auch nicht jünger.«

»Ich weiß, was Sie meinen«, sagte er mit nüchterner Stimme, und sie erwiderte eine Weile nichts, bevor sie auf ihre Armbanduhr blickte (sie stammte von dem armen alten Mädchen in Putney letzten Frühling und ging exakt) und ausrief: »Mein Gott, wir gehen besser zurück! Die Zeit ist ja wie im Flug vergangen!«

Er half ihr in den Mantel. Als sie die Kneipe verließen, fragte sie sich, ob sie sich wohl unterhaken sollte, aber sie tat es dann doch nicht. Männer ließen sich leicht abschrecken. Doch sie sagte mit aufrichtiger Herzlichkeit in der Stimme: »Ich habe diesen Abend wirklich genossen. In der Kneipe war es so richtig schön gemütlich, genau, wie ich es mag.«

»Ja, es ist nett dort.« Er dirigierte sie am Ellbogen in ihre dunkle Straße, ließ sie jedoch wie üblich fast sofort wieder los.

»Es ist doch eine schöne Abwechslung, wenn man hin und wieder einmal ein solches Lokal besucht.«

»Ja, das stimmt.«

Am liebsten hätte sie ihn an den Schultern gepackt und gerüttelt!

Sie meinte: »Ihre Mutter ist eine wundervolle Frau, aber sie stellt auch hohe Ansprüche. Nun ja, das ist ja auch nicht anders zu erwarten, schließlich ist sie eine berühmte Persönlichkeit. Sie ist es gewöhnt, daß alles nach ihrem Kopf geht. Alte Leute werden so, das ist nur verständlich.« Er stimmte ihr zu. Sie hatten inzwischen die Hälfte des Weges zur Wohnung zurückgelegt. Sie beschloß, sich noch weiter vorzuwagen. »Natürlich habe ich gelernt, mich damit abzufinden – wenn man das nicht tut, kommt man nicht in die SRN. Aber manchmal braucht man einfach eine Abwechslung, sonst wächst einem alles über den Kopf, und man beginnt, sich zu fragen, wie lange man das noch aushält.«

Diesmal reagierte er tatsächlich, und als sie unter einer Straßenlaterne vorbeigingen, sah sie, daß er bestürzt war. »Sie denken doch nicht daran, uns zu verlassen?«

»Nein, natürlich nicht, jedenfalls nicht so bald. Ich würde doch nicht im Traum daran denken, Sie im Stich zu lassen. Aber ich muß auch an die Zukunft denken.«

»Ja.«

Er sagte nichts mehr, bis sie an der Haustür anlangten. Dort blieb er stehen, die Tür zur Hausmeisterwohnung zu seiner Rechten, der kurze Flur zu seiner eigenen Wohnung unmittelbar vor ihnen. Er sah sie mit ernstem Gesicht an.

»Ich hoffe, Sie wissen«, sagte er, »wie sehr ich Ihre Anwesenheit hier schätze. Sie haben mein ganzes Leben verändert – und natürlich auch das von meiner Mutter.«

Grace murmelte einen bescheidenen Dank. »Mir ist auch klar, daß Sie eine ganze Menge geopfert haben müssen, als Sie uns zu Hilfe gekommen sind. Ich weiß nicht, was ich ohne Sie getan hätte – sie ist eine wundervolle Frau, aber sie ist auch nicht mehr die Jüngste, und der Gedanke daran, sie den ganzen Tag allein zu lassen, während ich im Büro bin – nun, dieser Gedanke hat mir große Sorgen gemacht. Und nach ihrem Sturz ...«

»Und außerdem müssen Sie auch ein bißchen an sich selbst denken, das dürfen Sie nicht vergessen«, flötete Grace. »Sie haben ein Anrecht auf Ihr eigenes Leben, besonders in den kommenden Jahren.« Sie legte ihm einen kurzen Augenblick die Hand auf den Arm.

»Ja, das stimmt. Sie verstehen, es ist nicht einfach.« Er schwieg einen Moment nachdenklich und meinte dann: »Ich kann nur immer wieder sagen, daß ich Ihnen über alle Maßen dankbar bin für Ihre Hilfe, und ich hoffe, Sie glauben mir das.«

»O ja, das tue ich, Conroy, das tue ich. Wir müssen einfach abwarten und sehen, wie es weitergeht, nicht wahr?«

»Ja.« Er seufzte, und sie gingen schweigend den Flur zu ihrer Wohnungstür entlang.

Denn eigentlich hatte Grace allmählich genug von dem Pärchen; sie hatte in den Altenheimen lange genug alte Leute gewaschen, und Mrs. Robinsons überhebliches Getue ging ihr langsam auf die Nerven. Außerdem vermißte sie ihre Unabhängigkeit, wie sie es auch gesagt hatte. Sie war bereit, das alles auf sich zu nehmen, wenn es sich dann auch auszahlte, aber nach mittlerweile mehr als vier Wochen wurde sie doch allmählich ungeduldig.

Langfristige Projekte lagen ihr nicht besonders; sie plante lieber und führte ihre Pläne dann umgehend aus, ohne sie lange im Kopf zu wälzen. Deshalb hatte sich die Sache mit den alten Leutchen als so befriedigend erwiesen – kein Warten, nur einfach eine Alte finden, den Job erledigen und verschwinden. In vielerlei Hinsicht war das Arrangement perfekt und Janice trotz ihrer Schwächen die ideale Partnerin gewesen.

Doch wenn die Sache mit den Robinsons sich auszahlte, wäre das der wirklich große Coup. Das mußte auch so sein, denn sonst wäre alles nur Zeitverschwendung; und solange sie nicht wußte, ob er verheiratet oder ledig war, waren ihr die Hände gebunden.

Während Mrs. Robinson am nächsten Tag ihr Nachmittagsschläfchen hielt, schlich sich Grace in Conroys Zimmer und trug die Lackschachtel in ihres. Dort öffnete sie sie mit Hilfe bewährter Handgriffe und einiger Haushaltsgeräte. Vorsichtig schaute sie den Inhalt durch, ohne irgend etwas durcheinanderzubringen.

Sie fand zwei Sparbücher der Bausparkasse mit jeweils – oh! – fünfundzwanzig- bis dreißigtausend Pfund Einlage;

sein Soldbuch – er war bei den Royal Engineers gewesen und hatte es bis zum Feldwebel gebracht. In der Hülle befanden sich ein paar Postkarten, auf denen eine höchst merkwürdige Nonne noch viel merkwürdigere Dinge mit einem ebenso seltsamen, biretttragenden Priester trieb; die beiden stammten offenbar aus dem Nahen Osten – Conroy hatte einen Teil seines Militärdienstes auf Zypern abgeleistet. Außerdem entdeckte sie die Police für eine Hausratversicherung und Briefe über eine Lebensversicherung in Verbindung mit seiner Rente, die sein Arbeitgeber abgeschlossen hatte, weswegen keine näheren Einzelheiten aufgeführt waren. Grace vermutete, daß die alte Dame im Todesfalle das Geld bekommen würde. Dann war da noch das Foto eines älteren Mannes, den Grace als seinen Vater erkannte, jedoch keine Bilder seiner Mutter – das war auch nicht nötig, weil in der Wohnung ja ohnehin genügend davon herumhingen. Und sie fand das Foto einer jungen Frau mit hochgesteckten, blondierten Haaren, einer Wespentaille und den schwingenden Rökken, die in den fünfziger Jahren modern waren. Sie lehnte an einem Tor. Schließlich entdeckte sie noch eine Kopie von Conroys Geburtsschein, von der Sterbeurkunde seines Vaters und die Scheidungsurkunde von Conroy Edward Robinson und Carole June Ann Robinson, geborene Palmer, aus dem Jahre 1976.
Ha! Das war's also!
In der Schachtel waren noch andere Papiere, aber Grace machte sich nicht die Mühe, weiterzusuchen. Die Abwesenheit Conroys, über die seine Mutter sich so beharrlich zu sprechen weigerte, war die Zeit seiner Ehe gewesen. Vermutlich hatte er sofort nach dem Militärdienst geheiratet und die Heiratsurkunde in seiner Verbitterung vernichtet.

Grace legte die Dokumente sorgfältig in die Schachtel zurück. Es war ein bißchen schwierig, sie wieder zu verschließen, doch sie nahm an, daß Conroy nur selten hineinsah und deshalb das beschädigte Schloß nicht bemerken würde. Sie legte die Schachtel zurück auf den Boden des Schrankes, zupfte sich die Haare vor dem Spiegel zurecht, ging aus dem Zimmer und schloß die Tür leise hinter sich.
Nun konnte sie ihren Plan endlich weiter durchführen.

Marion Robinson war so unerschütterlich überheblich, daß selbst ein eingestandener Fehler sich noch zu einer Tugend wandeln ließ. Und nachdem Grace nun ein paar Wochen bei ihnen lebte, konnte sie sich zu der Erkenntnis beglückwünschen, daß es ein Fehler gewesen war, sie einzustellen.
Als Conroy sie damals gefragt hatte, ob er am Sonntag eine Freundin zum Tee einladen dürfe, hatte sie sofort nein gesagt, denn sie hatte Angst, daß diese Freundin wieder so ein geldgieriges Flittchen sein würde wie damals diese Hexe Carole, die ihn, nachdem er aus der Armee entlassen worden war, überrumpelt und geheiratet hatte, bevor er noch Gelegenheit bekam, sie seiner Mutter vorzustellen. Er hatte zweifelsohne geahnt, daß Marion nicht viel Federlesens gemacht hätte. Und schon war er weg, zog in eine winzige Wohnung in Fulham, zimmerte sich eine Karriere bei der Bausparkasse zurecht und besuchte Marion nur einmal im Monat oder so, noch dazu ohne Carole, nachdem die ersten Treffen eher peinlich verlaufen waren. Marion hatte nichts dagegen, denn damals steckte sie noch mitten drin im Theaterleben, eine begehrte Schauspielerin, eine schöne Frau, die noch immer nichts einzuwenden hatte gegen das, was die große Mrs. Pat (der

Marion nacheiferte) einmal »das Getümmel auf der Chaiselongue« genannt hatte. Und außerdem gefiel sie sich in der Rolle der alleingelassenen Mutter, der der einzige Sohn von einer nichtsnutzigen Sexbombe weggeschnappt worden war.

Die beiden hatten lange Zeit Distanz zueinander gehalten; selbst nachdem Carole ihn wegen eines anderen verlassen hatte, lebte er weiterhin allein, obwohl er Marion nun häufiger besuchte, jedes Wochenende. Dann wurden die Salt-and-Pepper-Komödien eingestellt, und Marion hatte nur noch »Nanny Jane«. Ihr Aussehen und ihr Stil gehörten der Vergangenheit an, ihr Blutdruck stieg, und ihre Beine taten ihr weh. Ihre Freunde starben oder wurden selbst alt oder ließen sie, ganz nach Art der falschen Freundschaften im Theatergeschäft, fallen.

Doch sie gewann Conroy zurück.

Wenn auch nicht ganz. Seine Jahre ohne sie (und ein bißchen Eigensinn, den er wohl von ihr ererbt hatte) ermöglichten es ihm, sich einer völligen Unterwerfung zu entziehen. Er war mittlerweile zu einem beleibten, soliden Mann herangewachsen, war Abteilungsleiter, kochte gut, führte seinen Haushalt selbst und war unabhängig. Erst als sie die Gürtelrose bekam, begriff er, wie abhängig diese Frau, die er immer für absolut selbstbewußt gehalten hatte, von der Unterstützung und Bewunderung der Außenwelt war, und kam zurück. Ohne Publikum verkümmerte sie, also spielte er dieses Publikum. Aber er weigerte sich, selbst auf der Bühne aufzutreten.

Sie hatte die Zeit genossen, in der er ein Auto gehabt hatte, und sich jedes Wochenende aus London hinausfahren lassen, ans Meer oder zu einem Schloß. Sie verbrachte zusammen mit ihm seinen Jahresurlaub, fuhr mit ihm herum oder quartierte sich mit ihm, als sie sich nicht mehr so gut bewegen konnte, in einem hübschen Hotel ein. Nach ein paar Jahren hatte er den Wagen verkauft, ohne ihr vorher etwas davon zu sagen; auf ihre entrüsteten Proteste hatte er lediglich geantwortet, daß die Parkplatzsituation in der Gegend einfach untragbar sei und daß es jetzt, wo sie immer größere Probleme hatte, in das Auto zu steigen, ohnehin sinnlos geworden sei, es weiterhin zu behalten. Sie war wütend, konnte aber nichts tun; sie konnte auch nichts tun, als er sie künftig jeden September vierzehn Tage in einem Behindertenheim in Folkstone unterbrachte – es war sehr luxuriös, sehr gut geführt und sehr teuer, da konnte sie sich wirklich nicht beschweren. Er selbst fuhr in dieser Zeit nach Korfu, Madeira oder in den Lake District und schickte ihr zahlreiche Postkarten. Wenn er wieder da war, konnte sie ihm nicht viel über den Urlaub entlocken, erzählte ihm dafür aber aus Rache jede Kleinigkeit, die sich im Verlauf ihrer eigenen gleichförmigen vierzehn Tage ereignet hatte. Sie konnte auch nichts tun gegen seine beiden freien Abende in der Woche, die er irgendwann einmal stillschweigend eingeführt hatte – den Mittwoch und den Sonntag; egal, ob sie sich beschwerte, ob sie wütete oder schmollte, er tat einfach, was er wollte. Anfangs hatte sie noch gefürchtet, eine Frau sei der Grund, und hatte ihm das auch gesagt. »Ich spiele gerne Bridge«, hatte er mit ruhiger Stimme geantwortet, »und ich gehe gerne aus und schaue mir hin und wieder die Leute an.« Nach einer Weile nahm sie diese Antwort als wahr hin.

Als er folglich vorschlug, eine gewisse Mrs. Black, eine Zufallsbekanntschaft aus einer Kneipe im West End, einzuladen, war sie gleichermaßen bestürzt und mißtrauisch und stimmte aus der Defensive heraus zu. Als dann eine Witwe mittleren Alters, ordentlich gekleidet und voller

Respekt, nicht unbedingt eine perfekte Lady, bei ihnen auftauchte, war sie einigermaßen beruhigt. Die Dame schien überwältigt von der Umgebung und von der Berühmtheit ihrer Gastgeberin, ging kein bißchen vertraulich mit Conroy um und kannte sich aus, was Behinderungen anbelangte. Sie wußte zum Beispiel ganz genau, wie sie dem Betreffenden helfen konnte, sich von einem Sessel zu erheben, während andere Möchtegernhelfer nur zogen und zerrten. Schon nach kurzer Zeit freute sie sich auf die Mittwochsbesuche der Frau, weil sie ihr nicht nur kleine Botengänge auftragen konnte, sondern sie auch als gutgläubige und bewundernde Zuhörerin zu schätzen wußte.

Dann kam der Sturz. Er brachte sie nicht nur körperlich aus dem Gleichgewicht. Sie erschauderte bei dem Gedanken, was sie getan hätte, wenn Mrs. Black nicht dagewesen wäre, und spielte ihre echte Angst künstlich hoch, um sie zu besiegen. Sie hätte stundenlang daliegen können, hilflos, frierend – naß, wie sie sich kurz mit noch größerem Schrecken eingestand. Sie hätte sich etwas brechen können und das Bewußtsein verlieren vor Schmerz. Sie hätte sich den Kopf am Waschbecken anschlagen und sich eine Gehirnerschütterung zuziehen können. Sie hätte sterben können. Conroy wäre dann nach Hause gekommen und hätte sie tot vorgefunden.

Gott sei Dank war die Frau dagewesen und hatte gewußt, was zu tun war! Sie hatte sich so fähig und freundlich um sie gekümmert, hatte ihr aufgeholfen und sie ins Bett gebracht, hatte sie beruhigt und nichts gesagt über ihren feuchten Rock und die Unterhose und die große Pfütze auf dem Boden des Badezimmers, über jene schlimmste Erniedrigung. Diese Schwäche und die Erkenntnis, daß sie nun nicht mehr alles selbst bestimmen konnte, hatte

Marion Robinson bis ins Mark erschüttert. Das war schlimmer als die Tatsache, daß Conroy einfach den Wagen verkauft hatte, schlimmer als der Tod ihres Mannes, schlimmer als die Nachricht, daß Coral Brown alle Hauptrollen, auf die Marion sich damals zwischen den Kriegen in Stratford-upon-Avon Hoffnungen gemacht hatte, bekam.

In den folgenden Tagen klammerte sie sich an Conroy, fordernd und herrisch, hielt ihn davon ab, ins Büro zu gehen, und kommandierte ihn ständig herum. Sie hatte schreckliche Angst davor, in einer Wohnung allein gelassen zu werden, die ihr jetzt als völlig isoliert erschien, in der sie sterben konnte, ohne daß jemand das bemerkte. Als er ihr erzählte, daß Mrs. Black sich bereit erklärt hatte, eine oder zwei Wochen zu ihnen zu ziehen, war das für sie, als stehe sie wieder im Rampenlicht.

Doch sie hatte nicht die Absicht, ihre Erleichterung zu zeigen. Als Conroy es ihr sagte, machte sie ein säuerliches Gesicht und sagte: »Ich finde es nicht so gut, wenn eine Fremde bei uns wohnt.«

»Sie ist keine Fremde, Mutter. Wir kennen sie jetzt schon wochenlang.«

»Aber nur ganz oberflächlich. Na schön! Wenigstens ist sie eine ausgebildete Krankenschwester.«

Aber was war es doch für eine Freude gewesen, nicht mehr den ganzen Tag allein zu sein! Hilfe zu erhalten beim Waschen und Anziehen, den Kaffee auf einem hübschen Tablett serviert zu bekommen, nicht in einem übergelaufenen Becher wie bei der Zugehfrau (die sich einfach aus dem Staub gemacht hatte, als man sie bat, noch ein bißchen mehr zu tun; diese Leute hatten einfach kein Loyalitätsgefühl), jemanden zu haben, mit dem man sprechen konnte.

Ein paar Wochen lang war alles bestens gewesen. Mrs. Black – Grace – hatte ihre Aufgaben voller Respekt und höchst effektiv erledigt. Zwar nannte sie Marion »meine Liebe«, was ziemlich gewöhnlich, aber nett gemeint war. Zwar neigte sie dazu, den Robinsons ihren eigenen Tagesablauf aufzuzwingen, aber das war unvermeidlich, wenn man einen Haushalt führte. Zwar hatte sie den Arzt dazu gebracht, mit ihr und nicht mit seiner Patientin zu sprechen, aber seine Anweisungen waren nur zu Mrs. Robinsons Bestem, also war das verständlich. Kurze Zeit glaubte Marion, den großen Fang gemacht zu haben. Grace schien ein wahres Goldstück zu sein.
Aber war sie das wirklich? Oder hatte sie es nicht doch auf Conroy abgesehen?
Marion hatte diesen Verdacht das erstemal gehabt, als die beiden an jenem Sonntag in die Kneipe um die Ecke gingen. Nur eine Stunde lang und nur um die Ecke, aber selbst das ... Sie wußte, daß Grace diese Veränderung in Conroys Lebensroutine herbeigeführt haben mußte, denn Conroy selbst (das wußte sie nur zu gut) war, wenn niemand ihn aufrüttelte, nicht zu Veränderungen zu bewegen. Sie hatte den jahrelangen Streit über seine beiden freien Abende pro Woche innerlich noch immer nicht abgeschlossen, aber sie mußte sie hinnehmen und war auch ein bißchen versöhnt durch die Tatsache, daß sie sie nicht als persönliche Bedrohung auffaßte. Kein Dritter hatte damit etwas zu tun, er spielte nur einfach gerne Bridge (die Spiele am Samstag mit den Lorings reichten ihm nicht) und saß (weiß der Himmel, warum) inmitten lärmender Fremder in einer Kneipe im West End. Tja, er war schon immer ein Eigenbrötler gewesen und hatte nie Gefühle gezeigt, nicht einmal an den Premierenabenden, wo er hinter der Bühne in ihrer Garderobe sein durfte,

inmitten all der Telegramme und Gratulationen und Buketts. Und deshalb hatte sie einen doppelten Schock erlitten, als diese Hexe Carole ihn ihr wegschnappte.
Aber das war alles schon lange her. Nachdem er wieder zu seiner Mutter zurückgekehrt war und diesen ganzen Unsinn hinter sich gelassen hatte, war er der perfekte Sohn gewesen. Die gelegentlichen Anflüge von Sturheit und Unabhängigkeitswillen (es war schon ziemlich selbstsüchtig von ihm gewesen, das Auto zu verkaufen, sie hatte ihre Ausflüge damit so genossen) ließen sich ertragen. Seine Urlaube ohne sie – nein, die konnte sie ihm nie verzeihen, selbst wenn sie wußte, daß sie sie mittlerweile körperlich ohnehin nicht mehr verkraftet hätte. Aber sie hatten ihm keinen Schaden zugefügt, er war immer genauso zu ihr zurückgekehrt, wie er sie verlassen hatte, abgesehen vielleicht von einem kleinen Sonnenbrand, und obwohl sie sich beklagte, war sie sich doch ziemlich sicher, daß sie eigentlich keinen Grund dazu hatte.
Gleich in den ersten Minuten ihrer Bekanntschaft hatte Marion die Sorge abgelegt, daß Mrs. Black eine zweite Carole werden könnte. Diese ordentliche, ehrbare Frau mittleren Alters mit ihrem Zweiteiler von der Stange und den bequemen Schuhen sowie ihrer gepflegten Ausdrucksweise, die auf ihre Herkunft aus der gehobenen Arbeiterschicht verwies, war die perfekte Haushälterin. Eine langjährige Witwe, die keinerlei Wunsch hegte, wieder zu heiraten (wenn, hätte sie das schon längst machen können), finanziell unabhängig war und eine ausgebildete Krankenschwester – wer konnte sich wohl besser um Marion Robinsons Bedürfnisse kümmern? Sie merkte sofort, was Conroy im Sinn hatte. Zuerst besuchte sie sie regelmäßig, erledigte ein paar Einkäufe und hörte ihr zu; dann, nach dem Sturz, wurde sie zum Rettungsanker.

So war das gelaufen – so hatte er sich befreit und ihr gleichzeitig einen Gefallen getan. Die perfekte Manipulation eines willigen Werkzeuges. Was für ein glücklicher Zufall!
Bis jener Sonntag mit dem Besuch der Kneipe um die Ecke kam. Das konnte nicht Conroys Vorschlag gewesen sein – vermutlich war er sogar ziemlich verblüfft, aber doch zu höflich gewesen, diesen Vorschlag abzulehnen; außerdem wollte er mit Sicherheit die Bedienstete seiner Mutter nicht verärgern. Sie waren nicht lange weg, aber er schien ein wenig durcheinander, als sie zurückkehrten, während Grace den Ausflug offenbar genossen hatte. Sie war genauso ruhig wie immer, ging ihren normalen Arbeiten nach und brachte Mrs. Robinson wie immer ihren heißen Whisky mit Wasser, half ihr ins Bett, rieb ihr die Füße mit Eau de Cologne ein und sagte ihr gute Nacht. Doch sie sah irgendwie befriedigt aus, und das gefiel Marion nicht. Conroy sagte nichts, machte eine Flasche Burgunder auf und setzte sich damit vor den Fernseher, während Grace seine Mutter ins Bett brachte – wie immer. Trotz ihrer üblichen Schlaftablette hatte Mrs. Robinson merkwürdige Träume.
Danach beobachtete sie Grace argwöhnisch. Sie konnte keine offensichtlichen Veränderungen feststellen; aber war da nicht die leise Andeutung von Vertrautheit, wenn sie mit Conroy redete, ein wissendes Lächeln? Benahm sie sich Mrs. Robinson gegenüber nicht ein bißchen schroffer als bisher?

Ja, das tat sie. Sie befolgte Mrs. Robinsons Anweisungen nicht immer gleich, wartete ein bißchen, bevor sie dieses oder jenes holte. »Ja, ja, meine Liebe, warten Sie mal einen Augenblick«, sagte sie und fuhr mit der Tätigkeit fort, die sie gerade ausübte, während Mrs. Robinson das verrutschte Kissen ertragen mußte oder die Tatsache, daß der TELEGRAPH nicht in ihrer Reichweite lag (hatte Grace ihn vielleicht sogar zuerst gelesen? – undenkbar!). Doch am schlimmsten war es, wenn sie sie nicht sofort zur Toilette brachte. Sie hörte auch Mrs. Robinsons Erinnerungen nicht mehr so geduldig zu wie früher: »Ja, meine Liebe, das haben Sie mir schon erzählt«, und dann stand sie einfach auf und ging in die Küche. Oder sie ließ Mrs. Robinson ziemlich unsanft aufs Bett plumpsen oder zerrte zu heftig an ihr, um sie wieder richtig hinzusetzen, oder ließ sie zu lange auf der Toilette sitzen, so daß sie kalte Knie bekam. »Tut mir leid, meine Liebe, ich kann nicht überall gleichzeitig sein«, sagte sie dann und folgte Mrs. Robinson mit der Gehhilfe auf dem Flur so dicht nach, daß sie das Gefühl bekam, sie müßte schneller gehen, weil Grace ungeduldig wurde.

Sie war nicht gerne nervös; sie bekam Angst, wenn sie nervös war. Sie war noch nie im Leben nervös gewesen, nicht einmal an Premierenabenden, hatte immer gewußt, daß sie sich völlig kontrollierte. Doch jetzt war sie nervös.

Sie versuchte, diese Nervosität durch noch größere Herrschsucht zu überspielen. »Bringen Sie mir ein Taschentuch«, »Der Tee ist viel zu stark«, »Sie müßten doch inzwischen gemerkt haben, daß ich keinen Senf nehme« – sie ließ einfach das Danke und Bitte weg. Sie saß mißmutig in ihrem Sessel, verärgert über ihre körperliche Abhängigkeit, und kämpfte darum, ihre Herrschaft wiederzuerlangen über eine, wie sie in den ersten Wochen ihrer Bekanntschaft gedacht hatte, demütige Sklavin.

Inzwischen wurde ihr klar, daß sie sich getäuscht hatte. Nein, sie hatte sich nicht getäuscht (sie täuschte sich nie) – sie war in die Irre geführt worden. Conroys rührende Sorge um sie hatte sie dazu verleitet, seinem Wunsch nachzugeben, ihr eine Gesellschafterin zu besorgen. Sie hatte natürlich sofort gemerkt, daß Grace keine Dame war, doch zumindest schien sie eine ausgezeichnete Bedienstete zu sein, genauso wie ein guter Chefkoch oder ein Garderobier (Jessie, der sich während der ganzen Salt-and-Pepper-Serie um sie gekümmert hatte, war ähnlich gut in seinem Fach gewesen). Ihr war das als Vorteil erschienen, denn so würde Grace sich keine Freiheiten herausnehmen. Doch nach dem Sturz hatten sich die Machtverhältnisse verschoben; Grace war nun unentbehrlich, sozusagen ein Gottesgeschenk; denn tief in ihrem Innersten, und das wollte sie sich selbst fast nicht eingestehen, hatte Marion schreckliche Angst vor einem neuerlichen Sturz, einem Schlaganfall, einem Herzinfarkt, vor einem einsamen Tod, dem unwiderruflichen Verlust der Herrschaft. Sie hatte vorgehabt, diese Mrs. Black auszupressen wie eine Zitrone.

Doch sie war in die Irre geführt worden. Diese Leute waren doch alle gleich, sie nahmen, was sie kriegen konnten. Aber worauf hatte es diese Grace Black wohl abgesehen?

Auf Conroy?

In Conroys Anwesenheit war Grace zuckersüß und nett, aufmerksam, zurückhaltend, kurz, die perfekte Haushälterin. Manchmal in der Küche, wenn sie am Wochenende das Gemüse für ihn vorbereitete oder abspülte und er ordentlich abtrocknete, sagte sie in gutmütigem Tonfall: »Unsere liebe Dame war heute morgen wieder mal nicht gut zu haben. Ich konnte ihr überhaupt nichts recht machen.« Er sah sie dann mit trübem Blick an, und sie lachte nachsichtig und sagte: »Ich ignoriere das einfach, wenn sie so ist. Die alten Leute sind doch alle gleich, sie haben alle ihre kleinen Macken.« Ein paar Tage später meinte sie dann möglicherweise, schon weniger gutmütig: »Ihre

Mutter hatte heute sehr schlechte Laune, nichts war ihr recht. Sie hat mich behandelt wie ein Stück Dreck.«
»Lassen Sie sich doch von ihr nicht ärgern.«
»Ach, das lasse ich nicht, machen Sie sich da mal keine Sorgen. Alte Leute haben ihre Launen, sie wenden sich oft gegen diejenigen, die ihnen am nächsten stehen. Das hat damit zu tun, daß das Blut nicht mehr bis zum Gehirn gelangt.«
Er trocknete ein Glas ab, als ringe er die Hände. »Ich weiß, daß sie schwierig sein kann ...«
»Nun ja, darauf hat sie schließlich auch ein Recht, so eine großartige alte Dame wie sie. Ich versuche, es nicht persönlich zu nehmen.« Sie drückte den Lappen aus, leerte die Spüle mit dem schaumigen Wasser und wandte sich ihm wieder mit einem Lächeln zu.
Schließlich schlug er vor, daß sie auf eine halbe Stunde ins Lamb gehen könnten. Mrs. Robinson, die in ihren Sessel versunken die Neunuhrnachrichten anschaute, sah ihnen nach, den Tränen nah.
Conroy ging zwar nach wie vor jeden Mittwochabend nach dem Essen aus und kam erst wieder gegen Mitternacht zurück (Grace lag im Bett, rauchte eine ihrer seltenen Zigaretten und blieb, das Transistorradio leise gestellt, so lange wach, bis er heim kam), doch inzwischen fuhr er am Sonntag nicht mehr ins West End und führte statt dessen Grace ins Lamb aus. Vielleicht wollte er sie nicht dadurch verletzen, daß er allein loszog zu der Kneipe, wo sie sich kennengelernt hatten. Vielleicht genoß er aber auch wirklich ihre Gesellschaft und das ruhige Lokal in der Nähe. Und einmal die Woche, wenn Grace wieder einmal eine ihrer halbernsten Bemerkungen über seine Mutter gemacht hatte, lud er sie dorthin ein, um mit ihr, wie er es ausdrückte, ein wenig »Luft zu schnappen« – ein Dry Martini für

sie, zwei Gläser Burgunder für ihn, kaum länger als eine halbe Stunde, aber genug, um auf seine schwerfällige Art ihrer nur mühsam verborgenen Unzufriedenheit entgegenzuwirken. Er redete über dieses und jenes, kam dann aber schließlich immer wieder auf seine Mutter zu sprechen und darauf, wie sehr er Graces Gegenwart zu schätzen wußte. Grace hatte sich anfangs noch ziemlich bescheiden gegeben (man muß ihr einfach ein bißchen Verständnis entgegenbringen; sie ist eigentlich eine wundervolle Frau; schließlich leben wir alle nur einmal ...), doch mit wachsender Ungeduld begann sie auch Zweifel anzumelden.

»Manchmal weiß ich mir allerdings nicht mehr zu helfen. Manchmal habe ich das Gefühl, ich mache alles falsch«, dabei drehte sie gedankenverloren das Glas mit dem Dry Martini zwischen den Fingern.

»Sie ist ziemlich frustriert, weil sie sich nicht mehr allein helfen kann. Sie ist ihr ganzes Leben lang eine unabhängige Frau gewesen.«

»Das verstehe ich.«

»Sie dürfen nicht denken, daß sie das persönlich meint. Sie ist nur eben seit jeher gewöhnt ...«

»Ja, natürlich weiß ich das. Sie ist schon immer die Bienenkönigin gewesen, nicht wahr, und es muß ihr sehr schwerfallen, so zu leben, wie sie es jetzt tut. Aber ich bin auch nicht daran gewöhnt, kein eigenes Leben mehr zu haben. Es ist nicht sehr schön, wie eine Bedienstete behandelt zu werden, wenn man lediglich versucht zu helfen.«

»Manchmal kann sie sich nicht mehr zusammennehmen. Die Arthritis ...«

»Vielleicht wäre es besser, sie ginge in ein Heim und ließe sich dort ordentlich behandeln. Es gibt heutzutage hervorragende Operationen, da sind die Leute hinterher wieder wie neu geboren.« Er wurde blaß, aber sie fuhr fort: »Manchmal weiß ich nicht, wie lange ich das noch schaffe, besonders wenn sich ihr Zustand noch weiter verschlechtern sollte. Wissen Sie, es ist schwierig, wenn man nicht weiß, wer das Sagen hat. Ich mache den ganzen Haushalt, pflege sie, hole dieses und jenes und trage die Verantwortung, wenn Sie im Büro sind, aber sie glaubt immer noch, sie sei die Chefin und behandelt mich manchmal wie ein Stück Dreck.«

Er war rot geworden, während sie sprach, und erblaßte nun, sein Gesicht sah aus wie eine große, eckige Maske aus Lehm. Seine Stimme klang rauh. »Das dürfen Sie sich nicht zu Herzen nehmen, Grace. So ist sie nun mal. Wir wissen beide nur zu gut, wie sehr wir von Ihnen abhängig sind.«

»Ich weiß, daß *Sie* das tun, Conroy.« Sie lächelte ihn wehmütig an. »Und glauben Sie bitte nicht, daß ich mich beklage. Sie ist eine wundervolle Frau, und ich bin froh, weil ich Ihnen ein bißchen helfen konnte. Aber ich habe auch noch ein eigenes Leben.«

Er schien völlig in sich zu versinken, Verzweiflung breitete sich in seinem ganzen Körper aus. »Ich weiß nicht, was wir ohne Sie anfangen sollten.«

»Ach, Sie würden das sehr schnell lernen. Schließlich gehen Sie doch bald in Rente. Sie könnten eine Pflegerin kommen lassen und Essen auf Rädern, und wenn Sie hin und wieder Abstand gewinnen müssen, könnten Sie sie für kurze Zeit in ein Heim tun.«

»Das würde sie umbringen.«

»Reden Sie doch keinen Unsinn, mein Lieber. Das würde vielleicht Sie umbringen, aber nicht die alte Dame«, lachte sie und leerte ihr Glas. »Im übrigen ist es doch noch gar nicht soweit. Ich bin nur manchmal ein bißchen deprimiert, daß ich mir das alles gefallen lassen muß. Es wäre alles viel einfacher, wenn klar wäre, wer das Sagen hat. Wenn ich zum Beispiel wirklich hier zu Hause wäre.«

Ihre Worte schwebten zwischen ihnen im Raum, inmitten der klirrenden Gläser, der gedämpften Gespräche und Musik aus dem Nebenraum, dem Schwingen der Tür. Das trübe Licht ließ die Helligkeit an der Theke nur noch greller erscheinen, dazu die warme Luft, angenehm angereichert durch den Duft von Alkohol und Zigarettenrauch – all das spann einen Kokon um die beiden, die an ihrem Tisch saßen, zum Schweigen gebracht durch die Aussicht auf die Zukunft.

Sie brach dieses Schweigen nicht; dann schrak sie mit einem Blick auf ihre Armbanduhr auf und rief fröhlich aus: »Du lieber Himmel, schauen Sie nur, wie spät es schon ist! Ich gehe lieber zurück, sonst bekommt unsere alte Dame noch Junge!« Sie legte sich die Strickjacke über die Schultern und nahm ihre Handtasche: »Sie brauchen nicht mitkommen, mein Lieber, das ist nicht nötig, wenn Sie noch ein bißchen allein bleiben wollen. Ich sage ihr, daß Sie noch spazierengegangen sind.«

Sie schob sich hinter ihrer Bank hervor, während er sich wie üblich halb erhob. Er sah noch immer schrecklich aus.

»Wenn Sie meinen ...«

»Machen Sie sich keine Sorgen. Bleiben Sie ruhig noch eine Weile, so oft kommen Sie auch nicht raus. Bis später dann.« Mit einem Lächeln und einem Winken verließ sie die Kneipe. Die Tür schwang klappernd hinter ihr zu.

Ein paar Tage lang schlug Conroy keinen weiteren Besuch im Lamb vor. Vielleicht hatte sie ihn zu sehr gedrängt, über Alternativen nachzudenken – dieses Risiko war sie ganz bewußt eingegangen; vielleicht hatte er auch Angst zu hören, daß sie sich nun endgültig entschlossen hatte, sie zu verlassen –, und genau das hatte Grace bezwecken wollen. Wenn das der Fall war, mußte er eine Weile weiter in seinem eigenen Saft schmoren; hätte er sie tatsächlich in die Kneipe eingeladen, hätte sie eine Ausrede gefunden, nicht hinzugehen. Ihre Taktik erforderte Fingerspitzengefühl, und Grace ging äußerst geschickt vor.

Wenn Conroy da war, war sie Geduld und Zurückhaltung in Person und überließ es mit wissendem Lächeln ihm, viele der Wünsche, die seine Mutter äußerte, zu erfüllen, denn gewiß wollte er ihr diese kleinen Dienste selbst erweisen ... Die Aufgaben, die ein höheres Maß an Vertrautheit mit sich brachten, nahm sie ihm mit bestimmter Miene ab, entband ihn mit einem Lächeln und einem fröhlichen Wort von diesem nötigen Übel. »Bleiben Sie ruhig sitzen, und sehen Sie sich ›Panorama‹ an, mein Lieber«, sagte sie, »ich kümmere mich schon um sie.« Dann hob sie die finster dreinschauende Mrs. Robinson fachmännisch aus ihrem Sessel und verschwand mit ihr den Flur hinunter in Richtung Toilette, zum Ausziehen, zum Bett; da sie selbst nicht mehr erschien, saß er unsicher vor dem Fernseher, nicht wissend, welche Rituale sie ihm da abnahm, und ob Grace beleidigt, verärgert, verstimmt in ihr eigenes Zimmer gegangen war. Währenddessen rauchte Grace in ihrem Morgenmantel, die Füße auf einen der Schrankkoffer von Marion Conroy hochgelegt, die letzte Zigarette des Tages und lauschte Capital Radio.

Doch wenn Conroy während des Tages im Büro war, ging sie deutlich rauher mit Mrs. Robinson um. Sie war nicht immer so sanft, wie sie eigentlich hätte sein können; falls Mrs. Robinson sich beklagte (was sie tat), sagte Grace: »Tja, wissen Sie, meine Liebe, Sie werden einfach schwerer. Das ist ganz natürlich«, oder »Tja, Sie helfen ja auch kein bißchen mit, meine Liebe. Schließlich kann ich Sie nicht ganz allein tragen, oder?« Sie rauchte bei der Arbeit in der Küche, obwohl Mrs. Robinson gleich am Anfang klargemacht hatte, daß sie Rauchen in der Wohnung nicht dulden würde; manchmal hatte sie sogar eine Zigarette im Mund, wenn sie ins Wohnzimmer kam. Als Mrs. Robinson sich wütend beschwerte, sagte Grace: »Tut mir leid, meine Liebe, ich hab's vergessen«, und ließ sich Zeit, wieder in die Küche zu verschwinden, wo sie die Zigarette dann ausdrückte oder auch nicht. Mrs. Robinsons Mittagsmahlzeiten wurden immer einfallsloser (während ihr Alkoholkonsum sich erhöhte), und Grace sagte: »Tja, meine Liebe, wenn man an den Stuhl gefesselt ist wie Sie, braucht man viele Ballaststoffe, nichts Würziges, sonst bekommt man Probleme.« – Und tatsächlich, nach Conroys deftigeren Gerichten am Wochenende hatte sie Verdauungsstörungen. Der Whisky, mit dem Grace nie geizte, half ein wenig.

Grace betrat Mrs. Robinsons Schlafzimmer nun oft, ohne anzuklopfen, mit einem fröhlichen »Tut mir leid, meine Liebe, wir müssen was tun«. Das ärgerte die alte Dame besonders, wenn sie, nachdem sie sich zur Kommode geschleppt hatte, gerade ihr Make-up auflegte, wobei ihr nie jemand zusehen durfte. Gesichtswasser, Feuchtigkeitscreme, Grundierung – all das trug sie sorgfältig auf ihre weiche, fast faltenlose Haut auf, welche die Fettschminke und die Feuchtigkeitscreme im Theater ihr über die Jahre hinweg erhalten hatten. Lidschatten, Augenbrauenstift (sie hatte kaum noch eigene Haare über den Augen, die Glatzenbildung setzte im Alter an den unvermutetsten Stellen ein), Rouge, Puder, Lippenstift. Wenn Grace hereinpolterte, ohne zu klopfen, meinte sie in nachsichtigem Tonfall: »Ich weiß ja nicht, warum Sie sich so viel Mühe geben, meine Liebe, es ist heute niemand hier außer mir« oder »Heute haben Sie ein bißchen übertrieben, meine Liebe, haben Sie Probleme mit den Augen?« Die Friseuse, die bereits seit Jahren zu Mrs. Robinson ins Haus kam, um ihre Haare zu pflegen, und seit Graces Anwesenheit zweimal dagewesen war, sorgte dafür, daß die Haare der alten Dame immer metallisch schwarz blieben. Doch als der nächste Termin herannahte, begann Grace Bemerkungen zu machen wie: »Ich weiß ja nicht, warum Sie das Geld überhaupt ausgeben, meine Liebe. Ich kann Ihnen die Haare genausogut waschen und legen, und was die Tönung anbelangt ...« (Mrs. Robinson konnte ihren Zorn kaum noch zügeln, es ging jetzt um ein Thema, das tabu war); »Warum lassen Sie nicht einfach Ihr natürliches Grau, ich habe immer das Gefühl, daß die Färberei die Leute noch älter macht.«

»Ist das denn Ihre natürliche Haarfarbe?« fragte Mrs. Robinson, das Gesicht rot vor Wut.

»Ja«, antwortete Grace höflich und verließ das Zimmer.

Es fiel Mrs. Robinson schwer, diese kleinen Veränderungen in Worte zu fassen, wenn sie und Conroy allein waren – was nicht oft der Fall war. Wenn sie sich beklagte, sagte Conroy nicht viel, sein Gesicht und sein ganzer Körper wirkten noch massiger, er wurde zu einem Felsen der Starrheit; er wollte nicht hören, was sie zu sagen hatte.

»Sie geht schrecklich vertraulich mit mir um, Conroy, manchmal redet sie mit mir, als wäre ich nicht ganz richtig im Kopf.«

»Das bildest du dir sicher nur ein, Mutter.«

»Nein, das tue ich nicht! Heute morgen ist sie sogar aus dem Zimmer gegangen, während ich mit ihr gesprochen habe, mitten im Satz.«

Sie wußte, daß ihre Klagen belanglos klangen. Sie konnte sich jedoch nicht überwinden, ihm von den demütigenderen Einzelheiten zu erzählen, von dem rauhen Umgangston, der Mißachtung ihres Privatbereichs, den kleinen Sticheleien, die ihre wunden Punkte trafen und ihr ihren Machtverlust verdeutlichten, davon, wie ihr die Herrschaft über sich selbst und alle, die mit ihr zu tun hatten, allmählich entglitt und in einem Morast des Alters verschwand. Sie konnte nicht zugeben, ihrem Sohn gegenüber, den sie immer gegängelt hatte, am allerwenigsten, daß sie nicht mehr alles unter Kontrolle hatte.

»Du mußt mit ihr reden, Conroy«, wies sie ihn an.

Er antwortete nicht sofort, sondern saß nur massig auf dem Stuhl ihr gegenüber, das breite Gesicht ausdruckslos. Dann plötzlich sagte er: »Das kann ich nicht.«

»Du kannst nicht? Was soll das heißen, du kannst nicht? Schließlich ist sie doch unsere Bedienstete, oder?«

»Genau das ist der Punkt.« Er schwieg wieder eine Weile und sah ihr dann in die Augen. »Sie könnte gehen.«

Einen Moment schaute sie ihn verdutzt an. »Um so besser. Solche Unverschämtheiten muß ich mir in meinem eigenen Haus nicht bieten lassen.«

»Mutter.« Er legte die Hände auf die Armlehnen des Stuhls. »Irgend jemanden brauchen wir.«

»Dann such jemanden. Es gibt genügend Frauen, die froh wären, wenn sie eine so gute Stelle wie hier bei uns finden würden.«

»Nein, das stimmt nicht. Das haben wir schon herausgefunden. Du weißt doch, wie schwer es war, Mrs. Walters zu finden, und du hast immer gesagt, daß sie nichts taugt. Und davor, die Haushaltshilfen, erinnerst du dich noch? Man hat nie gewußt, ob sie nun kommen oder nicht, sie sind zu den unmöglichsten Zeiten hier aufgetaucht und wollten dieses nicht tun und jenes nicht. Bloß eine einzige von ihnen hat etwas getaugt, und die mußte woandershin, als du dich gerade an sie gewöhnt hattest. Willst du das alles wirklich noch einmal durchexerzieren?«

»Natürlich nicht! Aber es muß doch ausgebildete Haus-

haltshilfen im Ruhestand geben. Du könntest eine Anzeige aufgeben in LADY oder einem ähnlichen Blatt ...«
»Und außerdem«, fiel er ihr ins Wort, »eine Haushaltshilfe, die hier vorbeikommt, reicht jetzt nicht mehr. Sie müßte bei uns wohnen. Weißt du, du kannst nicht den ganzen Tag allein bleiben.«
Sie versank tiefer in ihrem Sessel. Vor ihrem Sturz war ihr Kopf auf gleicher Ebene gewesen mit dem oberen Abschluß der gepolsterten Rückenlehne; jetzt befand er sich weit darunter, lag fast auf ihren runden Schultern auf. »Eine gute Haushaltshilfe ...«
»Nein, Mutter. Du darfst die Nächte nicht vergessen.«
Plötzlich erwachte ihr alter Kampfgeist zu neuem Leben, und sie zog sich ein wenig in ihrem Sessel hoch. »Du willst sie also hierbehalten! Sie hat dich um den Finger gewickelt! Es ist dir völlig egal, daß ich die Frau nicht ausstehen kann, sie hat dich um den Finger gewickelt!«
»Ach, Mutter ...«
»Doch, das hat sie. Ich habe es ja geahnt. Als du sie damals zum Tee hierhergebracht hast, habe ich schon gesehen, daß sie etwas ganz Bestimmtes wollte. Ich habe schon gemerkt, daß sie keine Ahnung vom Theater hat, Leute wie sie haben die nie. Ich habe ihr nie getraut, keine Sekunde.« Ihr Gesicht war rot angelaufen, und sie packte die Armlehnen des Sessels, als wolle sie aufspringen und sich auf ihn stürzen, wenn sie könnte.
»Mutter. Ich habe sie mitgebracht, weil ich dachte, sie könnte dir nützen, als Freundin.«
»Als Freundin!«
»Na schön, dann eben als Gesellschafterin. Und anfangs hast du sie auch gemocht. Sie hat alle möglichen kleinen Dinge für dich erledigt, sie hat dir wirklich genützt.«
»Sie hat *dir* genützt, willst du wohl sagen! Du hast ge-

dacht, sie entbindet dich von deinen Verpflichtungen, von den kleinen Dingen, die du eigentlich selbst erledigen solltest. Ich weiß, daß heute niemand mehr gern das Wort ›Pflicht‹ hören will, aber es existiert nach wie vor!«

Sein Gesicht schien in Bewegung geraten, halb aus Verzweiflung, halb aus Angst. »Mutter, sag so etwas nicht.«

»Warum nicht? Du willst mich an diese Frau abschieben, damit du mehr Zeit für dich hast und alles mögliche allein machen kannst! Dir ist es völlig egal, ob ich glücklich bin oder nicht, wenn ich überhaupt noch glücklich sein kann, den ganzen Tag an diese traurige Wohnung gefesselt!« Sie schien zu wachsen, und Kräfte strömten ihr zu, als die Macht der Tragödie sie noch einmal packte. »Du hast diese Frau mit der Absicht ins Haus gebracht, deine Verantwortung abzuschieben, du hast ihr, einer gewöhnlichen Frau in meinem eigenen Haus mehr Macht gegeben als mir!«

»Pscht – sie könnte dich hören!«

»Und wenn mich die ganze Straße hört! Sie hat dich um den Finger gewickelt, und du bist zu gutmütig, um das zu merken.«

Er erhob sich und stand über sie gebeugt, als könne seine Körpermasse die Flut ihrer Worte eindämmen. »Mutter, wenn sie dich hört, geht sie. Jetzt, auf der Stelle. Dann haben wir überhaupt keine Hilfe mehr, keine Haushaltshilfe, keine Pflegerin. Ich kann dir nicht helfen auf der Toilette, beim Waschen und Ausziehen – das schickt sich einfach nicht. Wir brauchen sie, Mutter, das Leben ist nicht mehr so wie vor deinem Sturz.«

Sie starrten einander an, und Marion spürte, wie die Verzweiflung in ihr aufwallte, ihr die Tränen in die Augen trieb, die sie voll verbittertem Stolz zurückhielt. Zorn war ihr etwas Vertrautes, Zorn und Arroganz und oft auch Grausamkeit, doch keine Tränen. Sie hatte auch nie die

Schwache gespielt, immer nur die Starke. Jetzt, gefesselt an den Sessel, eine Sklavin ihrer alten Beine, die zu nichts mehr zu gebrauchen waren, mußte sie die Starke mimen.

»Na schön«, sagte sie nach einer Weile, »ich kann verstehen, daß wir sie fürs erste behalten müssen. Aber ich möchte, daß du dich nach einem Ersatz umsiehst, Conroy. Sofort. Vielleicht in der NURSING TIMES. Hast du mich verstanden?«

»Ja.«

»Und mir wäre es lieber, wenn du dich nicht mehr mit ihr in Kneipen herumtreibst. Sie muß wissen, wo ihre Grenzen sind.«

Die Spannung war von ihm gewichen, und er wandte sich ab, um die RADIO TIMES zu holen und aufzuschlagen, wieder eine normale Atmosphäre zu schaffen. Aber er sagte: »Ich kann nicht einfach so damit aufhören. Sie würde das sicher merkwürdig finden. Wir wollen sie doch nicht vergraulen.«

»*Du* willst sie nicht vergraulen.« Sie hatte ihre Autorität äußerlich wieder zurückgewonnen. »Na schön. Aber du versprichst mir das, ja?«

Er sagte nichts und ging hinüber zum Fernseher. »Ich hätte gerne einen kleinen Whisky, wenn's dir nicht allzuviel ausmacht.«

»Marion hat's auf Mrs. Black abgesehen«, sagte Dickie Loring, als sie am Samstag abend nach dem Bridgespiel nach Hause fuhren. »Ich habe mir schon gedacht, daß das gute Wetter nicht so lange anhält.«

»Arme Frau, ich beneide sie nicht«, erwiderte Wendy.

»Vermutlich hat sie gewußt, was sie tut. Ich glaube, sie weiß, was los ist.«

»Ich halte sie für eine nette Frau. Und die arme alte Marion braucht jetzt einfach jemanden – findest du nicht

auch, daß sie plötzlich ziemlich abbaut? Das ist eine traurige Geschichte.«
»Ich würde wetten, Conroy macht sich vor Angst in die Hosen, daß sie gehen könnte.«
Sie wohnten ganz in der Nähe in einer der wenigen noch verbliebenen Wohnungen mit Mietbindung hinter Westbourne Grove und bogen schon bald in ihre Straße. Wendy löste den Sicherheitsgurt über ihren dicken Kleidern und fragte: »Glaubst du, wir hätten sie warnen sollen?«
»Wen, Marion?«
»Nein, Mrs. Black. Ich meine, schließlich ist sie jetzt dort zu Hause, Liebling, und vielleicht weiß sie gar nicht, daß sie möglicherweise rausfliegt. Marion kann schon eine richtige Hexe sein.« Es regnete, und sie stülpte eine Plastikhaube über ihre weißen Locken, bevor sie aus dem Wagen stieg und hinauf zu dem mit Säulen flankierten Eingang huschte. Dickie prüfte, ob die Wagentür verschlossen war, und folgte ihr dann.
»Vielleicht sollten wir das tun. Aber wir sollten uns da von unserer Intuition leiten lassen.« Sie sperrten auf, gingen die Treppe hinauf und öffneten ihre eigene Wohnungstür. Im Innern war es warm. Er nahm sie in den Arm und gab ihr einen Kuß. Sie liebten einander immer noch.

Nach der Szene mit seiner Mutter ließ Conroy einen Sonntag verstreichen, ohne Grace ins Lamb einzuladen. Er war allein ins Old George gegangen, hatte aber nichts gesagt, und weder seine Mutter noch Grace hatten gefragt. Als er das Haus verließ, hatte Mrs. Robinson Grace einen triumphierenden Blick zugeworfen, die gerade das SUNDAY TELEGRAPH-Magazin durchblätterte, und ihrem Sohn noch mit süßer Stimme nachgerufen: »Laß dir ruhig Zeit, ich komme schon zurecht.« Die beiden Frauen hatten fast wortlos ferngesehen, bis es Zeit war für Mrs. Robinson, ins Bett zu gehen – Mrs. Robinson war rundum zufrieden, Grace gelassen. Das Ausziehen, der Gang auf die Toilette und das Niederlegen gingen ohne Reibereien vonstatten. Bald schon schliefen beide.

Niemand sagte etwas. Mrs. Robinson fragte ihn nicht, ob er eine Anzeige aufgegeben habe, wie sie es wünschte; sie war sich sicher, daß er es getan hatte, aber auch wieder nicht so sicher, daß sie es riskiert hätte nachzufragen. Doch ihr Selbstvertrauen wuchs wieder, weil er Grace nicht in die Kneipe mitnahm, und ihr herrschsüchtiges Wesen mutete schon fast gutmütig an. Sie ließ für Grace viele ihrer Erfolge am Theater wieder zum Leben erwachen, erzählte ihr Anekdoten über berühmte Persönlichkeiten, von denen Grace noch nie etwas gehört hatte, verlangte ihre Alben mit den Zeitungsausschnitten und Fotos, ihre Pappschachteln mit Bühnenschmuck, ja sogar den großen Koffer aus Graces Zimmer, in dem sich, eingehüllt in Plastik, Seidenpapier und Mottenpulver, die wertvolleren ihrer Kostüme befanden – ein Cape, eine Krone, einige der prächtigen Abendkleider aus ihrer Zeit als Matrone in den Salt-and-Pepper-Komödien.

Grace hatte sie alle bereits gesehen und die Anekdoten zahllose Male gehört. Sie ließ alles mit freundlichem Lächeln über sich ergehen, ohne zuzuhören, denn sie wußte, daß dieser aufgedunsene und in sich zusammengesunkene Körper mit den geäderten, verfärbten Händen und den angeschwollenen Beinen, daß der ganze verfallende Kadaver dieser alten Kuh hier in seinem eigenen Dreck sitzen mußte, wenn Grace ihr nicht half aufzustehen und zur Toilette zu gehen, wenn sie nicht kam, sobald sie gerufen wurde, wie eine Bedienstete. In den Altenheimen hatten die alten Leutchen immer gewußt, wer Herr im Haus war.

Also sagte auch sie nichts und gab sich Conroy gegenüber in der Küche, in die er sich aus Angst vor Vorwürfen einige Tage lang nur selten begab, distanziert und sanft. Doch sie beklagte sich nicht, hielt sich nur zurück, was ihm allmählich wieder ein Gefühl der Sicherheit verschaffte. Am Mittwoch ging er wie immer aus, am Samstag kamen wie immer die Lorings zum Bridge (die Grace ein paar mitfühlende Blicke zuwarfen, wenn Marion sie herumkommandierte; und Dickie drückte ihr die Hand mit noch bedeutungsvollerem Blick als gewöhnlich, als sie wieder aus ihrem Zimmer hervorkam, um sie zu verabschieden); doch am zweiten Sonntag fragte Conroy sie, ob sie nicht mit ihm kommen wolle. Sie nahm mit ruhiger, würdevoller Miene an.

Er war noch schweigsamer als sonst. Sie drängte sich ihm nicht auf und sagte nur hin und wieder etwas über das Wetter oder die unwesentlicheren Neuigkeiten des Tages. Sie nippte an ihrem Drink und beobachtete dabei die anderen Gäste; er trank seinen Wein, mißmutig und mit unbehaglichem Gefühl. Schweigen hing zwischen ihnen, das ihre gelassen, das seine argwöhnisch. Schließlich, als sie sich erhoben, um zu gehen, sagte er: »Es ist doch alles in Ordnung, oder?«

Sie lächelte und zupfte dabei ihr Tuch zurecht. »Alles nicht so tragisch. Wir schaffen das schon.«

Er folgte ihr hinaus auf die Straße. »Sie ist nicht zu schlimm, oder?«

Sie schwieg eine Weile, bevor sie antwortete: »Sie ist ziemlich launisch. Alte Leute werden so, wie Kinder. Nur habe ich eben nicht die Autorität wie bei Kindern. Wenn ich diese Autorität hätte, ganz offiziell . . .« Sie unterbrach sich, die tiefere Bedeutung ihrer Worte blieb im Raum stehen.

Als sie bei ihrem Haus anlangten und er die Schlüssel herausholte, legte sie ihm die Hand auf den Arm. In dem trüben Licht des Eingangs wirkte ihr Gesicht verständnisvoll. »Machen Sie sich keine Sorgen«, sagte sie, »ich würde Sie nicht im Stich lassen, nicht, ohne Ihnen vorher Bescheid zu sagen.« Er wurde blaß. Sie tätschelte seinen Arm. »Kopf hoch, ja?« Sie nahm ihm die Schlüssel aus der Hand, öffnete die Tür und ging hinein. Er folgte ihr wortlos.

Wieder sagte niemand etwas. Conroy gab seiner Mutter einen Gutenachtkuß und schloß sich in seinem Zimmer ein. Mrs. Robinson – ein Vulkan, doch nur ein wütender Blick und ein bißchen Rauch deuteten darauf hin, wie sehr es in ihrem Inneren brodelte – ließ es schweigend zu, daß Grace sie hochhob, sie stützte, ihre Reißverschlüsse öffnete, ihr das halbe Glas Whisky Soda, das inzwischen schon zur Gewohnheit geworden war vor dem Schlafengehen, brachte, die Kissen aufschüttelte, sie auf das Bett plumpsen ließ, ihre knotigen Füße mit den gelblichen Zehennägeln hochhob und sie unter der Bettdecke verstaute, daß sie sie zudeckte, sie ein wenig tätschelte und lächelte.

»Soll ich Ihr Gebiß herausnehmen, meine Liebe?« Mrs. Robinson preßte die Lippen zusammen. »Na schön, aber vergessen Sie nicht, es rauszunehmen, ja? Sie wollen doch nicht, daß sich das Zahnfleisch entzündet, oder?«

Sie schaltete das Deckenlicht aus. Im Schatten der kleinen Lampe auf dem Nachttisch sah Mrs. Robinsons massiger Körper aus wie eine riesige, halbzerbröckelte Büste mit Tuch und Haarnetz.

»Schlafen Sie gut, und schöne Träume.«

Sie schloß die Tür, sah durch den Ritz unter der Tür, daß das Licht in Conroys Zimmer aus war, schlich den Flur zum Wohnzimmer entlang, setzte sich in Mrs. Robinsons Sessel, die Füße auf das Kissen hochgelegt, blätterte die TV Times der nächsten Woche durch und rauchte die letzte Zigarette des Tages.

Am nächsten Morgen war alles wie immer. Grace servierte Conroy sein Frühstück und verabschiedete ihn wie üblich mit den Worten: »Einen schönen Tag wünsche ich Ihnen«; sie brachte Mrs. Robinson ihr Frühstück auf einem Tablett, aß das ihre und las dabei den DAILY TELEGRAPH – und legte ihn nicht allzu sorgfältig wieder zusammen für Mrs. Robinson, die die Zeitung gern in unberührtem Zustand bekam, wenn sie später angezogen und zurechtgemacht in ihrem Sessel saß. Sie spülte ab, machte das Zimmer sauber, saugte Staub im Wohnzimmer. Mrs. Robinson war gerne auf, gewaschen, aufgezogen und geschminkt, bevor Grace das tat, aber Grace paßte es besser, zuerst sauberzumachen, und deshalb machte sie das in letzter Zeit auch so. Das bedeutete, daß die alte Dame warten mußte, bis sie zur Toilette kam, und manchmal passierte ihr dann ein kleines Mißgeschick; aber das war nicht so schlimm.
Es herrschte Schweigen, abgesehen von gelegentlichen Anweisungen und Graces belanglosen Äußerungen. Mrs. Robinson erreichte glücklich ihren Sessel, nahm zur Kenntnis, daß der TELEGRAPH völlig zerknittert war, und verzehrte ihr zweites Frühstück. Grace ging zum Einkaufen, schaute, welche Filme im Kino um die Ecke liefen, trank einen Kaffee unter den Plastikreben von Perugini's Café-Ristorante. Sie wäre gerne die Kensington High Street hinuntergegangen, denn das Wetter war gut, aber sie mußte sich um das Mittagessen für die Alte und für sich selbst kümmern; vielleicht konnte sie ja später noch einmal aus dem Haus.
Sie machte Fischstäbchen und Kartoffelpüree und als Nachtisch Fruchtjoghurt. Sie aßen an dem Tisch vor der Verandatür, durch die, jetzt, wo allmählich der Herbst nahte, erst später die Sonne hereinfiel. Noch immer blühten ein paar

Rosen am Spalier, aber die Büsche in den Keramikbottichen hatten keine Blüten getrieben. Mrs. Robinson hätte sich gefreut, wenn Grace ihr das Essen auf dem Wägelchen serviert hätte und diese in der Küche gegessen hätte. Grace hingegen wäre es lieber gewesen, wenn sie beide ihre Mahlzeit in der Küche eingenommen hätten; das war viel praktischer, auch wenn es bedeutete, daß sie die Alte erst in die Küche befördern mußte. Aber nein, es mußte das Wohnzimmer sein, mit ordentlich gedecktem Tisch und der Nachrichtensendung »World at One« im Radio. Mrs. Robinson trank danach Kaffee und bestand darauf, daß er frisch gemahlen wurde; so war das in den ersten Wochen gewesen, doch inzwischen machte Grace sich nicht mehr die Mühe, kochte einfach einen starken Nescafé und gab ihr den – ihr fiel der Unterschied nicht einmal auf.
Grace hörte sich danach gerne »The Archers« an; doch die Alte konnte sie nicht ausstehen, weil sie sich nicht damit abfinden konnte, daß sie noch immer lebten, während Nanny Jane schon vor langer Zeit hatte sterben müssen. Also brachte Grace sie so schnell wie möglich zu ihrem Nachmittagsschläfchen ins Bett und lauschte allein den »Archers«, während sie abspülte.
Aber heute war das anders. Als sie der Alten nach dem Essen helfen wollte, auf die Beine zu kommen, sagte diese:
»Ich bleibe heute in meinem Sessel.«
»Unsinn, meine Liebe, Sie brauchen Ihr Schläfchen.«
»Ich kann mein ›Schläfchen‹, wie Sie das nennen, genausogut in meinem Sessel halten. Ich will nicht in mein Zimmer.« Sie klammerte sich an ihrem Gehgestell fest und schob es entschlossenen Blickes an Grace vorbei; obwohl sie so eingeschrumpft war, hatte sie noch immer einen erstaunlich massigen Körper. Grace trat einen Schritt zurück.

»Nun, wenn Sie das wollen. Aber machen Sie mir keine Vorwürfe, wenn Sie hinterher ganz steif sind.«
Sie sagte nichts darauf, sondern streckte die Hand nach ihrem Sessel aus, hangelte sich um ihn herum und ließ sich hineinfallen. Abgesehen von den Geräuschen, die sie dabei verursachte, war die Stille in dem Zimmer genauso feindselig wie der Blick, mit dem Mrs. Robinson Graces geschäftiges Treiben beobachtete. Schließlich sagte sie: »Ich weiß ganz genau, was Sie vorhaben.«
Grace ließ sich nicht stören. »Ach? Und das wäre?«
»Sie sind hinter Conroy her.«
Das Schweigen war jetzt undurchdringlich, während Grace weiterhin die Teller abwischte, aufeinanderstapelte und auf das Tablett stellte. Dann wandte sie sich mit kühlem Gesichtsausdruck zu Mrs. Robinson um.
»Und wieso glauben Sie das, meine Liebe?«
»Das liegt doch auf der Hand. Ich bin schließlich nicht auf den Kopf gefallen.« Schweigen. »Aber wissen Sie, Sie kommen damit nicht durch.«
»Ach? Wollen Sie eine Wette darauf abschließen?« Sie wandte sich ab und stapelte die Teller weiter auf das Tablett.
»Conroy ist mein Sohn.«
»Und Sie machen ihm das Leben ganz schön zur Hölle. Ein erwachsener Mann in den Klauen seiner Mutter.«
Mrs. Robinsons Gesicht wurde tiefrot, und sie verkrampfte die Finger um die Armlehnen ihres Stuhls. »Was Conroy aus seinem Leben macht, ist seine Sache. Er hat seinen Beruf, sein Bridge, er kann tun und lassen, was er will. Daß er seine Mutter liebt, ist nur natürlich.«
Grace nahm das Tablett und ging aus dem Zimmer. Nach kurzer Zeit kehrte sie zurück und begann, das Tischtuch vom Tisch zu nehmen und zusammenzufalten. Ihr Gesicht war ausdruckslos, die Augen kalt wie Glas.

Mrs. Robinson platzte heraus: »Er hat ein erfülltes Leben gehabt – er war beim Militär, und dann hat er geheiratet. Das haben Sie nicht gewußt, oder?«
»Doch, das habe ich schon. Und sie hat ihn sitzenlassen, stimmt's?«
Die alte Dame war erschüttert. »Woher wissen Sie das? Darüber würde er nie sprechen.«
»Nein?« Sie faltete weiter das Tischtuch, glättete es und legte es zusammen mit den Servietten in die Anrichte.
Mrs. Robinson mußte sich sammeln. »Das war eine Katastrophe, eine absolute Katastrophe. Er ist völlig am Boden zerstört zu mir zurückgekehrt. Ich kann Ihnen versichern, Mrs. Black, daß nichts und niemand ihn dazu überreden könnte, wieder zu heiraten. Nichts und niemand!«
Sie saß mit wütendem Blick da, das Gesicht hochrot, schwer atmend. Grace sah sie einen Moment an, ging dann zu ihr hinüber und setzte sich ihr gegenüber auf Conroys Stuhl. Sie schlug die Beine übereinander und suchte in der Tasche ihrer Schürze nach einer Packung Zigaretten, holte eine heraus, zündete sie gemächlich mit ihrem Feuerzeug an, lehnte sich zurück und blies langsam ein kleines Rauchwölkchen hoch in die Luft.
»Wieso glauben Sie, daß ich Conroy heiraten möchte?« fragte sie.
»Woran sollten Sie sonst interessiert sein? Wofür sonst sollte eine Frau wie Sie sich interessieren?«
»Vielleicht bin ich ja einfach nur fürsorglich.« Mrs. Robinson schnaubte verächtlich. »Vielleicht kümmere ich mich ja auch nur gerne um Menschen und sorge dafür, daß sie glücklich sind.«
»So ein Scheiß!«
»Das ist kein sonderlich feiner Ausdruck, meine Liebe.

Ich glaube nicht, daß Conroy ein solches Wort gerne von seiner Mutter hören würde. Aber wahrscheinlich sind die Leute vom Theater da ein bißchen offener.«

»Conroy wird nie mehr heiraten!«

»Das kann ich ihm nicht verdenken. So toll ist die Ehe nun auch wieder nicht.« Sie blies noch mehr Zigarettenrauch zur Decke hinauf und beobachtete dabei, wie Mrs. Robinsons Zorn wuchs. »Ich habe mich nie sonderlich für Sex interessiert, meine Liebe, nur die rechtliche Seite ist einfacher, wenn man verheiratet ist. Es ist alles geregelt, wer im Todesfall Anspruch auf den Besitz und auf die Versicherungen hat. Durch die Heirat wird glasklar, wer welche Rechte hat.«

»Die Wohnung ist auf meinen Namen ins Grundbuch eingetragen.«

»Ja, meine Liebe. Aber nehmen wir mal an, Sie könnten sich nicht darum kümmern?«

»Was meinen Sie damit?«

»Nehmen wir mal an, Sie wären in einem Heim?«

Schockiertes Schweigen. Dann: »Conroy würde mich nie in ein Heim stecken.«

»Würde er das nicht? Wenn er niemanden hätte, der sich um Sie kümmert, müßte er das wohl.«

Panischer Schrecken ließ Mrs. Robinson wieder in ihren Sessel zurücksinken, und die Wut nahm ihr den Atem.

»Wir könnten uns jemand anderes suchen. Sie sind nicht unersetzlich.«

»Das stimmt natürlich. Sie könnten es mit einer Schwester versuchen, fünfzig Pfund am Tag oder vielleicht sogar mehr, wenn Sie dann auch noch in der Nacht jemanden brauchen. Oder Sie könnten sich an den Sozialdienst wenden – ich glaube, Pflegedienst heißt das. Die kommen dann, wann es ihnen paßt, jedesmal eine andere, möglicherweise sogar eine Schwarze. Natürlich gibt es heutzutage alle möglichen Hilfsmittel – Schafsfelle, damit Sie sich nicht wundliegen, oder Windeln wie bei einem großen Baby. Sie könnten natürlich auch das Risiko eingehen und irgendwo in einem Zeitungsladen eine Anzeige aufhängen. Allerdings könnten Sie da leicht an einen Schwindler oder sogar Schlimmeres geraten.« Die Asche ihrer Zigarette fiel auf den Teppich.

Nach einer Weile sagte Mrs. Robinson: »Conroy geht bald in Rente. Bis dahin würden wir es schon noch schaffen.«

»Vermutlich könnten Sie das. So schnell ist es ja nun auch wieder nicht bergab gegangen mit Ihnen. Aber eigentlich kann ich mir nicht vorstellen, daß er seinen Ruhestand damit verbringt, seine alte, bettlägrige Mutter zu versorgen.«

»Ich bin nicht bettlägrig!«

»Nein, meine Liebe, noch nicht. Hoffen wir das Beste.« Sie klopfte auf Holz.

»Sie sind eine hinterhältige Frau«, sagte Mrs. Robinson mit leiser Stimme. Die Farbe war aus ihrem breiten Gesicht gewichen, und der Lippenstift wirkte grell im Gegensatz zu ihrer aschfahlen Haut und dem pechschwarzen Haar. »Sie wollen mir angst machen. Ich bin nicht bettlägrig, und mein Sohn würde mich nie in ein Heim stecken.«

»Wollen wir hoffen, daß Sie da recht haben, meine Liebe. Ich versuche nur, den Tatsachen ins Auge zu blicken. Meiner Meinung nach würde Conroy die Pflege nicht allein übernehmen wollen, wenn ich gehen sollte. Er ist daran gewöhnt, daß ich hier bin, und Sie müssen zugeben, daß ich ihm eine große Last abgenommen habe, dem armen Kerl. Und ich glaube auch nicht, daß er bis an sein Lebensende einen alten Menschen pflegen möchte – Männer machen so etwas einfach nicht gerne, habe ich recht? Wenn er in Rente geht, wird er wohl das Leben genießen wollen, ein bißchen reisen, sich entspannen. Das ist doch nur verständlich. Und wenn ich hier bin ...« Sie zog an ihrer Zigarette und sah sich nach einem Aschenbecher um. Da sie keinen entdecken konnte, drückte sie die Zigarette im Kamin aus, ließ den Stummel dort liegen und betrachtete die alte Frau, die eingeklemmt zwischen den Arm- und Rückenlehnen ihres Sessels und dem Gehgestell dasaß, von oben herab. »Und wenn ich hier bin, kann er genau das tun, ohne sich Gedanken machen zu müssen. Er weiß, daß Sie in guten Händen sind, und er braucht sich keine Sorgen zu machen. Wir verstehen einander. Ich glaube kaum, daß er bereit wäre, all das aufzugeben, nur weil Sie plötzlich etwas gegen mich haben. Alte Leute werden schrullig, mir macht das nichts aus. Aber natürlich« – sie ging zur Tür hinüber – »mache ich mir so meine Gedanken über meine eigene Stellung hier im Haushalt. Ich meine, wie sieht das denn aus für Außenstehende? Die Bezeichnung ›Haushälterin‹ klingt doch ein bißchen merkwürdig, finden Sie nicht auch? Ein bißchen wie ›Schauspielerin‹ – ›gab sich als Schauspielerin‹ hieß es damals immer in den Zeitungen, und Sie wissen sehr wohl, was das bedeutete. Und außerdem wäre da auch noch die geschäftliche Seite: die Rechnungen und so, und wer entscheidet, wann frisch tapeziert wird oder wann man neue Vorhänge kauft. Auf lange Sicht gesehen, bin ich in einer etwas merkwürdigen Position, und Conroy weiß das auch. Meine Unabhängigkeit ist mir immer heilig gewesen, und das habe ich ihm auch gesagt, aber schließlich muß man ja an sich selbst denken, nicht wahr? Irgendwann kommt dann die Zeit, wo man die Dinge auch vor dem Gesetz regeln sollte.«

Sie öffnete die Tür mit einem fröhlichen Lächeln.
»Na ja, nur durchs Reden allein tut sich nichts. Ich muß mich wieder um den Haushalt kümmern.«
Sie ging hinaus und schloß die Tür hinter sich. Nachdem sie abgespült hatte, wanderte sie die Kensington High Street entlang, wie sie es vorgehabt hatte, sah in die Schaufenster und gönnte sich eine schöne Tasse Tee. Sie kehrte geflissentlich vor Conroy nach Hause zurück und fand dort Mrs. Robinson mit aschfahlem Gesicht auf dem Bett liegend vor. Nach dem Gespräch mit Grace war es ihr mit der Gehhilfe gelungen, zur Toilette zu gelangen, allerdings nicht mehr rechtzeitig; es war in die Hose gegangen, aber sie hatte nicht die Kraft gehabt, mehr zu tun, als zum Bett zurückzuschlurfen und sich darauf fallen zu lassen. Sich des Gestanks bewußt, war sie in einem Nebel von Schrecken und Ohnmacht liegengeblieben. An jenem Abend redete sie kein Wort mit Grace und sagte auch zu Conroy kaum etwas; er seufzte, warf Grace einen verständnisvollen Blick zu und dankte ansonsten Gott fürs Fernsehen.

Wenn Grace einmal einen Plan ins Auge gefaßt hatte, fackelte sie nicht lange. Sie selbst regte, so taktvoll wie möglich, am nächsten Sonntag einen Besuch im Lamb an und gab sich ausgesprochen weiblich bei dieser Gelegenheit. Sie versuchte, so gut sie es konnte, ihn aus der Reserve zu locken (das war immer noch nicht so leicht), fragte ihn nach seiner Arbeit, seinen Kollegen und nach den Aussichten für die Zukunft und seinen Ruhestand. »Ruhestand ...« Sie ließ das Wort ein wenig auf ihn wirken und schien ihm durch ihre Zurückhaltung etwas Bedrohliches zu verleihen. »Manche Leute erleiden so etwas wie einen Schock. Plötzlich soviel Freizeit und keine

Macht mehr über andere. Man muß vierundzwanzig Stunden am Tag füllen, das gibt einem zu denken. Und wahrscheinlich fehlen einem auch die Kollegen und die Kameradschaft. Ich denke mir, das kann ganz schön einsam werden in der ersten Zeit.« Sie nippte an ihrem Drink. »Ach, nun«, sagte sie, »aber ich glaube, Sie werden sehr schnell eine Beschäftigung finden. Und außerdem haben Sie ja noch Ihre Mutter.«

Damit ließ sie es bewenden, genau wie er: Doch sie war sich ziemlich sicher, daß seine Gedanken sich in die richtige Richtung bewegten. Als erstes würde sie die schweren Samtvorhänge abnehmen; gereinigt würden sie auf dem richtigen Markt noch ein paar Pfund einbringen, und an ihrer Stelle würde sie etwas Helles, Freundliches aufhängen. Und dann die Wände – weg mit dem ganzen schäbigen alten Zeug aus den fünfziger Jahren und den Theaterfotos. Außerdem würde sie ihr Zimmer richtig herrichten lassen, damit es nicht mehr aussähe wie eine Abstellkammer; sie hatte nicht vor, mit Conroy das Zimmer zu teilen, nein, herzlichen Dank, und sie glaubte auch nicht, daß er das erwartete. Doch wenn erst einmal die rechtliche Seite geregelt war, würde sie sich wohl hin und wieder damit abfinden müssen, wenn er darauf bestand. Aber auch das glaubte sie nicht. Conroy war nie ein richtiger Mann gewesen – die Frau war ihm davongelaufen, und seine Mutter hatte alles aus ihm herausgesaugt, was jemals in ihm gesteckt hatte. Manche Männer sind so, wie kastrierte Kater ...

Diese befriedigenden Gedanken hin und her wälzend, begegnete sie eines Nachmittags vor Derry & Toms zufällig den Lorings. Sie begrüßten sie mit überschwenglicher Freude und entführten sie in ein Wiener Kaffeehaus, in dem sie der süße Geruch von Getränken und Sahnetorten empfing. Nachdem sie sich nebeneinander auf eine der Sitzbänke gesetzt hatten, nahm Grace ihr Kopftuch ab und knöpfte ihren Trenchcoat auf, während Wendy sich aus ihrer Nylon-Angora-Weste schälte wie eine Maus aus ihrem Nest. Ihnen gegenüber winkte der fesche Dickie mit seiner Dreivierteljacke aus Velourslederimitat die Serviererin mit großer Geste herbei.

»Ach, ist das schön!« rief Wendy in ihrer kindlichen Stimme aus. »Wir haben ja schon so oft mit Ihnen reden wollen, aber dazu war bis jetzt nie Gelegenheit. Wie geht es Ihnen denn, Grace?«

Grace, die die beiden bisher nicht beim Vornamen angeredet hatte, lächelte und zupfte an ihren Haaren herum. »Ich kann mich nicht beschweren.«

»Wie läuft es denn so?«

Grace sah sie mit scharfem Blick an, entdeckte jedoch nur Sorge auf dem weichen, ältlichen Gesicht mit den merkwürdig jugendlichen Augen. Sie zuckte abwehrend mit den Schulten. »Ich nehme alles, wie es kommt.«

»Wir haben uns nur so unsere Gedanken gemacht«, fuhr Wendy fort. »Sie wirken immer so wundervoll entspannt.«

Nachdem Dickie die Bestellung aufgegeben hatte, widmete er ihr seine volle Aufmerksamkeit. »Wir kennen Marion seit Jahren. Eine wundervolle Frau. Und früher war sie auch eine gute Schauspielerin.«

»Aber inzwischen trägt sie zu dick auf, sogar fürs Radio. Können Sie sie sich in einer RSC-Truppe vorstellen?« Sie kicherten ein wenig.

»Aber im Ernst, Grace«, sagte Dickie, »wie geht's? Wir haben den Eindruck, daß sie Ihnen das Leben ziemlich schwer macht.«

Grace senkte den Blick und hob ihn dann wieder mit

einem Lächeln. »Ich bin an alte Leute gewöhnt. Sie müssen mit vielen Dingen fertigwerden, die armen Alten. Wir müssen Geduld haben.«
»Sie sind sicher die Geduld in Person.« Dickie hob ein paar braune Kaffeekristalle von ihrem Teller auf und zerbiß sie zwischen seinen blendend weißen, falschen Zähnen. »Wir kennen Marion schon seit Jahren – ich habe während der ganzen Salt-and-Pepper-Komödien die Kasse betreut, wo ich auch Wendy kennengelernt habe.«
»Gütiger Himmel!« rief Wendy aus. »Ich habe damals das kokette Schulmädchen gespielt! Das ist mindestens schon hundert Jahre her, also sprechen wir nicht mehr darüber.«
Inzwischen war der Kaffee serviert worden, und sie wählten einen Kuchen aus.
Dickie zerkaute noch ein paar weitere Kaffeekristalle. »Marion und Wendy haben sich im BBC-Rep wiedergetroffen. Sie haben in der Serie ›Nanny Jane‹ zusammengearbeitet.«
»Was für eine schöne Zeit!« seufzte Wendy. »Da kam jeden Monat etwas in die Kasse.«
»Schau nie zurück, Liebling«, sagte Dickie. Er trennte ein Stück von seiner Schwarzwälder-Kirsch-Torte ab.
»Aber ehrlich, Grace Schatz, wir haben uns Sorgen gemacht um Sie. Wir wissen natürlich, daß sie es nicht so meint, aber es ist manchmal nicht einfach, mit ihr auszukommen, und wir haben uns gefragt, wie Sie das bloß die ganze Zeit aushalten. Die beiden wären doch ohne Sie völlig aufgeschmissen.«
Grace sah verlegen drein und nippte an ihrem Kaffee. Sie mußte nichts sagen, die Lorings nahmen ihr das ab.
»Marion ist immer eine *grande dame* gewesen, aber die Leute lassen sich das heute nicht mehr ohne weiteres ge-

fallen«, sagte Dickie. »Wir haben viele von ihnen erlebt, nicht wahr, Wen? – Haushaltshilfen, richtige Schätze, Studenten, die sich ein bißchen Geld verdienen wollten. Niemand kann es ihr recht machen.«

»Eigentlich tut uns ja Conroy leid, Grace. Der Arme ist einfach rührend um sie besorgt.«

»Aber was für ein Leben führt er dabei selbst? Er hat doch kaum Zeit für sich.«

»Er hätte schon vor Jahren weggehen sollen«, seufzte Wendy und achtete dabei darauf, daß die Sahne aus ihrem Eclair nicht über den Tellerrand hinaustropfte.

Grace, die ein ganz normales Plundergebäck ausgesucht hatte, sagte: »Sie hat mir aber erzählt, daß er verheiratet war.«

»Du lieber Himmel!« Wendy schluckte. »Das war er tatsächlich. Was für eine Katastrophe!«

Dickie erwiderte mit kritischer Stimme: »Ich glaube kaum, daß das Marions Schuld war, Liebling. Ich meine, natürlich hat es einen fürchterlichen Streit gegeben, als er es ihr gesagt hat, und ich glaube auch nicht, daß sie überhaupt miteinander gesprochen haben, bis Carole mit dem Australier durchgebrannt ist. Und er ist auch erst eine ganze Weile später zu seiner Mutter zurückgekommen, als es mit ›Nanny Jane‹ vorbei war und es ihr an Bekannten mangelte.«

»Und jetzt, Liebling, kann er nicht mehr von ihr weg. Jedenfalls war das so, bis Sie gekommen sind, Grace. Deshalb hoffen wir auch, daß Sie es weiter bei ihr aushalten und bleiben. Er hätte sich seine Freiheit wirklich verdient.«

Grace dachte eine Weile nach, bevor sie etwas sagte: »Ich habe mich gefragt, ob er nicht wieder heiraten würde.«

Dickie leerte seine Tasse. »Keine Chance, Schatz. Er ist

seiner Rosemary treu ergeben, und natürlich ist sie katholisch.«
Drähte surrten, Lichter blitzten auf. Grace hatte das Gefühl, als schieße ihr das ganze Blut in die Füße und dann in einer großen Springflut wieder zurück in den Kopf. Als sie sich ein bißchen beruhigt hatte, bestellte Dickie noch einmal Kaffee.
»Aber die Sache ist streng geheim, Grace«, sagte Wendy mit ernster Miene, »Marion hat nicht die geringste Ahnung davon.«
»Das bestgehütete Geheimnis seit dem D-Day«, meinte Dickie mit vollem Mund.
»Das ist wirklich eine romantische Geschichte. Ich meine, er kann sie wegen der Kinder nur am Mittwoch sehen – natürlich sind sie keine Kinder mehr, aber sie kommen jedes Wochenende und stellen hohe Ansprüche. Sie reisen vom College oder weiß Gott woher mit ihrer Schmutzwäsche an und spielen sich hin und wieder als Spione für ihren Vater auf. Wissen Sie, er ist auch katholisch, auch wenn er sie verlassen hat. Die Sache ist völlig aussichtslos.«
»Marion würde einen Anfall bekommen, wenn sie davon wüßte. Es war schon schlimm genug, daß sie sich mit Carole hat abfinden müssen, aber Rosemary wäre für sie noch viel schlimmer. Deshalb die Sache mit dem Bridgeklub.«
»Der arme Conroy, es ist ja so schrecklich, daß er sie die ganze Zeit belügen muß – wie lange geht das jetzt schon so, Dickie, vier, fünf Jahre?«
»Es müssen schon fünf sein. Vor vier Jahren hat er es uns erzählt, damals war er ziemlich verzweifelt, frisch verliebt, Sie wissen schon, und mußte sein Herz ausschütten. Der arme Teufel.«

»Tja, so sieht das aus, Grace, da sind sie nun einander treu ergeben und können doch nicht zueinander kommen. Er ist wirklich süß, wenn's um sie geht, stimmt's, Dickie? Er bekommt ganz glänzende Augen, wenn er nur von ihr spricht. Aber wenn Sie bei ihnen bleiben, könnten sie es vielleicht schaffen, ein bißchen öfter zusammenzusein. Ihre Kinder sind während der Woche nicht da, Grace, doch er mußte ja bisher immer bei Marion bleiben, besonders jetzt, wo sie sich nicht mehr so gut bewegen kann. Wenn es Sie nicht gäbe ... Sie hat der Himmel geschickt!«

»Tja, Sie sind einfach prächtig – ein Fels in der Brandung.«

Wendy legte Grace ihre kleine Hand auf den Arm und sah ihr in die Augen. »Deshalb haben wir uns solche Sorgen gemacht, Grace. Ich meine, nicht nur wegen Ihnen, weil Marion manchmal so mit Ihnen umspringt, sondern wegen dem armen lieben Conroy. Jeder verdient ein bißchen Glück im Leben, meinen Sie nicht auch?«

Nach einer ganzen Weile erst gelang es Grace, zu fragen: »Und wie ist diese – Rosemary?«

»Tja«, sagte Dickie, lehnte sich zurück und schenkte ihr wieder ein hinreißendes Lächeln mit seinen falschen Zähnen, »eigentlich ist sie Ihnen sehr ähnlich.«

DRITTER TEIL

9

Seit dem Tod der alten Dame waren inzwischen fast fünf Wochen vergangen. Simpson hatte sich in der Zwischenzeit mit den üblichen Überfällen, tätlichen Angriffen, Überdosen und Vergewaltigungen beschäftigt, jedoch Miss Sibyl Frimwell nicht vergessen. Obwohl er sie nie persönlich gesehen hatte – nicht einmal ihre Leiche –, hatte er doch ihre Gegenwart ganz deutlich gespürt, als er allein in ihrem ordentlichen Zimmer saß, in einem Zimmer, in dem es zu wenig von den Gegenständen gab, die ein Mensch im Verlauf der Jahre ansammelt. Und der Sessel neben dem Tisch (der seltsam leer war – keine Tasse, keine Tabletten) schien noch immer jenen kleinen, leichten Körper zu tragen; mit den lebhaften, wenn auch schon etwas trüben Augen einer alten Frau, die ganz allein gewesen war, ohne Verwandte, und die nur ihr eigener Wille am Leben erhielt, ihr bißchen Würde und ihr kleiner Privatbereich. Mr. Sobieski hatte sie beschrieben, und er hatte sie geschätzt, genau wie die Angestellten im Krankenhaus. Sogar Leslie Pickering, der bestritt, sie näher gekannt zu haben, hatte den positiven Eindruck bestätigt.

Zwischen ihren wenigen Papieren hatte Simpson ein paar Fotos gefunden, Fotos von einem kleinen, dünnen Kind und einer kleinen, dünnen Frau, beide mit lebhaften, ja sogar spitzbübischen Augen, die eifrig und neugierig in

die Kamera blickten. Das letzte Foto zeigte eine Gruppe von Krankenhausangestellten, alle im weißen Kittel, vermutlich irgendeine Feier. Dave erkannte Miss Frimwell, die fast hinter den anderen verschwand, an eben jenem aufmerksamen Blick, auch wenn sie inzwischen (das Bild stammte wohl aus den sechziger Jahren) schon eine etwas ältere Dame und das ehemals üppige Haar dünner und grau geworden war: Sie war eine kleine, drahtige Person, die wußte, was sie wollte, und mit beiden Beinen im Leben stand. Sie war kein Mensch, der eine Überdosis Schlaftabletten genommen hätte. Sie ließ sie sich nicht einmal verschreiben ...
Er hatte sie nicht vergessen. Der Fall war noch nicht abgeschlossen. Sie wartete irgendwo in seinem Hinterkopf.

Eines Nachmittags Mitte Oktober erledigte er gerade seinen täglichen Papierkram, als Leslie Pickering bei ihm vorbeischaute. Auf seiner Uhr hatten sich nur seine eigenen Fingerabdrücke befunden, so daß Blane sie höchst widerwillig nach unangemessen langer Zeit wieder zurückbringen mußte. Blane wollte seinen Verdacht noch immer nicht aufgeben. Er war überhaupt kein Mensch, der sich gerne von einem Gedanken trennte; ein Verbrechen war geschehen, und irgend jemand mußte es verübt haben – er konnte sich einfach nicht damit abfinden, daß Verbrechen und Verbrecher nicht artig Hand in Hand in Noahs Arche der Gesetze eintraten. Und er konnte Simpson nicht verzeihen, weil er nachgewiesen hatte, daß die Uhr nicht Miss Frimwell gehörte. Und so sprachen sie auch nicht miteinander über den Fall.
Nun saß Pickering völlig verkrampft in einem der Verhörzimmer, den dreiviertellangen Mantel ein wenig geöffnet, so daß das Schottenmuster des Futters zu sehen war, eine

Leninmütze in der Hand hin und her drehend. Seine Glatze glänzte, und seine Augen traten ein wenig hervor, als Simpson hereinkam; er erhob sich halb, sank wieder auf den Stuhl zurück und hauchte eine Begrüßung.

Simpson ließ sich ihm gegenüber nieder. »Was kann ich für Sie tun, Sir?« Er war überrascht, ja sogar fasziniert, doch er ließ sich das nicht anmerken, sondern zeigte lieber sein offenes, freundliches Gesicht, das Gesicht des Freund und Helfers.

Pickering rutschte mit seinem Stuhl ein wenig näher heran, beugte sich über den Tisch zu Simpson hinüber und zerdrückte dabei immer noch seine Mütze zwischen den Knien. »Mir ist da etwas eingefallen. Vielleicht ist es ja gar nicht wichtig, und ich stehle Ihnen nur Ihre wertvolle Zeit, aber ich habe mir gedacht, jede Kleinigkeit könnte nützlich sein.«

»Geht es um Miss Frimwell?«

»Ja. Ich weiß, das ist schon lange her, und wahrscheinlich ist es ja auch gar nicht wichtig. Aber ich muß immer daran denken, wissen Sie, ich kann die Sache einfach nicht vergessen. Und der andere Beamte, ich sehe ihn immer wieder vor mir.«

»D. C. Blane?«

»Ich weiß nicht, wie er heißt. Der andere Beamte, der Sie begleitet hat. Ich sehe ihn immer wieder vor mir.«

»Wie meinen Sie das, Sir?«

»Wahrscheinlich ist das überhaupt nicht wichtig, nur Einbildung. Aber ich bin schrecklich sensibel, ein Todesfall im Haus, das hat mich ziemlich durcheinandergebracht, und dann die Polizei und die ganzen Fragen. Ich war furchtbar durcheinander, als Sie meine Uhr mitgenommen haben. Ich konnte nicht schlafen.«

»Ich hoffe, sie funktioniert noch so gut wie vorher, Sir. Wir haben sie jedenfalls immer aufgezogen.«

»O ja, ja, sie geht wunderbar. Sie geht ein bißchen nach, aber das hat sie immer schon getan. Es ist nur – ich habe mir einfach nicht vorstellen können, warum Sie glauben –, ich meine, warum *meine* Uhr? Ich war schrecklich durcheinander deshalb.«

»Das tut mir leid, Sir.« Er war wirklich ganz schön aus der Fassung, den Tränen nahe, sein Gesicht war noch stärker rosafarben als gewöhnlich, und die Mütze in seinen Händen würde er wohl nie wieder tragen können. Konnte es sein, daß er tatsächlich ...? Aber die Uhr war sauber gewesen, sie hatten darauf nur seine eigenen Fingerabdrücke gefunden. Hunderte von Leuten besaßen solche Uhren, aber es hatte sicher nicht geschadet, die Sache zu überprüfen. Blane war enttäuscht gewesen, denn er hatte eine Abneigung gegen diesen armen Verrückten mit seiner hohen Stimme und seinen Puppen. Aber Puppen waren nun mal nichts Ungesetzliches.

Er lächelte freundlich. »Aber Ihnen ist ein neuer Gedanke gekommen, stimmt's?«

»Ja. Ja, ich glaube schon. Als ich diesen anderen Beamten gesehen habe, in diesem Licht – da ist es mir plötzlich wieder eingefallen. Jedenfalls glaube ich das, aber vielleicht ist es ja auch gar nicht wichtig.«

»Sagen Sie es mir ruhig, Sir.«

»Und er war so feindselig. Als er mir die Uhr zurückgebracht hat, hat er förmlich darauf bestanden hereinzukommen, und er hat sich wieder alle meine Sachen angesehen, und er schien sagen zu wollen ... Ich weiß, daß ich sensibel bin, aber die Sache hat mich ziemlich durcheinandergebracht.«

»Wollen Sie eine Beschwerde einreichen, Sir?« Simpson wurde plötzlich ernst und argwöhnisch. Was, zum Teufel, hatte Blane da wieder angestellt?

Pickering wurde blaß. »Nein, nein, nichts Derartiges. Er hat ja nur seine Arbeit getan. Das kann ich schon verstehen. Aber ich war trotzdem durcheinander, und wie ich ihn dann ein paarmal draußen vor dem Haus gesehen habe und in der Nähe der Apotheke und einmal sogar bei einem – Klub, den ich manchmal besuche ...«

Simpson würde sich Blane vorknöpfen. Belästigung. Verdammt noch mal! Er sagte: »Ich bin mir sicher, daß das Zufälle waren, Sir. Schließlich ist das D. C. Blanes Gebiet, da wird er Ihnen vermutlich noch öfter über den Weg laufen. Daran ist nichts Ungewöhnliches, Sir.«

»Nein, nein, da haben Sie sicher recht. Ich bin mir auch sicher, daß ich mir das alles nur einbilde. Aber er hat so feindselig gewirkt, als er gekommen ist, als glaube er ... Und als ich ihn dann gestern durch das Tor kommen sah, habe ich mich plötzlich erinnert ...«

»Woran, Sir?«

»Er hat mich zum Glück nicht gesehen. Ich vermute, daß er mich wieder befragen wollte, auch wenn ich nicht weiß, worum es diesmal gegangen wäre. Ich habe mich versteckt, als ich ihn entdeckt habe, und er hat das Tor hinter sich geschlossen und ist die Straße in der anderen Richtung hinaufgegangen. Obwohl ich so durcheinander war, habe ich mich plötzlich erinnert.«

»Ja?«

»An jenem Tag, wir haben bereits mittags zugemacht – Sie glauben doch, daß die arme Miss Frimwell an jenem Donnerstag gestorben ist, nicht wahr?«

»Ja, das glauben wir.«

»Nun, als ich an jenem Tag nach Hause kam, ich war noch etwa fünf oder sechs Häuser von dem unseren entfernt, so gegen halb vier oder vier Uhr muß es wohl gewesen sein, weil ich nach Ladenschluß noch ein kleines

Mittagessen zu mir genommen hatte und dann ...« Er wurde rot und drehte die Mütze wieder zwischen den Fingern hin und her. »Ich bin noch in eine Sauna gegangen, die ich manchmal besuche, das entspannt, löst die Verkrampfungen ...« Simpson nickte. Er wußte, was Pickering an jenem Donnerstag gemacht hatte, Blane hatte das schon sehr bald herausgefunden. »Nun, als ich also auf unser Haus zugegangen bin, daran erinnere ich mich jetzt wieder – jedenfalls glaube ich das –, sind zwei Frauen durch das Tor gekommen und in die gleiche Richtung verschwunden wie der Beamte.«

»Von Ihnen weg?«

»Ja.«

»Sie haben ihre Gesichter nicht gesehen?«

»Nein, nur ihre Rücken. Ich habe mir weiter keine Gedanken darüber gemacht, war mir nicht einmal sicher, ob sie aus unserem Haus gekommen waren, vielleicht waren sie ja auch nebenan gewesen, ich konnte das nicht so genau beurteilen. Aber als ich Ihren Beamten gestern gesehen habe, hat mich dieses gewisse Licht plötzlich wieder daran erinnert. Ich bin mir jetzt sicher, daß die beiden aus unserem Haus gekommen sind.« Er sah Simpson mit vertrauensvoll-offenem Blick an.

»Lassen Sie mich das noch einmal wiederholen: Zwischen 15.30 und 16.00 Uhr des Tages, an dem unserer Meinung nach der Tod von Miss Frimwell eingetreten ist, haben Sie, als Sie auf Ihr Haus zugingen, zwei Frauen dabei beobachtet, wie sie das Gebäude verließen ...«

»Nicht das Gebäude, nur den Garten. Sie sind gerade aus dem Garten gekommen, haben das Tor geschlossen und sind die Straße entlanggegangen.«

»Gut, Sir. Sie haben also den Garten verlassen. Sie wissen nicht, ob sie im Haus gewesen sind oder nicht?« Pickering schüttelte den Kopf, lehnte sich nun wieder zurück und legte die zerdrückte Mütze auf den Tisch. »Können Sie die Frauen beschreiben?«

»Die eine war groß, ungefähr so groß wie Sie. Ich glaube, sie hatte braune Haare, glatte Haare, schulterlang. Die andere war kleiner, und sie trug ein Kopftuch. Sie war ein bißchen fülliger. Ich würde vermuten, daß sie älter war.«

»Und was hatten die beiden an?«

»O je, das weiß ich nicht mehr. Wissen Sie, ich habe sie mir ja auch nicht so genau angeschaut. Ich habe nur aus den Augenwinkeln wahrgenommen, daß da zwei Frauen die Straße hinaufgingen.«

»Versuchen Sie's trotzdem.«

Pickering schloß einen Moment die Augen und verzog das Gesicht vor Anstrengung, als er sich konzentrierte. »Ich glaube, die Größere trug Jeans, jedenfalls irgendeine Hose. Von der anderen könnte ich es nicht sagen – vielleicht einen Rock und eine Jacke? Und das Kopftuch, daran erinnere ich mich noch genau, nur ältere Frauen scheinen diese Tücher heutzutage noch zu tragen. Wie die Königin.«

»Farbe?«

»Das Kopftuch? Ich glaube, es war irgendwie gemustert, rosafarben und blau vielleicht. Dazu möglicherweise eine marineblaue Jacke, jedenfalls dunkel. An die Größere kann ich mich einfach nicht mehr erinnern, Sie müssen entschuldigen ...«

»Kein Problem. Sie haben uns sehr geholfen. Ich frage mich nur, warum Sie so lange gewartet haben, uns das mitzuteilen.«

Pickerings Gesicht wurde vor Angst ganz schmal. »Wissen Sie, dieser Beamte – als er mir die Uhr zurückgebracht hat. Er hat angedeutet – er schien zu glauben, daß irgend etwas Unheimliches an der Sache ist, und irgendwie habe ich ... Nun, als handle es sich um ein *Verbrechen.*«

Er würde diesen Blane eigenhändig kastrieren! »Es gibt in der Tat gewisse Unstimmigkeiten.«

»Er schien andeuten zu wollen, daß etwas nicht stimmt mit Miss Frimwells Tod, daß ich etwas damit zu tun habe und daß Sie mich noch einmal befragen müßten. Das hat mich schrecklich durcheinandergebracht. Ich meine, ich habe Miss Frimwell kaum gekannt, ich habe nichts über sie gewußt. Ich habe ihm gesagt, daß ich kaum jemals mit ihr gesprochen habe, ich war nicht einmal im Haus zu dem Zeitpunkt, an dem sie vermutlich gestorben ist. Und er hat mich mit einem richtig gemeinen Blick gemustert und gesagt, ich soll mich lieber an alles erinnern, was die Polizei interessieren könnte, und den Beamten keine Informationen vorenthalten.«

Simpson meinte vorsichtig: »D. C. Blane ist ein sehr gewissenhafter Beamter, Sir. Es tut mir leid, wenn er Sie aus der Fassung gebracht hat, manchmal ist er im Umgang mit Menschen nicht sehr geschickt, aber er möchte seine Arbeit nur so gut wie möglich machen. Und außerdem, Sir«, dabei lächelte er ihn wieder freundlich an, »hat er doch Ihrem Gedächtnis auf die Sprünge geholfen, oder?«

»Tja, vermutlich haben Sie recht – vermutlich hat er das. Er hat mich zum Nachdenken gebracht, und als ich ihn durch das Tor habe kommen sehen, ist mir alles wieder eingefallen – ich meine, daß ich die zwei Frauen gesehen hatte, die genau dasselbe getan hatten wie er, und zwar zur selben Tageszeit. Und ich war so froh, daß er mich nicht entdeckt hat und daß ich nicht zu Hause war, weil er mich wirklich schrecklich aus der Fassung bringt. Also

habe ich mir gedacht, ich gehe lieber aufs Revier und frage nach Ihnen.«
»Sie haben das Richtige getan, Sir, genau das Richtige. Ich werde Sie nun bitten, eine offizielle Aussage zu machen über die Beobachtungen, die Sie mir gerade erzählt haben – genaue Uhrzeit, Umstände, Beschreibungen –, versuchen Sie dabei, so exakt wie möglich zu sein.« Er rückte mit seinem Stuhl vom Tisch weg. »Schreiben Sie einfach alles so genau auf, wie Sie sich daran erinnern können, dann müssen wir Sie hoffentlich nicht noch einmal belästigen.«
Pickering strahlte übers ganze Gesicht. »O danke, das wäre wirklich schön! Diese Schuldgefühle sind unerträglich ...«
»Keine Ursache.« Er erhob sich. »Schreiben Sie nur einfach alles auf, woran Sie sich erinnern.«
»Das werde ich, das werde ich. Ich erinnere mich noch, daß beide Umhängetaschen trugen. Sie sahen schwer aus. Und die Ältere hatte so eine Art Mappe oder Aktentasche unter dem Arm.«
Simpson sah ihn mit liebevollem Blick an. »Hätten Sie gern eine Tasse Tee, Sir, oder einen Kaffee?«

Sie stellten den Wagen vor Mr. Sobieskis Haus ab. Blane, der durch die Ereignisse in seine Schranken verwiesen worden war, fragte in den Häusern auf der einen Seite, ob zwei Frauen mit Umhängetaschen an dem betreffenden Nachmittag vor etwa fünf Wochen vorbeigeschaut hatten, Simpson auf der anderen. Doch niemand hatte die beiden Frauen gesehen.
Simpson sagte Blane, er solle im Wagen warten, und klingelte bei Mr. Sobieski. Dabei fiel ihm die leere Stelle auf dem Klingelbrett auf, wo früher mit krakeligen Druck-

buchstaben »Frimwell« gestanden hatte. Sobieski machte die Tür auf; er wirkte inzwischen ein bißchen älter, aber nicht verfallener, sondern sich eher auf ein natürliches Ziel zu entwickelnd. Er führte Simpson höflich in sein Zimmer, wo das ewige Licht vor dem Bild mit dem »Blutenden Herzen« brannte. Simpson schlug das Angebot für einen Kaffee aus und setzte sich auf einen Holzstuhl an dem Tisch in der Mitte des Raumes, Sobieski ihm gegenüber.

»Wie ich sehe, haben Sie die Wohnung der Verstorbenen noch nicht wieder vermietet, Sir.«

»Nein. Ihr Tod hatte so etwas Einsames ... Ich habe das Gefühl, daß ich erst eine Zeit der Trauer verstreichen lassen sollte. Ich werde mich in ein oder zwei Wochen darum kümmern.« Er lächelte. »Und vielleicht ist es ja auch gar nicht so schlecht, daß der Raum eine Weile genauso bleibt, wie Sie ihn vorgefunden haben?«

»Wieso denken Sie das, Sir?«

Sobieski wartete einen Augenblick, bevor er antwortete. »Ich habe das Gefühl, daß der Tod von Miss Frimwell irgendwie merkwürdig ist, finden Sie nicht auch? Anfangs sieht alles ganz einfach aus – sie wird entdeckt, die Polizei kommt und dann der Notarzt, eine natürliche Todesursache, sagt man, glaube ich, dazu. Man findet eine alte Dame, deren Herz einfach aufgehört hat zu schlagen. Doch eine Woche später kommt die Kriminalpolizei und dann die Spezialisten für die Spurensicherung. Seither haben Sie und Ihr beeindruckender Sergeant, der sich sehr für den armen Mr. Pickering interessiert hat, uns immer wieder die Ehre gegeben. Wenn es sich tatsächlich um eine natürliche Todesursache gehandelt hätte, hätte man den Fall wohl schon längst vergessen.« Er sah Simpson mit fragendem Blick an, die Hände lose zwischen den Knien verschränkt.

Gewaltige Einsamkeit ergriff Simpson. Schon seit Jahren hatte er mit niemandem mehr offen und ehrlich gesprochen; nicht mit Kollegen, die ihn nicht für einen Weichling halten sollten; nicht mit Freunden, denn außerhalb der Arbeit hatte er keine; nicht mit Mädchen, die das entweder faszinierend oder abstoßend fanden, was ihm beides gleichermaßen zuwider war; nicht mit seinem Vater, der weit entfernt von ihm und seinem Leben alt geworden war. Auch nicht mit Hogarth, seinem Chef, einem harten Mann, für den Schwarz Schwarz blieb und für den nur wenig Weißes existierte; nicht mit Blane, der sich nie von seinen Vorurteilen trennen konnte; schließlich auch nicht mit Janice, die ihm auf rührende Weise blind vertraute. Er war ein Mann ohne Gesicht – oder eher ein Mann mit einer Maske, hinter der sich jemand verbarg, der genauso einsam war wie die alte Miss Frimwell, die er nie kennengelernt hatte, die für ihn jedoch die Unschuld, die Verletzlichkeit und das Opfer in Person verkörperte. Er war Polizist geworden, um solche Menschen zu beschützen, um sich der Menschen anzunehmen, die nicht allein kämpfen konnten, und um diejenigen zu bestrafen, die sie ausnutzten. Doch es war anders gekommen; die Schlechten gingen meist ohne Strafe aus, dafür wurde den Opfern kaum jemals geholfen. Dave Simpson hatte sich selbst in der schäbigen Welt aus Gier, Gewalt und Dummheit verloren, mit der er sich tagtäglich auseinandersetzen mußte.

Er sah Mr. Sobieski in die Augen. Sein Gesicht war keine Maske wie sein eigenes, sondern das nackte Gesicht eines alten Mannes, der an Gott und deshalb auch an den Menschen glaubte. Manche konnten das noch immer.

»Nein«, sagte er, »sie ist keines natürlichen Todes gestorben. Sie wurde ausgeraubt und ermordet.«

»Aha.« Mr. Sobieski bekreuzigte sich. »Wie?«
»Das weiß ich nicht. Vielleicht war es gar nicht beabsichtigt, ein Raub, bei dem etwas schiefgegangen ist. Man hat ihr Tabletten gegeben, ohne daß sie es merkte, und ihr Herz hat versagt. Irgend jemand hat ihr etwas in eine Tasse Tee oder in ein anderes Getränk getan, damit sie einschläft, das glauben wir zumindest, und dann hat er alles mitgenommen, was er schleppen konnte. Wir haben kein Bargeld gefunden, keinen Schmuck, kein Radio, keine Uhr ...«
»Ach je – der arme Mr. Pickering und seine Uhr!«
»Sie haben sie ausgeraubt und sind verschwunden. Haben alles abgewaschen und abgewischt, keine Spur hinterlassen. Nur die Leiche. Richtige Profis.«
»Solche Leute gibt es. Aber Mr. Pickering gehört nicht dazu.«
»Nein, das stimmt.« Er mußte lächeln. »Aber Mr. Pickering hat sich dann an etwas erinnert. Mein Sergeant ist zwar manchmal ein bißchen übereifrig, aber wenigstens hat er mit seinem Eifer dem Gedächtnis des Mannes ein bißchen auf die Sprünge geholfen. Er hat ausgesagt, daß an dem betreffenden Tag, an dem laut Obduktionsbefund der Tod eingetreten ist, zwei Frauen durch Ihr Gartentor auf die Straße hinausgetreten sind. Sie hatten Umhängetaschen dabei und gingen die Straße in entgegengesetzter Richtung zu ihm entlang. Er hat eine ziemlich gute Beschreibung geliefert.«
»Und warum erst jetzt?«
Simpson zuckte mit den Schultern. »Manchmal brauchen die Dinge eine Weile, bis sie an die Oberfläche kommen. Im Moment bin ich hier, Sir, um herauszufinden, ob Sie sich angesichts der veränderten Gegebenheiten noch an etwas Neues erinnern können. Wir wissen, daß Sie an dem

betreffenden Nachmittag nicht im Haus waren. Aber haben Sie jemals hier in der Nachbarschaft zwei Frauen mit Umhängetaschen und einer Art Aktentasche gesehen, die eine davon groß, jung und langhaarig, die andere älter, kleiner, mit einem Kopftuch?«

»Da gibt es Hunderte.«

»Da haben Sie natürlich recht. Aber vielleicht ist Ihnen aufgefallen, daß solche Frauen sich umgesehen haben, irgendwo klingelten und wieder gingen, als wollten sie nur Werbesendungen einstecken?«

Mr. Sobieski schwieg einen Augenblick, dann erstrahlte sein Gesicht vor Freude. »Junger Mann«, sagte er schließlich, »der Zufall ist schon ein merkwürdiger Genosse. Ist es Ihnen nicht auch schon passiert, daß Ihnen in einem Geschäft oder vielleicht auch während einer Busfahrt jemand aus keinem besonderen Grunde aufgefallen ist, den Sie dann später am selben Tag, jedoch an einem anderen Ort, wiedergesehen haben? Die Chancen stehen eins zu einer Million, nicht wahr, aber trotzdem passiert so etwas. Und vielleicht haben wir hier so einen Fall.«

»Sie haben sie also gesehen?«

»Nicht ich. Aber eine alte Dame, eine Kommunikantin in unserer Kirche. Nach der Messe setzen wir uns immer noch zu einem Kaffee zusammen und zu Kuchen, den die Damen backen – wir sind eine starke Gemeinschaft, die durch Erfahrung und Glauben gleichermaßen zusammengehalten wird. Natürlich werden wir alle langsam alt, aber die Jungen kommen nach und halten den Glauben aufrecht – auch sie sind Polen, obwohl sie hier geboren worden sind. Wir sind doch ein Vorbild an geglückter Assimilation, finden Sie nicht auch, wir haben unsere eigene Kultur, unsere eigene Sprache und unsere eigene Kirche am Leben erhalten, auch innerhalb der großen Gemeinschaft der Briten. Und wir genießen die Vorteile, die es bringt, Bürger dieses Landes zu sein – meist dankbar, wenn auch manchmal ein wenig verbittert über nicht eingelöste Versprechen. Nun ja, der Glaube versetzt Berge!« Seine Gedanken schweiften ab, doch er spürte Simpsons Ungeduld.

»Verzeihen Sie, Sie wollen natürlich Fakten. Die alte Dame, Mrs. Poniatowska, lebt nicht weit von hier, in der Marshall Street, in einer Kellerwohnung. Obwohl sie schon viele Jahre hier ist, spricht sie so gut wie kein Englisch. Ihr Ehemann war mit mir befreundet, wir waren zusammen in General Anders' Armee. Er ist vor ein paar Jahren gestorben. Er hat immer für sie gesprochen, in den Läden, im Bus und anderswo, und sie hatte alle ihre Freunde in unserer kleinen Gemeinschaft, also mußte sie nicht Englisch lernen. Außerdem hatte sie kein großes Selbstvertrauen – sie ist eine einfache Frau aus einem kleinen Ort in der Nähe von Lwow. Er hatte es geschafft, sie nach dem Krieg herauszuholen, was vielen dank der tätigen Mithilfe Ihrer Regierung gelungen ist. Ich erzähle Ihnen das alles nur, damit Sie verstehen, warum eine alte Dame mir bei Kaffee und Kuchen sagt, sie mache sich Sorgen, daß irgend etwas Amtliches schiefgegangen sei, vielleicht sogar die Sache mit ihrer Rente, weil sie nicht in der Lage gewesen sei, das zu verstehen, was zwei Frauen mit vielen Papieren und Aktenkoffern zu ihr sagten, die bei ihr geklingelt hatten. Sie hatten das Sozialamt erwähnt, ein Wort, das sie versteht, aber den Rest konnte sie nicht verstehen, und die beiden begriffen ebensowenig, was sie wollte, also gingen sie wieder.« Er schwieg einen Augenblick. »Sie wollte sich Rat bei mir holen und mich bitten herauszufinden, ob alles in Ordnung sei – sie lebt in großer Angst, denn sie ist ganz allein und nicht mehr die Jüngste.«

»Und Sie haben Nachforschungen angestellt?«
»Nein. Ich habe mir gedacht, wenn es wirklich wichtig wäre, würden die beiden besser vorbereitet wiederkommen. Ich kann Ihnen also leider nichts Genaueres sagen.«
Simpson spürte, wie das Blut durch seine Adern pulsierte.
»Wann war das, Sir?«
Sobieski dachte nach. »Ich glaube, es war zur richtigen Zeit.«

Mrs. Poniatowska war klein und knorrig wie die Rinde eines alten Baumes. Sie bewegte sich mühevoll durch den Dschungel ihres dunklen Zimmers wie ein Käfer über den Waldboden, ziehend und drückend, kletternd und einsinkend, dabei zischende polnische Laute ausstoßend, auf die Mr. Sobieski mit beruhigender Stimme antwortete, während Simpson sich fragte, wie lange es wohl dauern würde, bis die wenige Luft, die sich noch in dem Raum befand, von den drei darin anwesenden Personen aufgebraucht sein würde. Das Zimmer war mit schweren Vorhängen wie versiegelt und wurde lediglich von einer Stehlampe mit einer schwachen Glühbirne und einem Votivlicht unter dem Bildnis von Unserer Lieben Frau erleuchtet. Jede verfügbare Fläche war mit vergilbten und verknitterten Spitzendeckchen verhüllt, und auf den meisten von ihnen standen gerahmte Fotos von steif posierenden Männern und Frauen in Uniform, in prächtigen Bauerngewändern, in nüchterner Zivilkleidung im Stil der Jahrhundertwende und dazu viele, viele Bilder vom Papst. Simpson ließ sich auf einem verstaubten, mit Spitze abgedeckten Sessel nieder und wartete, während die beiden alten Leute herumhantierten und schließlich ein Tablett mit Spitzendeckchen, Kaffee und Mandelplätzchen auf den Tisch in der Mitte stellten, der schon voll von polnischen Zeitungen und Traktaten, verfilzten Strickzeugen auf dicken Nadeln, Brillenetuis und Süßigkeiten war. Einen Augenblick lang saßen sie schweigend da, nippten nur und aßen, und Mrs. Poniatowska betrachtete Simpson mit dem argwöhnischen Blick einer Überlebenden.

Es war genauso, wie Mr. Sobieski gesagt hatte. Obwohl Mrs. Poniatowska sich erst zwei Wochen später am Sonntag an ihn gewandt hatte, waren die beiden Frauen doch an dem Tag bei ihr gewesen, als Miss Frimwell gestorben war. Sie hatte nicht verstanden, was sie gesagt hatten, außer den Worten »Rente« und »Sozialamt«, und sie hatte sie nicht hereingelassen. Nach einer Weile gegenseitigen Unverständnisses hatte die Frau mit dem Kopftuch mit ungeduldiger Stimme etwas zu der Jüngeren gesagt und war mit ihr weggegangen. Mrs. Poniatowska hatte die Tür zugeknallt und verriegelt und ihnen zwischen den vorgezogenen Vorhängen hindurch zugesehen, wie sie über die Stufen verschwanden. Die Jüngere hatte Jeans getragen.

Simpson spürte, wie wieder neues Leben in ihm aufkeimte. Das, was ihn Polizist hatte werden lassen, regte sich erneut in ihm: die Freude an Jagd, Fang, eigenen Fähigkeiten, Gewitztheit und Intelligenz. Die Teile fügten sich allmählich zu einem Ganzen, er hatte recht gehabt. Nur wenige Straßenzüge voneinander entfernt hatten zwei Frauen, die sich offenbar als Sozialarbeiterinnen ausgaben, bei zwei alten Damen vorbeigeschaut. Die Beschreibungen, die Mrs. Poniatowska und Mr. Pickering gegeben hatten, paßten zusammen. Und auch die Zeiten – Mrs. Poniatowska sagte etwas von Mittag, Mr. Pickering vom Nachmittag. Mrs. Poniatowska hatte sich nicht übertrumpeln lassen; sie hatte sie nicht hereingelassen, und sie waren wieder gegangen. Bei Sobieski hatten sie mehr Glück;

sie hatten sich mit ihren Dokumenten und ihrem Gerede von Renten das Vertrauen der alten Dame erschlichen, hatten sie mit einer angebotenen Tasse Tee außer Gefecht gesetzt, ihr weiter etwas von Beihilfen oder noch ausstehenden Zahlungen oder ähnlichem Quatsch erzählt, bis sie eingeschlafen war, und hatten dann alles mitgenommen, was nicht niet- und nagelfest war. Höchstwahrscheinlich war etwas schiefgegangen – Mord war vermutlich nicht der Stil dieser Hochstaplerinnen, denn Mord war nicht nötig. Ein Unfall vielleicht, Pech. Besonders für Miss Frimwell.

Es mußte noch andere geben. Vielleicht keine weiteren Toten – obwohl auch das möglich war; nur durch Zufall hatten sie sich diesen Todesfall genauer angesehen. Es mußte noch andere alte Frauen geben, die man getäuscht, betäubt und ausgeraubt hatte; dieses Vorgehen hatte Methode. Solche Betrüger arbeiteten so lange mit ihrer Masche weiter, bis sie ertappt wurden. Sie waren nicht clever; ja, vielleicht waren sie raffiniert und einfallsreich, aber letztlich doch dumm, denn sie sahen nur das, was sie ohne große Probleme an sich bringen konnten, und glaubten aufgrund ihrer Verachtung für alle anderen Menschen, daß keiner sich mit ihnen messen konnte.

Doch Dave Simpson konnte sich sehr wohl mit ihnen messen.

Am liebsten hätte er Mrs. Poniatowska einen Kuß gegeben – ja, sogar dem verschrobenen Mr. Pickering mit seinen Puppen –, denn jetzt hatte er einen Fall, eine Methode, ein Puzzle, von dem bisher zwar nur zwei Teile zusammenpaßten, doch das war genug. Er und die Computer, das gewaltige Datennetz der Polizei, das sich übers ganze Land erstreckte, die riesige organisierte Macht, die ihn fasziniert hatte und die ihn nun bei der Stange hielt, ihn, ein Rädchen nur, jedoch ein denkendes Rädchen, desillusioniert und entmutigt, aber immer noch ein Gesetzeshüter, der Verbrecher fangen und die Öffentlichkeit schützen wollte. Schlauer zu sein als die Verbrecher und von der Öffentlichkeit geachtet zu werden ...

Er mußte verrückt sein! Wie viele Leute dachten heutzutage schon so über die Polizei? Doch er hatte einmal so gedacht und tat es jetzt wieder, als er den beiden alten Polen in den Wagen half, Sobieski als Dolmetscher. Die Aussagen von Pickering und der Poniatowska waren die Grundlage für Dave Simpsons größten Erfolg – das spürte er, da war er sich, verdammt noch mal, sicher!

Nachdem die Aussagen aufgenommen, die beiden Alten nach Hause geschickt und die Maschinerie in Gang gesetzt worden war, ging er zu seinem Chef.

Detective Superintendent Harry Hogarth saß hinter seinem Schreibtisch, groß, glatzköpfig und häßlich wie ein japanischer Ringer, die Hände über seinem Bauch verschränkt. Er füllte seinen Anzug aus wie eine Wurst die Haut. Er hörte zu, die Stachelbeeraugen auf Simpson geheftet, der auf der anderen Seite des Schreibtisches stand und um Erlaubnis bat, den Fall weiterverfolgen zu können.

»Ich hatte gedacht, der Fall ist bereits bei den Akten.«

»Nein, Sir. Wir haben ihn eher noch ein bißchen aufgeschoben. D. C. Blane hat die Augen offengehalten.«

Hogarth grunzte. »Cleveres Bürschchen, dieser Blane. Wird mal ein guter Polizist.«

»Ja, Sir.«

»Ist aber doch eine ziemlich kleine Sache, ein kleiner Diebstahl oder so was Ähnliches, oder?«

»Eine alte Frau ist dabei gestorben, Sir.«

»Aber sie war doch keine Adelige? Und auch nicht die

Oma von einem Abgeordneten? Oder das Lieblingsgroupie von einem Popstar?« Simpson erwiderte nichts. »Da schreiben die Zeitungen die ganze Zeit von der wachsenden Kriminalität ...« Er deutete mit seiner massigen Hand auf seinen Korb mit zu bearbeitenden Papieren. »Überfälle, Einbrüche, Vergewaltigungen, Drogenmißbrauch. Was macht da schon eine alte Dame, die genausogut von einem Auto hätte überfahren werden können? Und kommen Sie mir ja nicht mit der Bibel oder mit irgendwelchen Gedichten, Wally, ich bin nicht in Stimmung.«

Er warf ihm einen wütenden Blick zu, doch Simpson grinste zurück. Er hatte lange genug unter Hogarth gearbeitet, um zu wissen, daß dieser damit sein Einverständnis gegeben hatte. Zum Teil mangels Interesse – es handelte sich um einen unwichtigen Fall –, zum Teil aus Pflichtgefühl – er war der härteste Polizist, den Simpson je kennengelernt hatte, besessen von seinem Willen, die Verbrecher zu bezwingen –, und zum Teil auch deshalb, weil er aus irgendeinem Grund eine Schwäche für Simpson hatte ... vielleicht war der Alte einsam und hätte sich einen Sohn gewünscht.

Hogarth beugte sich wieder nach vorn, finster dreinblickend wie ein Büffel. »Ich gebe Ihnen eine Woche Zeit.«

»Danke, Sir.«

»Aber Blane kann ich Ihnen nicht geben.«

»Gut, Sir.« Gott sei Dank!

»Es herrscht Personalmangel, Wally. Sie müssen es allein schaffen.«

»Gut, Sir.«

»Und am Ende der Woche, egal, was Sie bewirkt haben, geht's wieder ab in die Realität, verstanden?«

»Verstanden, Sir.«
»Gut.« Er entließ ihn mit einer Handbewegung. Als Simpson die Tür öffnete, machte Hogarth einen Witz. »Der Polizeipräsident darf davon nichts erfahren, Wally.«
Simpson grinste erneut. »Das wird er auch nicht«, sagte er und ging beschwingten Schrittes in das Durcheinander seines Büros zurück.

Mit Hilfe der modernsten Technik nahm das Puzzle allmählich Teilchen für Teilchen Gestalt an. Aus allen Gegenden des Großraums London trafen kleine Informationsschnipsel aus den Computern und den detaillierten Aufzeichnungen der jeweiligen Polizeistationen ein. Die Klagen kamen immer gebündelt, drei oder vier in derselben Gegend, jeweils innerhalb weniger Wochen, dazu Listen der gestohlenen Gegenstände – meist Kleinigkeiten wie Schmuck, Radios, hin und wieder auch ein Pelz oder ein Ölgemälde, und natürlich Bargeld, immer kurz nach dem Rentenzahltag. Und immer von alten Damen. Immer, wie er anhand eines Stadtplanes feststellte, in Wohnungen nahe der High Street, wo sich für gewöhnlich das Postamt befand, das die besagten Renten ausbezahlte, und immer nahe einer U-Bahn-Haltestelle. Natürlich durfte man auch die Busse nicht vergessen, aber Simpson bevorzugte die U-Bahn, denn sie war schneller und anonymer als die Warterei an Bushaltestellen, insbesondere wenn man ein paar Umhängetaschen dabei hatte, die jemandem auffallen konnten. Sie hatten im Februar dieses Jahres angefangen, zuerst auf der anderen Seite des Flusses, dann im Westen weitergemacht und auch ein paar Versuche im Osten unternommen, bis sie sich allmählich an sein eigenes Revier herangearbeitet hatten. Im letzten Monat waren fünf Vorfälle gemeldet worden (vermutlich gab es

noch viel mehr, die nie in den Akten auftauchten), der letzte davon Miss Frimwell. Seitdem nichts mehr. Zufall? Oder wußten sie, daß sie gestorben war, und hatten kalte Füße bekommen?
Er hoffte, daß dies nicht der Fall war. Er wollte sie erwischen.
Er stieg in seinen Wagen und fuhr zu einer der Adressen. Der Bericht des zuständigen Reviers klang lakonisch: »Alte Dame bittet den Innenminister um Rückgabe ihrer beiden Rockingham-Porzellanfiguren, nachdem ›Inhalt entschlüsselt‹ worden ist.«
Miss Greenham spähte durch den Spalt in der Kellertür, die noch durch die Kette verschlossen war. Er zeigte ihr seinen Ausweis. Sie öffnete die Tür und packte ihn am Arm, um ihn in die nach Kräutertee duftende Dunkelheit des Flurs zu zerren, und legte die Kette hinter ihm wieder vor.
»Sagen Sie nichts«, flüsterte sie. »Hier sind wir nicht sicher.«
Sie schob ihn an unsichtbaren Hindernissen vorbei vor sich her in das hintere Zimmer, das ebenfalls, abgesehen von dem schmalen Lichtstrahl, der durch die dünnen, zugezogenen Vorhänge hereindrang, dunkel war. »Machen Sie das Licht nicht an«, sagte sie. »Sie könnten hereinschauen. Ich bin ja so erleichtert, daß Sie gekommen sind.«
Sie war eine Frau, die wohl einmal groß gewesen, inzwischen aber etwas geschrumpft war; sie hatte breite Schultern und einen Busen, der schon fast bis auf ihre ausladenden Hüften reichte, dazu einen Stock, wirres weißes Haar, das an den Wurzeln ausdünnte, und eine dicke Brille.
»Haben Sie sie mitgebracht?«

»Verzeihung?«
»Meine Figuren. Haben Sie sie mitgebracht?«
Er sah sie mit seinem gewinnendsten Lächeln an. »Ich bin Detective Inspector Simpson von der Kriminalpolizei, Ma'am.« Er zeigte ihr seinen Ausweis, aber sie schaute ihn kaum an und musterte dafür sein Gesicht. »Ich bin mit der Aufklärung verschiedener Diebstähle betraut, die sich in letzter Zeit zugetragen haben, und soweit ich weiß ...«
»Der ganze Quatsch ist nicht nötig«, sagte Miss Greenham mit ungeduldiger Stimme, »ich weiß ganz genau, wer Sie sind, mir gegenüber brauchen Sie sich nicht verstellen. Ich möchte nur wissen, wann ich meine Figuren zurückbekomme, damit wir die Kommunikation wieder aufnehmen können.«
»Um welche Figuren geht es, Ma'am?«
»Das wissen Sie sehr gut. Setzen Sie sich lieber, ich bin nicht mehr so gut auf den Beinen wie früher, die Gefahren rund um mich herum haben mir meine Kraft geraubt.« Sie ließ sich in einen Sessel fallen, ganz ähnlich dem, in dem Miss Frimwell gestorben war, nur daß dieser hier etwas durchgesessen war. Sie verschränkte die Hände über dem Stock und schaute ihn geräuschvoll atmend an.
Er setzte sich auf einen Holzstuhl beim Tisch, auf dem Zeitungen und Ausschnitte daraus, ein Teller mit Marmeladenresten, ein schmutziges Messer, Margarine in einem verkrusteten Papier und ein Becher mit einem Bild von Charles und Di herumlagen und -standen.
»Keiner von Ihren Leuten hat sich mehr bei mir gemeldet seit damals. Ich finde das sehr bedauerlich. Fast fürchtete ich, daß ihnen etwas zugestoßen sein könnte.«
»Den Figuren?«
»Denen auch. Aber hauptsächlich den beiden, die Sie ge-

schickt haben. Ich habe sie seitdem nicht mehr gesehen, und obwohl ich im Polizeirevier eine Nachricht hinterlassen habe, habe ich auch meine Figuren nicht mehr zurückbekommen. Ich habe Angst, daß sie zusammen mit Ihren Leuten liquidiert worden sind. Wissen Sie, die sind rücksichtslos, völlig rücksichtslos.«

Die zahlreichen »die« und »sie« waren verwirrend, doch Simpson gab sich größte Mühe, ihr zu folgen. »Soweit ich weiß, haben Sie das Polizeirevier aufgesucht, kurz nachdem die – äh – Agenten mit Ihrem Eigentum verschwunden sind?«

»Aber nein, natürlich nicht! So etwas würde ich nie tun. Ich bin erst einige Wochen später hingegangen, weil ich natürlich ihre Aufmerksamkeit nicht auf mich lenken wollte. Ich weiß, daß genug Zeit zum Entschlüsseln und Umorganisieren und Zurückschicken war. Erst als man mir die Figuren nicht zurückgeschickt hat, habe ich das Risiko auf mich genommen, bei der Polizei vorbeizuschauen, um sie daran zu erinnern. Wissen Sie, ich kann die Botschaften nicht mehr weitergeben. Und ich habe Angst wegzugehen, weil ich dann eine Botschaft verpassen könnte. Außerdem könnte es sein, daß sie mir auf der Straße auflauern, jetzt, wo sie wissen, daß ich mit der Sache zu tun habe, und wo doch die anderen vermißt sind.« Sie schaute sich voller Nervosität um, das weiße Haar wie ein Nebel in dem Zwielicht. »Ich benutze jetzt nur noch dieses Zimmer, das andere drüben ist einfach nicht sicher. Und sogar hier können sie vom Garten aus hereinsehen, deswegen muß ich die Vorhänge ganz zumachen. Der liebe Mr. Akbar vorn an der Ecke schickt mir immer seinen Sohn, der mir alles bringt, was ich zum Essen brauche, und die liebe Corinda gleich nebenan holt für mich die Rente ab. Seit Ihre Leute mit meinen Figuren verschwunden sind und sie nicht mehr zurückgebracht haben, weiß ich mit Sicherheit, daß sie hinter mir her sind. Ich traue mich nicht aus dem Haus.«

»Haben sie noch etwas anderes mitgenommen?« fragte er sanft.

»O ja, natürlich. Als Tarnung, wissen Sie. Sie haben ein paar kleinere Dinge mitgenommen, damit es nicht so auffällig ist, kleine Erinnerungen an die Vergangenheit.«

»Auch Bargeld?«

»O ja, sie haben auch das Bargeld mitgenommen. Darüber war ich ein wenig überrascht, muß ich sagen, aber das alles ergibt natürlich eine überzeugende Tarnung. Ich bin mir sicher, daß Mrs. Thatcher für die Rückerstattung sorgen wird.«

»Da bin ich mir auch sicher. Es wird wohl eine Weile bei den Akten bleiben, Sie wissen ja, wie das ist mit den Behörden, Ma'am.«

Sie wurde plötzlich lebhaft. »Und ob ich das weiß. Ich war den ganzen Krieg über im Ernährungsministerium.«

»Es würde mir helfen, die Sache ein wenig zu beschleunigen, wenn ich wüßte, wer diese Agenten waren. Haben sie Ihnen ihre Namen gesagt?«

»Natürlich. Aber ich habe nicht darauf geachtet, weil ich ja wußte, daß sie falsch waren.«

»Was haben sie sonst noch für eine Tarnung benutzt?«

»Sie sagten, sie sind vom Sozialamt. Sehr clever, denn Sozialarbeiter werden überall reingelassen, niemand macht sich große Gedanken über sie, egal, ob schwarz oder weiß, nicht einmal Enoch Powell würde etwas ahnen.«

Simpson spielte weiter mit. »Könnten Sie sie beschreiben? Nur für den Fall, daß sie aus meiner eigenen Abteilung sind?«

»Es waren zwei Frauen, wie clever, Sozialarbeiter sind

meistens Frauen. Angenehm, ruhig, mittleren Alters, sehr überzeugend.«
»Haare, Kleidung?«
»Solche Dinge fallen mir nicht auf. Und außerdem habe ich, seit ich Bescheid weiß, immer die Vorhänge ein Stück zugezogen. Nachdem ich die Figuren nicht mehr zurückbekommen habe, habe ich Angst, sie überhaupt aufzumachen. Vor Schalldämpfern ist niemand sicher.« Sie sank in ihren Sessel zurück, als könne dieser sie beschützen.
»Und die andere?«
»Jünger. Groß. Nicht sehr auffällig – ganz schön clever, was? Sie hat die Haare offen getragen, wie's vor ein paar Jahren Mode war, das steht eigentlich nur ganz jungen Mädchen. Die lieben Schwarzen haben da wirklich Glück, die haben mit ihren Haaren nie Probleme, die sind ganz unkompliziert.«
»Sind sie lange geblieben?«
»Gerade lange genug, um sich ein bißchen mit mir zu unterhalten und eine Tasse Tee zu trinken. Die Jüngere hat ihn liebenswürdigerweise gemacht, während ich der Älteren meine Arbeit und meine Vermutungen erklärt habe. Außerdem habe ich ihr gesagt, daß jetzt auch noch die IRA und das KGB mitmischen. Natürlich hat sie mir ihre Sicht der Dinge nicht erläutert, aber ich habe ihr alles gesagt, was ich wußte. Sie hat sehr viel Verständnis gezeigt.«
»Und wann sind sie gegangen?«
Zum erstenmal entspannte sich Miss Greenham ein bißchen und lächelte fast. »Ob Sie's glauben oder nicht – ich bin eingeschlafen. Wissen Sie, das war die Erleichterung, daß sie endlich Kontakt mit mir aufgenommen und sich alles angehört haben, was ich zu sagen hatte. Ich bin hier

in diesem Sessel eingeschlafen, und als ich wieder aufgewacht bin, waren sie weg.«

»Und Ihre Sachen auch?«

»Aber natürlich. Deshalb sind sie doch gekommen, oder?«

Simpson verschwendete keine Zeit auf die Überlegung, warum er so wütend und versessen darauf war, diese kleinen Gauner zu finden, die bei den Alten und Schwachen schmarotzten. Es gab viel schlimmere Verbrechen und weitaus brutalere Verbrecher. Hier ging es nicht um Gewalttätigkeit; sogar Miss Frimwells Tod war sanft gewesen, mit fast völliger Gewißheit ein Unfall. Wenn es die Obduktion nicht gegeben hätte, hätte man einfach eine natürliche Todesursache vermutet. Doch wie viele andere alte Menschen waren es wohl gewesen, denen man eine Woche, einen Monat oder ein Jahr zu früh ins Jenseits verholfen hatte, bar ihrer kleinen Besitztümer, die ihre Person ausmachten und die niemand sonst vermissen würde? Wie viele andere waren wohl immer noch verwirrt und verängstigt? In Zimmern und Wohnungen in ganz England harrten alte Männer und Frauen aus, tapfer oder mißmutig, betrunken oder nüchtern, verrückt oder im Vollbesitz ihrer geistigen Kräfte, aber trotz allem mit dem Recht, ihr Leben zu leben, bis es ein natürliches Ende fand, gestützt von ihren Schätzen, den Gegenständen, die ihnen tagtäglich bewiesen, daß sie auch einmal jung gewesen waren, geliebt hatten und geliebt worden waren, gearbeitet hatten, in der menschlichen Gesellschaft etwas gekonnt und bedeutet hatten. Sie auszurauben war so etwas wie Mord; sie wurden um ihre Vergangenheit gebracht, man verachtete ihre Würde. Und diese Verachtung war es, die Simpson so wütend machte.

Er schaute bei allen in seinem Revier vorbei, die Anzeige

erstattet hatten (das waren nicht allzu viele), und ließ die Finger von den anderen Gebieten, obwohl er sich auch dort gerne einmal umgesehen hätte. Es war immer das gleiche: zwei Sozialarbeiterinnen, die eine mittleren Alters, die andere jünger; das Versprechen zusätzlicher Beihilfen, der Tee, der Schlaf, das Erwachen und die Erkenntnis, daß nicht nur die beiden, sondern auch die ganz kleinen Schätze und das Bargeld verschwunden waren. Die Verwirrung, die Scham, die Entrüstung und – am allerschlimmsten – die Demütigung, hereingelegt worden zu sein. Das Selbstvertrauen der alten Leute nahm immer mehr ab, je älter sie wurden; wenn man sie so hereinlegte, hatten sie möglicherweise das Gefühl, allein nicht mehr zurechtzukommen. Nichts von dem Diebesgut war je wieder zurückgegeben worden; manches davon war in den Polizeiakten erfaßt, aber die Gegenstände selbst waren zu klein oder unauffällig, um jemals identifiziert zu werden. Sie waren verschwunden und hatten einen Teil des Lebens ihrer Besitzer mitgenommen – und das von Miss Frimwell im besonderen.

Er hatte mit Beamten vom Sozialamt gesprochen; dort hatte niemand diese Besuche unternommen; es gab keine solchen zusätzlichen Beihilfen; es gab bei ihnen auch keine zwei Frauen, auf die die Beschreibung gepaßt hätte, keine Mrs. Black und keine Mary. Die Frauen, hinter denen er her war, waren kaltblütige Schwindlerinnen.

Ohnmächtige Wut erfüllte ihn. Er hatte nur eine Woche Zeit, mittlerweile sogar noch weniger. Zum erstenmal hätte er sich gewünscht, daß Jan wüßte, was er von Beruf war; sie würde ihm zwar nicht viel helfen können, weil sie nicht besonders intelligent war, aber sie würde ihm wenigstens zuhören, ohne Fragen zu stellen, und seine Gedanken ihr gegenüber in Worte zu fassen, würde ihm helfen. Als Freundin eines Polizisten mußte man besondere Qualitäten haben, und Jan war etwas Besonderes, weil sie keine Fragen stellte – manchmal fragte er sich, ob sie überhaupt mit dem Kopf ganz da war. Aber Ergebenheit macht süchtig. Er war seit seiner Kindheit nicht mehr von vielen Menschen geliebt worden, und Jans Ergebenheit erzeugte in ihm Beschützerinstinkte, wie er sie in ganz ähnlicher Weise für diese betrogenen alten Frauen empfand – für *seine* alten Frauen.

Doch Jans Unterwürfigkeit ärgerte ihn manchmal, besonders wenn er, wie jetzt, mit diesem Gefühl der Ohnmacht zu kämpfen hatte. Dann fiel es ihm schwer, tatenlos auf dem Sofa in Jans Zimmer zu sitzen und den Albereien der beiden Ronnies zuzusehen, die im Fernsehen ausgestrahlt wurden – er hatte das Gerät für Jan gemietet. Er hatte ihr, seit ihre Tante weg war, bei einer ganzen Reihe von Dingen unter die Arme gegriffen, denn er wußte, daß sie ein wenig knapp bei Kasse war. Sicher, sie arbeitete jetzt vier Tage in der Woche in dem Continental-Delicacies-Laden (vermutlich nicht angemeldet, er fragte lieber nicht nach), doch er wollte, daß sie sich sobald wie möglich eine richtige Arbeit suchte, in die Versicherungen einbezahlte und ein legales Leben führte. Er wollte, daß sie ihr Dasein in Ordnung brachte.

Es mußte noch andere Wege geben, um diesen beiden Frauen auf die Spur zu kommen, aber ihm fiel nichts ein. Er sah dem Fernsehprogramm zwar zu, nahm es jedoch genausowenig wahr wie seinen Arm, den er um Jan gelegt hatte; ihr Kopf ruhte auf seiner Schulter. Er würde heute nacht nicht bleiben – sie hatte ohnehin ihre Tage, und er war auch nicht in der richtigen Stimmung für Sex. Er mußte hinaus, Fragen stellen, Unterlagen durchsehen, noch einmal all das tun, was er bereits mehrmals erfolglos durchexerziert hatte.

Es mußte etwas geben, irgendwo.
»Du bist heute so still, Dave.«
»Ich bin schon in Ordnung.«
»Bleibst du heute nacht?«
»Nein. Ich muß bald weg.«
»Ach, Dave.« Er wußte, daß sie verletzt war, denn sie glaubte, er wolle nicht bleiben, weil sie nicht miteinander schlafen konnten. In gewisser Hinsicht stimmte das, aber es ärgerte ihn, daß sie das dachte; sie hatte einfach kein Selbstwertgefühl. Er drückte sie an sich, und sie reagierte sofort, wandte ihm das Gesicht zu, legte ihm die Hand um den Nacken und gab ihm einen Kuß. Er spürte, wie sich die Leidenschaft in ihm regte, aber er zog sich zurück und sagte: »Na, na, mal langsam!« Die Schlaufe des Reißverschlusses an seinem Trainingsanzug verfing sich in dem Anhänger, den sie um den Hals trug, so daß er sich erst befreien mußte. Dann stand er ungeduldig auf. »Kaffee?«
»Ich mach ihn schon.«
»*Ich* mach ihn.« Er schaltete den elektrischen Kessel an, spülte die beiden schmutzigen Tassen aus, die auf dem Boden neben dem Sofa gestanden hatten, und löffelte Instantkaffee hinein. Die Sendung mit den beiden Ronnies neigte sich ihrem Ende zu, und nun erklang die Fanfarenmusik der Neunuhrnachrichten.
Das Unterhaus – »Glaubst du, daß Mrs. Thatcher sich die Haare tönt?«; der Nahe Osten – »Eigentlich möchte man meinen, daß sie langsam genug davon haben«; ein schwarzer Politiker – »Mein Gott, wie der glänzt«; ein Gewerkschaftsboß – »Igitt, schau dir mal seine Zähne an!«; ein Polizeipräsident, der sich rechtfertigte, weil seine Beamten einen Verbrecher aus der Haft hatten entkommen lassen – »Was denkt der wohl, wen er alle hinters Licht führt?«

»Was meinst du damit?«
»Na ja, du weißt schon – da ist sicher ein Bulle bestochen worden oder so.«
»Unsinn.«
»Aber jedes Kind weiß doch, daß es korrupte Bullen gibt, Dave.«
»Ja, ja, manche vielleicht. Aber manche von uns sind auch in Ordnung. Es geht mir allmählich auf den Wecker, wenn die Leute ständig nur an der Polizei herumnörgeln. Sollen sie's doch besser machen.«
Er nippte an seinem Kaffee und schaute sich die übrigen Nachrichten an, doch er merkte nicht, daß sie neben ihm mucksmäuschenstill geworden war; sie sagte nichts über den Besuch der Prinzessin von Wales in einem Kindergarten, und als er den Fernseher ausschaltete und sagte, er ginge jetzt, während er seinen Anorak anzog, sie in den Arm nahm und ihr einen Kuß auf die Wange gab, reagierte sie nicht, sondern starrte ihn nur mit großen Augen an. Er vermutete, daß ihr ihre Tage zu schaffen machten, dachte jedoch nicht weiter darüber nach und hatte, sobald er wieder in seinem Wagen saß, nur noch Miss Frimwell im Kopf.

Janice hörte, wie sich die Tür hinter ihm schloß, wie seine Schritte die Stufen hinunterpolterten, wie er wegfuhr. Sie setzte sich wieder aufs Sofa, den leeren Bildschirm vor sich. Sie hatte ihn doch ganz deutlich gehört, oder? Er hatte gesagt: »Manche von uns sind auch in Ordnung.« Nicht »Manche von *denen* sind auch in Ordnung«, sondern »uns« – uns. Also war er einer von ihnen.
Es ergab Sinn. Er hatte ihr nichts davon gesagt, weil sie das nie taten, dazu waren sie zu vorsichtig. Aber es ergab Sinn. Der Schichtdienst, die unregelmäßigen Arbeitszei-

ten, die Tatsache, daß er ihr nie irgend etwas erzählte, nichts von seinem Job, auch nicht, wo er arbeitete oder wohnte. Ein Staatsdiener. Tja, so konnte man das wohl nennen. Sie selbst hatte sich zusammengereimt, daß er bei der Post war. Er hatte das weder bestätigt noch abgestritten. Er hatte nie etwas gesagt. Und sie hatte ihn nie gefragt, weil sie Angst gehabt hatte, ihn zu verlieren.

Sie setzte sich auf das durchgesessene Sofa und begann zu weinen. Die Tränen rollten ihr die Wangen und den Hals hinunter bis in ihren Pullover hinein, und sie wischte sie mit dem Handrücken weg. Er würde nie mit ihr zusammenziehen. Kein Wunder, daß er ihr nie gesagt hatte, wo er wohnte – höchstwahrscheinlich in einer Polizeikaserne, zusammen mit einem Kollegen, vielleicht sogar einer Kollegin. Kein Wunder, daß sie nie seine Freunde kennengelernt hatte. Kein Wunder, daß er ihr nie etwas über sich selbst sagte.

Er war ein Bulle.

Plötzlich überkam sie Panik. Sie stand auf und begann schluchzend im Zimmer herumzugehen, lehnte sich gegen die Wand und hastete dann wieder zwischen den schäbigen Möbeln hin und her. Er war ein Bulle! Was hatte sie ihm erzählt, was war ihr unbedacht herausgerutscht? Mit Sicherheit nicht viel, denn als sie noch mit Grace zusammengewesen war, hatte diese ein zu strenges Regiment geführt, als daß Janice Dritten gegenüber jemals die Wahrheit gesagt hätte. Und seit Grace weg war, gab es nichts mehr zu verbergen; sie hatte so gut wie möglich von der Sozialhilfe gelebt und von dem Geld, das Mr. Theodore ihr zahlte – jetzt begriff sie, warum Dave so versessen darauf gewesen war, daß sie sich eine Arbeit suchte; er hatte offenbar geahnt, wie sie sich ihren Lebensunterhalt verdiente, und wollte, daß sie damit aufhörte, weil er Gesetzeshüter war. Aber er hatte sie nicht verraten, weil er sie liebte. Oder nicht? Liebte er sie nicht, empfand er nicht mehr für sie als all die anderen, die anderen Schweine ...?

Sie legte sich aufs Bett und ließ die Tränen seitlich ihr Gesicht hinunterrollen, in ihre Ohren, auf das Kissen. Sie hatte ihn verloren, und mit ihm ihre letzte schwache Hoffnung. Sie weinte sich in den Schlaf.

Am nächsten Tag, einem Mittwoch, dem Tag, an dem die Geschäfte früher zumachten, ging sie wieder zur Arbeit. In dem Continental-Delicacies-Laden war nicht viel los, nur ein paar Rentner suchten in der Tiefkühltruhe herum, und junge Frauen mit Kinderwagen frischten ihre Vorräte an Chips und Keksen auf. Mr. Theodore hatte wieder einmal einen seiner Wutanfälle, er sah aus wie ein riesiger Vulkan. Eine Lieferung Joghurt hatte bereits das Verfalldatum überschritten, das war die Schuld seines Schwiegersohnes Costa, denn der hatte den Joghurt nicht von hinten nach vorn geräumt, so daß immer nur die frischen Lieferungen verkauft wurden. Costa saß schweigend hinter der Kasse, während Mr. Theodore hinten im Lager wütete, sah die Kunden und das Geld, das sie ihm gaben, und Janice, die die Dosen mit Katzenfutter auszeichnete, mit dunklen byzantinischen Augen an.

Janice bewegte sich wie in Trance. Als sie an jenem Morgen aufgewacht war, war sie sich sicher gewesen, alles nur falsch verstanden zu haben; Dave hatte das nicht gesagt, sie hatte ihn mißverstanden, natürlich war er kein Bulle, alles war in Ordnung. Doch während sie lustlos ihr Frühstück machte und sich schminkte, überfiel sie wieder die Verzweiflung. Sie hatte sich nicht getäuscht, alles ergab Sinn. Sie ging in die Arbeit wie ein Zombie, erfüllt von ihrem Kummer.

Als der Laden um ein Uhr schloß, kehrte sie sofort nach Hause zurück. Dort traf sie Grace an, die gerade einige auf dem Bett ausgebreitete Silbersachen sortierte.

Grace hob lächelnd den Blick. »Hallo, Jan. Ich habe mir doch gedacht, daß du bald kommen müßtest. Na komm schon, Mädchen, steh nicht so rum.« Sie wandte sich wieder dem Bett zu und sortierte weiterhin Löffel und Gabeln nach der Größe und wickelte jeweils sechs davon mit geübtem Griff in Zeitungspapier.

»Wo bist du gewesen?« fragte Janice mit schwacher Stimme.

»Tja, das ist nicht so interessant. Sagen wir mal so: Ich hatte einen prima Plan, aber er hat nicht ganz funktioniert. So schlecht ist die Sache dann aber trotzdem nicht ausgegangen.« Sie betrachtete die Gegenstände auf dem Bett mit selbstgefälligem Blick. Daneben standen drei schöne Lederkoffer in verschiedenen Größen, dazu noch ein schäbigerer aus Plastik mit Reißverschluß und ein paar Plastiktüten von John Lewis. »Wir haben kein Seidenpapier oder ein paar kleine Schachteln, oder? Ich will nicht, daß alles durcheinandergerät.«

Janice trat wie in Trance an das Bett heran. Darauf lagen die unterschiedlichsten Gegenstände, wie sie sie noch aus ihrer Zeit der Zusammenarbeit mit Grace kannte, aber es war viel mehr, als sie jemals erbeutet hatten, und viel wertvoller. Neben dem losen Besteck lag ein flacher, mit grünem Filz ausgelegter Mahagonikasten, in dem sich eine ganze Reihe von Obstmessern und -gabeln mit Perlmuttgriffen befand. Außerdem entdeckte Janice drei silberne Taufbecher und mehrere silberne Aschenbecher. Dazu kamen einige Porzellanblumen, die in einen teuren Seidenschal gewickelt waren. In weiteren Seidenschals – für Damen und Herren – fanden sich alle möglichen

Schmuckstücke: Goldkettchen, Broschen, ein paar Zierknöpfe mit Perlen und eine goldene Taschenuhr; dazu Bürsten mit Elfenbeinrücken, ein Flachmann und ein Zigarrenetui aus Silber; mehrere Seidenblusen und ein Twinset aus Kaschmir. Auf den Kissen lag eine Abendjacke aus Goldbrokat mit einem Fuchskragen, und über dem Stuhl hing ein Persianermantel.
Mit verwirrtem Gesichtsausdruck fragte Janice: »Woher hast du denn das ganze Zeug?«
»Tja, ich hab ja auch die Koffer mitgebracht – die sind aus gutem Leder, die sollten schon noch ein paar Pfund bringen. Und außerdem habe ich den größten Teil von meinen eigenen Sachen dagelassen, ich habe nur meine Toilettensachen und dieses Zeug und noch ein paar Kleider mitgenommen, so daß ich auch noch meinen alten Koffer hatte. Und die Plastiktüten. Aber ich kann dir sagen, es war eine ganz schöne Arbeit, das alles hier einzupacken.« Sie fing an, das eingewickelte Besteck in eine Plastiktüte zu stecken. »Dann habe ich zuerst ein Taxi zum King's Cross genommen und von da aus hierher.«
»Du hast mir nie geschrieben, Grace.«
»Nein, ich habe ja auch nicht gewußt, wo ich sein würde. Steh nicht so rum, meine Liebe. Pack lieber die kleinen Sachen ein.«
Ganz automatisch tat Janice das, was sie ihr sagte, und wickelte die kleineren Gegenstände in halbe Seiten Zeitungspapier, während Grace zur Kommode hinüberging und aus Janices Kleidung das eine oder andere Tuch herauszog. Darin wickelte sie den Schmuck ein.
»Danke, meine Liebe. Ich will das kleine Zeug so schnell wie möglich verkaufen.«
»Warum bist du zurückgekommen?«
»Na ja, das war doch ganz praktisch, oder? Ich hatte im-

mer noch meinen Schlüssel, und außerdem habe ich mir schon gedacht, daß du immer noch hier bist, ich weiß ja, was du für ein Faultier bist.« Sie lachte nachsichtig. »Und wenn du nicht mehr dagewesen wärst – na ja, auch nicht so tragisch, oder?«
Panik ergriff Janice; sie hörte auf, die Sachen einzupacken, und starrte Grace voller Entsetzen an. »Du bleibst doch nicht etwa da?«
»Bloß einen Tag oder zwei, bis ich das meiste davon los bin. Ich gehe gleich heute nachmittag auf die Märkte und zu dem alten Feinstein, und die größeren Stücke und den Pelz packe ich in die Koffer und bringe sie gleich morgen früh woandershin.«
»Das kannst du nicht machen!«
»Was meinst du damit? Ich bin doch hier, oder nicht?« Sie legte das letzte Stück in eine der John-Lewis-Plastiktüten und hob sie hoch, um ihr Gewicht zu prüfen.
»Das kannst du nicht! Dave könnte hierherkommen!«
»Dann bist du also immer noch mit ihm zusammen? Tja, da muß er eben ein bißchen Platz machen, deine Tante ist wieder da auf Besuch.«
»Grace – er ist ein Bulle.«
»Was?« Es war, als wäre plötzlich ein Eisberg in das Zimmer geglitten, gläsern, schweigend und bewegungslos. Die beiden Frauen starrten einander über das Bett hinweg an wie Statuen. Graces Gesicht wurde leichenblaß, dann, als sie einen Schritt auf Janice zutrat, wurde es plötzlich bis zu ihren getönten Haaren tiefrot. »Er ist was?«
»Ein Bulle.« Janice flüsterte das Wort und begann zu zittern. Sie trat vom Bett zurück nach hinten an die Wand, und ihr Gesicht war jetzt so weiß, wie das von Grace vorher gewesen war.

»Du bist mit einem Bullen zusammen?«

»Ich hab's nicht gewußt. Er hat's mir nie gesagt.« Sie begann, sinnlos vor sich hin zu plappern und empfand die Wand in ihrem Rücken eher wie ein Hindernis, nicht wie eine Stütze. »Ich hab die ganze Zeit nicht gewußt, was er von Beruf ist. Er hat das nie gesagt, ich hab gedacht, er ist bei der Post, weil er doch die ganze Zeit Schichtdienst hatte. Ich hab nicht mal gewußt, wo er wohnt, er hat mir das auch nie gesagt.«

»Und du hast auch nie gefragt.«

»Ich wollte ihn nicht aufregen.«

Grace atmete tief durch. Sie hatte inzwischen wieder eine normale Gesichtsfarbe bekommen, und sie stand bedrohlich ruhig da. »Und woher weißt du's jetzt?«

»Es ist ihm rausgerutscht. Er hat es nicht gemerkt.«

»Und wann war das?«

»Gestern abend.«

»Gut.« Sie ergriff die Initiative, das Gesicht hart wie Stein. »Pack deine Sachen.«

»Was?«

»Pack deine Sachen.« Sie hob die Lederkoffer aufs Bett und begann dann, zuerst die Blusen und dann die anderen kleineren Gegenstände hineinzustopfen.

»Nein!«

»Ich laß dich nicht hier, damit er mich auch noch kriegt.«

»Er weiß es doch nicht – er weiß nichts!«

»Aber bald, so wie du ausschaust.«

»Nein, er wird's nicht erfahren! Er denkt, daß ich ein ordentliches Leben führe. Ich habe einen Job, ich zahle bald in die Versicherung ein . . .«

»Und du glaubst, daß das funktioniert? Du glaubst, du kannst es dir gutgehen lassen bei einem Bullen? Denk doch mal ein bißchen nach, Mädel. Was glaubst du wohl, wie lange es dauert, bis du nervös wirst, bis dir was rausrutscht, bis er dir auf die Spur kommt? Die Gefahr wird um so größer, je näher ihr euch kommt. Nein, danke, ohne mich! So haben wir nicht gewettet, aber jetzt können wir auch nichts mehr machen. Du kommst mit.«

»Nein!« Sie begann zu weinen und stand mit hängenden Armen an der Wand, eine schmale, blasse Frau von knapp Dreißig, aus der die Freude der letzten Wochen mit einem Schlag gewichen war.

Grace warf ihr einen verächtlichen Blick zu und packte weiter ein; dann verengten sich ihre Augen, und ihre Hände hielten einen Moment inne. »Und was ist das da um deinen Hals?« Janices Hand wanderte hoch zu dem Anhänger. »Das ist doch das Medaillon, das du damals bei der alten Schachtel hast mitgehen lassen, die uns gleich wieder rausgescheucht hat, oder? Du verdammtes Arschloch, ich hab dir doch gesagt, du sollst es verkaufen. Oder?« Sie ging um das Bett herum auf Janice zu und packte sie bei den Armen, so daß ihr Kopf gegen die Wand knallte. Graces Gesicht war rot, ihre Augen funkelten vor Zorn. »Ich hab's dir gesagt. Ich hab's dir *gesagt*! Behalte nie etwas, was man zu seinem Besitzer zurückverfolgen könnte, das habe ich dir *gesagt*. Es gibt Akten und Computer, die können alles herausfinden. Das verdammte Ding um deinen Hals ist irgendwo erfaßt, und du hast mir gerade gesagt, daß dein Freund ein Bulle ist!« Sie stieß Janice weg, die auf das Bett sank, die schweißnassen Haare vor dem Gesicht.

Grace sah sie mit kühlem Blick an. »Wann kommt er zurück?«

»Das weiß ich nicht.«

»Gut. Wir müssen innerhalb einer Stunde verschwinden. Es ist jammerschade, daß ich nicht einen Teil der Sachen loswerden kann, bevor wir gehen, so wie ich es eigentlich vorgehabt habe, aber unter den gegebenen Umständen müssen wir einfach so viel mitnehmen, wie wir tragen können, und unser Glück oben im Norden versuchen. Nimm nur die Sachen mit, die du unbedingt brauchst, Unterwäsche und so, und laß den Rest hier. Wir können uns ohne Probleme neues Zeug kaufen, wenn wir erst einmal wieder eine Bleibe haben.«

Sie wandte sich ab. Oben auf dem Schrank lagen zwei billige Koffer, die Janice gehörten und die sie jetzt herunterholte und aufs Bett schmiß. Dann zog sie die Schubladen der Kommode heraus. »Da«, sagte Grace, »pack deine Sachen zusammen.«

»Ich kann nicht!«

»Na los, mach schon.«

So hatte Grace sich die Sache nicht vorgestellt. Sie hatte aus der Wohnung der Robinsons mehr herausgeholt, als sie jemals besessen hatte, hatte alles ausgeräumt, während die Alte nach dem zweiten Frühstück schnarchend in ihrem Sessel saß, das Bovril mit dem üblichen Sherry versetzt und mit den alles andere als üblichen Tabletten, die Grace noch aus ihrer Zeit mit Janice herübergerettet hatte. Sie hatte alle auf dem Brotbrett zerstoßen, nachdem Conroy an jenem Morgen aus dem Haus war, und seiner Mutter das Pulver in ihren Morgentrank gemischt. Schon nach kurzer Zeit war sie eingeschlafen, schnaubend und hin und her schwankend in ihrem Sessel wie ein widerwärtiges altes Walroß. Grace hatte schnell alles, was in die Koffer und Tüten paßte, hineingestopft, und das Bargeld in ihre Handtasche – an den verschiedensten, kaum verborgenen Stellen der Wohnung hatte sich die eine oder andere Hundertpfundnote gefunden. Dann hatte sie Conroys Schublade auf den Boden geleert und seine Anzüge von den Bügeln gerissen, denn sie wußte, wie sehr er Unordnung haßte; schließlich, nachdem sie alle Wertsachen verstaut hatte, hatte sie dann noch die Lackschachtel aufgeschlossen und sowohl seine Scheidungsurkunde als auch das Foto von Carole June in der Mitte durchgerissen – die Scheidungsurkunde war ziemlich dick gewesen.

Sie hatte alles zusammengepackt (ihre eigenen Kleider ließ sie zurück, sie waren in Kaufhäusern erworben und deshalb anonym), zog Mrs. Robinsons Persianermantel an, rief ein Taxi und kehrte noch einmal in das überheizte dunkle Wohnzimmer zurück, um einen letzten Blick auf die Alte zu werfen, die bewußtlos in ihrem Sessel lag. Sie hätte ihr am liebsten die Ringe von den Fingern gezogen, glaubte aber nicht, daß sie es wagen konnte, sie über die angeschwollenen Gelenke zu schieben. Nach kurzem Zögern hatte sie noch das Glas des großen Rahmens mit einem halben Dutzend Studioaufnahmen von Marion Conroy zerschmettert, der über dem Kamin hing. Dann hatte sie das Gepäck lautlos aus dem Gebäude getragen und unten beim Tor auf das Taxi gewartet; um diese Tageszeit waren nur wenige Menschen unterwegs. Conroy würde erst spät am Abend wieder zurückkommen – sie hatte sich aus diesem Grunde einen Mittwoch ausgesucht. Und es war ihr völlig egal, was er bei seiner Rückkehr vorfinden würde oder wie Mrs. Robinson ihr Erwachen überstehen würde, falls sie überhaupt wieder erwachte.

Sie war wieder in die Wohnung zu Janice gefahren, weil das, wie sie bereits gesagt hatte, praktisch war. Sie hatte noch immer einen Schlüssel, und sie kannte die verschiedenen Händler der Gegend, denen sie die Beute verkaufen konnte, ohne mit unangenehmen Fragen rechnen zu müssen. Danach wollte sie hinauf in die Midlands, vielleicht nach Birmingham, mit oder ohne Janice – wahrscheinlich eher ohne. Das war nur etwas für Spitzenleute.

Janice hatte zwischenzeitlich aufgehört zu weinen, doch sie lag immer noch auf dem Bett, das Gesicht in den Kissen vergraben. Grace ging hinüber ans andere Ende des Raumes und zog die Vorhänge zu. »Reiß dich zusammen, Mädel. Ich mach uns eine Tasse Tee.«

Jan setzte sich auf und strich sich die Haare aus dem Gesicht. »Ich liebe ihn, Grace!«

»Tja, Pech gehabt.«

»Wir wollten heiraten.«

»Einen Bullen? Laß dir mal was Besseres einfallen, Mädel.«

»Ich kann ihn nicht verlassen, Grace. Sonst sterbe ich.«

»Nein, das wirst du nicht. Eher landest du wieder im Knast. Wenn du das natürlich möchtest, soll's mir recht sein.« Grace holte mit ein paar geübten Handgriffen die Tassen und die Teebeutel hervor und meinte trocken: »Was glaubst du wohl, wie lange es dauert, bis er dir auf die Schliche kommt? Und was glaubst du, was er dann machen wird – dir einen Kuß geben und sagen, du bist aber ein unartiges Mädchen, mach das lieber nicht noch mal? Er ist Bulle, Jan, das ist sein Job! Er bringt dich hinter Gitter, sobald er genügend Beweise hat – und einer davon hängt um deinen Hals, du dumme Kuh, verstehst du das jetzt endlich?« Janice schluchzte. »Jedenfalls würde mir das schaden. Sobald er weiß, was mit dir los ist, kommt er auch mir auf die Spur. Vielleicht würdest du nicht genau wissen, wo ich bin, aber du weißt einfach zu viel von mir, als daß ich dich hier allein lassen könnte mit diesem Bullen. Nein, danke, ohne mich, Jan. Es ist das beste, wenn du bei mir bleibst.« Sie goß das kochende Wasser über die Teebeutel und trug die Tassen zum Tisch hinüber. »Pack deine Siebensachen zusammen. Wir haben nicht den ganzen Tag Zeit.«

10

Detective Inspector Dave »Wally« Simpson saß da, den Kopf in die Hände gestützt, während Detective Superintendent Harry Hogarth ihn von der anderen Seite des Schreibtisches aus mit leidenschaftslosem Blick musterte und sich in seinem Stuhl zurücklehnte, so daß sein massiger, fester Körper seine Kleidung straffte, die Hände flach auf dem Tintenlöscher, auf dem ein Brief lag. Sein Gesicht war völlig ausdruckslos bis auf seine Augen, die fast zwischen seinen feisten Backen und der breiten Stirn verschwanden – in ihnen schimmerte beinahe so etwas wie Zuneigung.

Nach einer Weile sagte er: »Ich spiele da nicht mit, Wally.«

»Das müssen Sie. Ich habe alles vermasselt.«

»Das stimmt.«

»Ich bin ein lausiger Bulle.«

»Sie sind ein alberner kleiner Furz.«

Simpson strich sich mit der Hand über die Augen; er weinte nicht, aber er hatte das Gefühl, als täte er es. Sein Gesicht war ausgemergelt, verschwitzt, er warf Hogarth einen resignierten Blick zu.

Er war an jenem Abend so gegen halb zehn zu Janices Wohnung gegangen, hatte mit seinem Schlüssel aufgesperrt wie immer und den Raum leer vorgefunden. Schrank und Schubladen standen leer, die Hälfte ihrer Kleider war entweder verschwunden oder auf dem zerwühlten Bett gelandet, zusammen mit zerknülltem altem Zeitungspapier. Aus der Kommode fehlte auch der größte Teil ihrer Schminksachen, es war nur noch ein Durcheinander aus Puder, verschmiertem Lippenstift und Kosmetiktüchern da.

Auf dem Tisch standen zwei Tassen mit Teebeuteln. Zwei ausgedrückte Zigarettenstummel lagen auf einem Unterteller – Janice rauchte nicht.
Verwirrt, erschreckt und wachsam war er zum Bett zurück und hatte es sich genauer angesehen. Sein Puls wurde schneller und lauter, als seine Instinkte und sein Können wieder zu funktionieren begannen. Er suchte so sorgfältig wie möglich weiter. Auf dem Boden des Schrankes fand er, in eine Plastiktüte von John Lewis gestopft, eine Brokatjacke mit Fuchskragen im Stil der zwanziger Jahre, in deren Pelz sich ein Paar Ohrringe mit künstlichen Perlen verfangen hatten. Halb unter dem Bett versteckt lag ein Brusttuch aus echter Seide, das nach Mottenkugeln roch. Auf dem Nachttisch stand noch immer sein eigener lauter Wecker, den sie zwar immer aufzog, jedoch nie stellte, und darunter ein Fetzen Zeitung – ein weißes Stück, vermutlich Teil einer Werbeanzeige. Auf den weißen Teil hatte sie, so wie es aussah, mit Augenbrauenstift, gekritzelt: »Ich liebe dich, Dave.«
Voller Angst ging er hinunter ins Kellergeschoß, wo ein alter, nach Curry duftender Sikh mit Vollbart ihm mit ernster Miene zuhörte und ihm erklärte, er habe nichts gesehen, wisse nichts, kümmere sich um nichts. Die Häuser zu beiden Seiten standen leer, oder die Bewohner machten sich nichts aus ihrer Umwelt, abgesehen von einem alten Mann, der sich zu erinnern glaubte, daß er ein Taxi vor der Haustür hatte halten sehen – während er sich am Fenster rasierte, denn dort war das Licht besser; sein Stoppelbart schien ihn jedoch Lügen zu strafen. Eine ganze Menge Gepäck war aus dem Taxi ausgeladen und in das Haus nebenan geschleppt worden, das war ihm aufgefallen – es mußte so um die Mittagszeit herum gewesen sein, denn er rasierte sich gerne, bevor er ausging,

um sich ein kleines Bier am frühen Nachmittag zu genehmigen. Er glaubte, eine Frau mittleren Alters erkannt zu haben. Schaute aus wie die, die früher nebenan gewohnt hatte und die er schon eine ganze Weile nicht mehr gesehen hatte. Aber ganz sicher war er sich da nicht. War immer mit einer Jüngeren, Langhaarigen unterwegs. Sie war immer noch da, er war ihr manchmal über den Weg gelaufen, sie war jetzt immer sehr herausgeputzt und schminkte sich. Mehr hatte er nicht gesehen, weil er weggegangen war, runter ins Feathers, hatte sich dann noch ein Nickerchen gegönnt, nachdem er zurückgekommen war. Tja, mehr konnte er nicht sagen.

Die Tante. Die Tante, die er vor Wochen einmal kurz gesehen hatte, als er nachschaute, wo Janice wohnte, damals, bevor die Geschichte mit ihm und ihr ernst wurde und die Tante das Weite suchte. Die Beschreibung der beiden Sozialarbeiterinnen. Das Medaillon ...

Dann war er mit düsteren Vorahnungen zurück ins Revier geeilt, um die Akten mit den gestohlen gemeldeten Dingen zu überprüfen. Da war sie, die Anzeige einer Rentnerin, die diese vor zwei Monaten bei der Polizei erstattet hatte. Jan hatte den Anhänger immer getragen, sogar im Bett, hatte gedacht, daß ihn das heiß mache, nur das Medaillon und sonst nichts ... Und vielleicht hatte es das auch.

»Sie sind ein alberner kleiner Furz, mein Sohn«, wiederholte Hogarth, »aber Sie sind auch ein guter Bulle. Das müssen Sie auch sein, schließlich habe ich Sie ausgebildet. Und die Lehre bei mir müßte Ihnen eigentlich genügen, Wally.«

»Ich bin aber trotzdem nicht zufrieden, jedenfalls nicht jetzt.«

»Aber ich bin zufrieden, und das zählt. Wer bearbeitet mit Ihnen zusammen den Fall?«

»Niemand. Sie haben ihn Blane ja entzogen.«

»Und Ihnen entziehe ich ihn auch. Sie können sich eine Weile bei den Akten amüsieren, bis Sie sich wieder gefangen haben. Sie haben doch noch den Schlüssel, oder?«
Simpson suchte in seiner Tasche herum und legte den Schlüssel auf den Tintenlöscher, neben seine Kündigung. Hogarth nahm ihn, holte ein speckiges Taschentuch aus seiner Tasche und wischte den Schlüssel gründlich ab. Nachdem er ihn wieder auf den Tintenlöscher gelegt hatte, nahm er den Brief, zerriß ihn langsam in kleine Schnipsel und ließ diese in den Papierkorb fallen.
»Ein paar von meinen Leuten können aufgrund eines anonymen Hinweises dort vorbeischauen und sich gründlich umsehen«, sagte er mit undurchdringlichem Gesicht. »Ich würde sagen, daß sie dort schon den einen oder anderen Fingerabdruck finden werden.«
»Aber auch die meinen.«
»Ja, die muß man – nach dem Ausschlußverfahren behandeln, nicht wahr? Und nach allem, was Sie mir sagen, liegen dort ein paar ganz nützliche Sachen und Hinweise herum – die Brokatjacke im Schrank zum Beispiel klingt interessant. Sie war wahrscheinlich zu groß, um sie so schnell einzupacken, würde ich mir vorstellen, und das ist mit Sicherheit ein Kleidungsstück, das jemand identifizieren kann. Höchstwahrscheinlich gibt es auch auf anderen Revieren Anzeigen, daß hier und da kleine Sachen gestohlen worden sind. Wer weiß, vielleicht ist es einer anderen Alten ganz ähnlich ergangen, während wir hier sitzen und plaudern. Die zwei alten Damen, die Sie ausfindig gemacht haben, sind noch nicht so verdreht, daß sie sich die Frauen nicht genauer angeschaut hätten. Wir könnten bereits anhand der Beschreibung von Miss Greenham ein Phantombild fertigen, da brauchen wir eigentlich Ihre Aussage gar nicht.«

»Aber ...«

Hogarth hob die Hand. »Diese Abteilung leite ich, mein Sohn. Mir ist es scheißegal, was Sie oder irgend jemand sonst will. Ich kenne meine Leute, die haben Erfolg, und das ist das einzige, was zählt. Sie sind ein guter Bulle, Wally, und Sie gehören zu meiner Mannschaft. Und jetzt verschwinden Sie.«

Simpson erhob sich. Er fühlte sich alt, sehr alt. Er war angewidert von seiner eigenen Blindheit und seiner Naivität; und noch schlimmer: Er empfand tiefe Trauer – wegen seines Verlustes, der Täuschung, des Elends, der Hoffnung. Er hatte sie geliebt – fast. Und er wußte, daß sie ihn geliebt hatte. Vielleicht hätten sie es zusammen geschafft: Sicherheit für ihn, Rettung für sie. Seine Wunden waren nicht allzu tief, auch wenn sie schmerzten. Doch sie würde möglicherweise an den ihren sterben.

Wie Miss Frimwell.

Hogarth sah ihm nach, als er ging. »Die Chancen stehen gut, daß wir sie erwischen, Wally. Früher oder später.«

»Ich weiß«, antwortete Simpson, verließ den Raum und schloß die Tür leise hinter sich.